HEYNE HARDCORE

SOPHIE ANDRESKY

HOTEL D'AMOUR

Erotischer Roman

WILHELM HEYNE VERLAG
MÜNCHEN

Unter www.heyne-hardcore.de finden Sie das komplette Hardcore-Programm, den monatlichen Newsletter sowie alles rund um das Hardcore-Universum.

Weitere News unter www.heyne-hardcore.de/facebook

Der Verlag weist ausdrücklich darauf hin, dass im Text enthaltene externe Links vom Verlag nur bis zum Zeitpunkt der Buchveröffentlichung eingesehen werden konnten. Auf spätere Veränderungen hat der Verlag keinerlei Einfluss. Eine Haftung des Verlags ist daher ausgeschlossen.

FSC
www.fsc.org
MIX
Papier aus verantwortungsvollen Quellen
FSC® C083411

Verlagsgruppe Random House FSC® N001967

Vollständige deutsche Erstausgabe 08/2017

Printed in Germany
Umschlaggestaltung: DAS ILLUSTRAT, München,
unter Verwendung eines Motivs von © fotoduki / Shutterstock
Satz: Schaber Datentechnik, Austria
Druck und Bindung: CPI books GmbH, Leck

ISBN: 978-3-453-27066-4

www.heyne-hardcore.de

»Ich muss gar nix außer schlafen, trinken, atmen und ficken
und nach meinen selbstgeschriebenen Regeln ticken
Ich muss gar nix außer schlafen, trinken, atmen und ficken
und gelegentlich um vier Uhr früh 'n Burger verdrücken«

SONG DER BAND *GROSSSTADTGEFLÜSTER*, 2006

In Liebe für Marcus.
Dein ist mein ganzes Herz.
War es immer.
Wird es immer sein.

Inhalt

GEORGIE, 2017:

1 Saft

Frau Koslowski ist schon ziemlich feucht. Ich sehe, wie ihre Möse vorfreudig glänzt. Trotzdem nehme ich noch etwas Gleitgel aus dem Spender, denn die Kursleiterin hat ja gerade noch in ihrem zwitschernden Tonfall verkündet: »Humidität ist essenziell bei einer elysischen Vagina-Massage.«

Damit meint sie wohl, je feuchter die Mumu, desto größer die Freude. Sie drückt sich reichlich geschraubt aus für so einen Masturbationsworkshop, aber recht hat sie trotzdem. Trockene Muschi-Massagen bringen nur halb so viel Spaß wie glitschige, und zwar auf beiden Seiten. Egal, ob ich eine Muschi fingere oder ob meine eigene verwöhnt wird, flutschen muss es. Elysia, von der die Kursleiterin ständig erzählt, sieht das bestimmt genauso, obwohl sie selbst in ihren eigenen Vorträgen und Workshops selten so profane Dinge wie die Menge des Gleitgels behandelt. Bei ihr geht es eher um das Wesen der Lust und die Verschmelzung. Sie ist mit mir um ein paar Ecken verwandt, Großcousine, glaub ich, Schwipp-Tante, genau weiß ich es nicht. Elysia ist ein Kracher, der Star der Erotikseminar-Szene. Die meisten der Kursleiterinnen, Dozentinnen oder Performance-Künstlerinnen, die in meinem dreistöckigen Zentrum Veranstaltungen abhalten, beziehen sich auf sie und ihre »elysische Lehre«. Im Treppenhaus und in den Fluren hängen Plakate von ihr, in der Bibliothek gibt es ein eigenes Regal für ihre Bücher und Zeitschriftenveröffentlichungen, und im Veranstaltungsprogramm steht sie in fast jeder Spalte.

Apropos: Frau Koslowskis Spalte wartet. Ich erwärme das Gleitgel noch ein bisschen zwischen den Fingern, man möchte sich ja nicht fühlen wie beim Ultraschall, es soll einfach warm und seimig sein, Mumu-Temperatur, Mumu-Textur, das ist wichtig. Offenbar wissen das nicht alle Teilnehmerinnen und haben zu schnell zwischen die Beine ihrer Übungspartnerinnen gegriffen oder das kühle Gel direkt aus der Flasche auf die wartenden Mösen gegossen, denn einige der liegenden Frauen quietschen unter ihren Kopfhörern gerade auf. Hot spot on the rocks, nicht schön, nicht elysisch. Elysia hat ein Manifest geschrieben, das sie hier im Haus vorstellen wird, und sie nennt ihre Bewegung »elysische Erotik«. Ich habe es noch nicht gelesen, aber das werde ich natürlich, wenn sie kommt und hoffentlich ein Heer an Journalisten und neuen Kunden mitbringt.

»Konzentriert euch auf eure lustspendenden Hände, geht auf Entdeckungsreise und beobachtet dabei die Reaktionen eurer Partnerin«, flötet die Kursleiterin. »Die Klitoris ist noch tabu, es geht nicht um den schnellen Orgasmus, sondern um Erhöhung des Seins durch erotische Transzendenz.«

Na gut, dann bleibt die Klit vorläufig Sperrgebiet, wobei ich persönlich nichts gegen einen schnellen Orgasmus hätte. Den ganzen Tag hab ich stöhnende nackte Menschen um mich herum, auf allen drei Etagen wird gerubbelt, gefickt, penetriert, geleckt und massiert, und ich komme höchstens mal zu Körperkontakt, wenn wie heute eine Teilnehmerin ausfällt und ich einspringen muss.

Mit den Ellenbogen schiebe ich Frau Koslowskis Knie noch etwas weiter auseinander. Als ich spüre, dass sie sich verspannt, lehne ich mich mit dem ganzen Körper leicht an ihr linkes Bein und hauche ihr einen Kuss aufs Schienbein. Sie ist das erste Mal dabei und soll sich gut fühlen.

Die Kursleiterin nickt mir wohlwollend zu. Ich überlege, wie diese Frau es immer schafft, sich anzuziehen wie eine wandelnde Möse. Sie trägt zu jeder ihrer Veranstaltungen wallende Gewänder mit Unmengen rötlichen und bräunlichen Schals, die an ihr herabhängen und von Weitem wie große Schamlippen aussehen. Auch ihre krausen Locken ähneln einer Intimfrisur. Na gut, ich sollte mich nicht über die Haare einer anderen Frau lustig machen, denn auf meinem eigenen Kopf strubbelt ein Wust aus rotblonden Klingellöckchen, es sind unglaublich viele Haare für eine relativ kleine Frau wie mich. Ich wurde schon mehrfach als Wunschtroll bezeichnet, weil ich drahtig und sommersprossig durchs Haus flitze und erotische Bedürfnisse und Projekte verwirkliche. Insgesamt bin ich nicht sehr damenhaft, obwohl ich mir alle Mühe gebe, das mit kunstvollen Dutts, eleganten schwarzen Kleidern und himmelhohen Absätzen auszugleichen. Aber da ist nichts zu machen, ich werde nie Marlene Dietrich sein, sondern bleibe Tinkerbell, so ist es eben. Matze und Mona, die hier als meine rechte und linke Hand arbeiten und ohne die ich aufgeschmissen wäre, beruflich wie privat, finden das sexy. Und ich finde sie sexy, die mondäne, strenge Mona und den attraktiven, braun gebrannten Matze mit seinem Großer-Junge-Charme.

Die Leiterin wogt weiter und kontrolliert bei der Teilnehmerin neben mir die Kopfhörer. Die nackten Frauen sind auf weiche, hüfthohe Liegen mit Fußstützen gebettet, so dass wir anderen zwischen ihren Beinen stehen können. Diese Liegen habe ich vor ein paar Jahren angeschafft und bin immer wieder begeistert, wie vielfältig man sie einsetzen kann. Ob beim

Vagina-Wäscheklammer-Tortur-Workshop der S/M-Fraktion, bei Geburtsritualen der Esoterikgruppe (*Erschaffe dich neu als sexuell erleuchtetes Wesen*) oder bei den Rollenspielen von *Ärzte ohne sexuelle Grenzen*, diese Liegen haben sich großartig bewährt. Sie sind komplett abwaschbar und trotzdem sehr bequem, ich habe schon einige Mittagspausen darauf verbracht.

Als ich sehe, dass der Bezug von Frau Koslowskis Liege an einer Ecke etwas aufgeplatzt ist, mache ich mir im Kopf eine Notiz, die Garantieklausel im Kaufvertrag zu prüfen. Der nackte Körper vor mir atmet tief, und die Hände entspannen sich. Ich könnte jetzt anfangen, und einige andere Teilnehmerinnen haben sich auch schon bis zur Möse ihrer Partnerin vorgetastet, aber ich weiß von mir, dass die erste Berührung umso spannender wird, wenn man mich darauf warten lässt. Die Ungewissheit, wie es sich anfühlen wird, was der andere tut, steigert die Erregung. Frau Koslowski beginnt ganz leicht zu lächeln, ich freue mich für sie, dass sie gleich etwas Schönes erwartet. Ihr Gesicht ist halb unter der Schlafbrille verborgen, die außer mir alle Teilnehmerinnen tragen, die nackten und die massierenden. Damit die Nackten durch nichts von ihrer Lust abgelenkt werden, haben sie zusätzlich große Kopfhörer auf den Ohren, in denen leise Musik spielt, die Flintholm-Playlist eines befreundeten Musikers, die wir hier rauf und runter laufen lassen, wenn eine ruhige und entspannte Atmosphäre gewünscht wird. Nur ich trage weder Kopfhörer noch Brille, ich muss wissen, was um mich herum vorgeht.

Außer den Klavierklängen hören die Frauen nur, was die Kursleiterin in ihr Mikro haucht, manchmal ein »Lasst die Gedanken kommen und gehen« oder auch »Spürt eurer Atmung nach«. Erfreulicherweise sagt sie in diesem Teil des Workshops nicht viel. Belabert werden ist auf dem Weg zum Orgasmus wirklich das Letzte, was man braucht. Wobei sie immer wieder betont, dass es nicht um den Orgasmus geht, sondern um die Verschmelzung von Leib und Seele und die Transzendierung des Sexuellen ins Bewusstsein. Mein Lieblingsspruch von ihr lautet: »Seid permeabel!« Was immer das auch heißen soll, ich wette, keine Kursteilnehmerin hat es je begriffen. Ich jedenfalls möchte weder verschmelzen noch transzendieren noch permdingens, ich möchte kommen und fertig. Möglichst bombastisch, feuerwerkig, klippensprungartig kommen, und genau dafür werde ich nun bei Frau Koslowski sorgen.

Ich berühre ihre Möse vorsichtig mit den Fingerspitzen. Wäre das hier privat, würde ich erst mal gegen ihre Schamlippen hauchen, bevor ich sie anfasse, aber dies ist nicht der Leck-dich-frei-Kurs. Also streiche ich so leicht ich kann über die Spitzen des koslowskischen Schamhaars. Ihr Bauch zuckt. Ich verteile das Gleitgel und fahre abwechselnd mit den weichen Fingerkuppen und den Nägeln durch ihren Busch. Hätte ich direkt mitten in ihre Muschi gefasst, wären die Empfindungen zu stark gewesen, aber da ich sie kaum berühre, wird sie den Unterschied merken. Ihr Bewusstsein wird zwischen ihre Beine schießen und dort glühen. Meine Güte, ich werde schon genauso esoterisch wie die wandelnde Alpha-Möse, die im Kreis herumgeht und »ja ja ja« in ihr Mikro wispert. Mein Zeigefinger streicht zwischen den Schamlippen entlang, ohne die Klitoris zu berühren. Ich nehme die anderen Finger dazu, öffne und schließe die Hand, sodass ich abwechselnd die ganze Möse von Frau Koslowski bedecke und mich manchmal auf einen Punkt oberhalb ihres Möseneingangs konzentriere. Über ihren Bauch läuft ein Zucken, und der Mund öffnet sich etwas weiter, es gefällt ihr. Ich will gerade den

Daumen tiefer gleiten lassen, noch nicht in ihr Lustloch hinein, sondern nur bis zum Eingang, als mir jemand von hinten auf die Schulter tippt.

Um Frau Koslowski nicht aus dem Konzept zu bringen und sie nicht merken zu lassen, dass ich abgelenkt werde, lege ich die ganze Hand über ihren Schamhügel und drücke leicht. Bloß nicht den Kontakt unterbrechen. Hinter mir steht Matze mit meinem Laptop und dem Telefon. Die Kursleiterin sieht ihn böse an, unternimmt aber nichts. Die liegenden Teilnehmerinnen bekommen wegen der Kopfhörer und Schlafbrillen ja eh nicht mit, was im Raum passiert, und die Masturbatorinnen sind beschäftigt. Für viele ist es das erste Mal, dass sie in einer Gruppe oder überhaupt eine andere Vagina massieren.

»Gunnar, mal wieder.«

Matze flüstert, obwohl er das nicht müsste.

»Der versucht dich schon den ganzen Vormittag zu erreichen. Er ist stinkig.«

Soweit nichts Neues. Gunnar ist immer stinkig. Der ist stinkig auf die Welt gekommen. Ich würde ihm gern einen Kursus *Stock im Arsch? Das muss nicht sein* spendieren. Kurz denke ich über meine wirklich verkorkste Familie nach: auf der einen Seite Elysia, die die Bewegung der entgrenzten Erotik begründet hat, und dann auf der anderen Seite die uralte, erzkonservative Konstanze und ihr Sohn Gunnar, die hochgeknöpfte Spaßbremse. Wahrscheinlich hält der sich gern mal ein Starkstromkabel an den Sack – wobei: Auch dafür gab's letztes Jahr hier einen Workshop. *Strom der Qual, Strom der Lust* oder so ähnlich. Jedenfalls reden die beiden Familienzweige nicht miteinander. Na ja, fast. Mit mir redet Gunnar eben leider doch. Meistens schreit er mich durchs Telefon an und stellt Forderungen. Manchmal geht es um dieses Haus, manchmal um irgendwelche Erbstücke aus den wilden Zwanzigern, die ich angeblich unterschlagen und vor ihm und seiner »Frau Mutter« versteckt haben soll – ich habe noch nicht wirklich verstanden, was sein Problem ist. Wenn ich kann, ignoriere ich ihn. Aber in letzter Zeit wird das schwieriger.

Ich lasse meine Hand auf Frau Koslowskis Möse langsam pulsieren. Es ist nicht fair, wenn ihre Erregungskurve runtergeht, nur weil ich an Gunnar denke.

»Ich hab ihn mehrfach vertröstet, abgewürgt oder auf AB sprechen lassen, aber er ruft immer wieder an.«

Matze klingt genervt, und damit hat er auch recht. Es ist meine Familie und mein Geschäft. Darum muss ich mich schon selbst kümmern.

»Was will er diesmal?«

»Einen Begehungstermin mit einem Bausachverständigen.«

Ich sehe Matze irritiert an.

»Das ist mein Haus. Was hat er hier zu begehen?«

Matze zuckt die Schultern.

»Das hat er mir wahrscheinlich erklärt, aber es ging im Gebrüll unter. Ich hab den Hörer in den Papierkorb gelegt, bis er fertig war mit Schreien. Dann hab ich ihm gesagt, ich geh dich suchen. Und hier stehe ich, ich kann nicht anders.«

Er hält mir das Telefon hin.

»Lass ihn herkommen, hör dir an, was er will. Und wenn er unverschämt wird, schubs ihn die Treppe runter.«

Matze grinst. Ich zeige mit großen Augen auf die schon schwerer atmende Frau Koslowski.

»So langsam dürft ihr jetzt eindringen in die Helligkeit der Mösengöttin«, jubiliert die Kursleiterin. Matze verzieht das Gesicht, als hatte er Zahnschmerzen.

»Warte kurz. Nach der ersten Penetration kommt die Elektroabteilung, dann können wir tauschen.« Ich kenne das Kursprogramm. Die großen kegelförmigen Klitorisvibratoren sind längst eingesteckt und baumeln an den Kabeln neben den Fußstützen.

»Fahr schon mal meinen Terminkalender hoch.«

Matze klappt den Laptop auf.

Vorsichtig und sehr langsam schiebe ich meinen Zeigefinger in die vor mir liegende pralle, nasse Möse. Erst nur ein Stückchen. Ich kreisle und bewege ihn zu allen Seiten, um den Möseneingang zu erforschen. Dann tauche ich tiefer hinein, so tief ich kann, bis meine Hand gegen ihre Schamlippen drängt. Ich verstärke den Druck, lockere die Hand wieder, ziehe den Finger ein wenig heraus und schiebe ihn erneut hinein, leichter diesmal und zunehmend schneller.

»Du fickst sehr gefühlvoll«, sagt Matze, der meine Bewegungen beobachtet, und ich sehe, dass er einen Ständer hat. Ich lächle ihm zu.

»Das fühlt sich schön an, wenn ich so ganz leicht gefickt werde und immer offener und nasser werde«, erkläre ich ihm.

Er lächelt.

»Ich merk's mir fürs nächste Mal.«

»Jetzt wollen wir eine kurze Pause machen, vielleicht eine halbe Minute, nicht mehr, dem Plateau der Lust nachspüren und dann mit einem anderen Stimulationsreiz fortfahren«, säuselt die Obermöse.

Ich nicke Matze zu, der mir den Laptop und das Telefon gibt und sich zwischen die weit geöffneten nackten Schenkel stellt.

»Langsamste Stufe, erst außen rum, dann nach hinten zum Poloch. Klitoris vermeiden, ich weiß nicht, ob sie eine direkte

Vibration auf der Klit mag«, weise ich ihn noch an, und Matze rollt mit den Augen. Jaja, ich bin ein Kontrollfreak, und er hat so was nicht das erste Mal in der Hand, ich weiß.

Noch bevor ich das Telefon ans Ohr halte, höre ich Gunnar schon aus dem Apparat schnaufen.

»Georgie Feuchtwang, elysisches Zentrum der Lust, was darf ich für Sie tun?«, zwitschere ich überfreundlich und geschäftsmäßig in den Hörer. Er weiß, dass ich weiß, dass er dran ist, und ich weiß, dass er es weiß, aber ich kann es mir nicht verkneifen, ihn ein bisschen zu ärgern. Er könnte ja auch einfach mal nett und normal mit mir sprechen, behandelt mich aber immer schon wie die Pest auf Füßen, also hat er es nicht anders verdient.

Gunnar schnauft und tobt dann los. Ich höre die Speicheltröpfchen sprühen und überlege, wie Gunnar in einer Fernseh-Kuppelshow untertitelt würde. Der geharnischte Gunnar? Grobian Gunnar? Der grantelnde grumpy Gunnar?

»Frollein, jetzt lasse ich mich nicht länger abweisen«, krakeelt er gerade, und ich nutze sein seltenes Luftholen, um zuckersüß zu sagen: »Niemand weist dich ab, Onkel Gunnar, du darfst gern jederzeit kommen und dir die Workshops ansehen oder was immer dich auch interessiert. Soll ich dir ein Kursprogramm schicken?«

Fast muss ich lachen, als ich mir Gunnar in der Zungenkuss-Disco vorstelle, die regelmäßig am Donnerstagabend stattfindet. Ich beiße mir auf die Lippen.

Währenddessen hat Matze mit der koslowskischen Mösenverwöhnung per Elektrovibrator begonnen, und ich muss sagen, er macht das gut. Immer schön im Kreis herum mit wechselndem Druck. Die Teilnehmerinnen sollen ja möglichst lange nicht kommen, sondern ihre Lust erleben, und er vermeidet gewissenhaft die Klitoris. Er weiß von mir, dass ich abgehe wie Schmidts Katze, sobald mich so ein Rappelator an der richtigen Stelle trifft.

Ich nicke ihm aufmunternd zu und mache wohlwollende Geräusche in den Hörer, ein bisschen klinge ich wie jemand, der einen knurrenden Hund besänftigen will, als die Tür aufgeht.

Mona kommt herein, meine Hausdame, Vertraute, beste Freundin. Sie hält meinen Laden zusammen, und oft genug hält sie auch mich zusammen. Ich selbst versuche immer alles über Sex zu lösen, Konflikte, Traurigkeit, Stress – Sex ist mein Allheilmittel. Und wenn das nicht wirkt, hat Mona meistens gute Ideen und kriegt mich wieder in die Spur. Wahrscheinlich wäre ich schon längst Nymphomanin ohne sie.

»Ich brauche kein verdammtes Kursprogramm, Frollein, aber du brauchst einen Anwalt!« Gunnars Stimme kippt.

»Moment«, sage ich.

Monas schönes Gesicht ist angespannt, und ich finde mal wieder, dass sie aussieht wie eine Primaballerina kurz vor dem entscheidenden Pas de deux. Sehr konzentriert, sehr elegant, voller Energie und Spannung. Mona legt die Handinnenflächen vor der Brust zusammen und macht eine entschuldigende Geste in Richtung Mösendompteuse, die uns noch missbilligender anschaut, und damit hat sie ja auch recht. So langsam wächst sich das hier zu einem Firmenmeeting aus. Konferenz zwischen nackten Schenkeln, das geht wirklich nicht. Aber Mona würde uns niemals stören, wenn es nicht wirklich wichtig wäre. Ich nicke ihr zu, und sie gibt mir in ihrer präzisen, klaren Art einen Überblick über das Problem. Sie zeigt nach unten, auf das zweite Stockwerk unter uns.

»Die Pleasure Treasures haben zusätzlich zu den Mehrfachsteckdosen, die wir gestern installiert haben, noch weitere angebracht, und sie haben nicht bloß zehn Sexmöbel zur Demo dabei, sondern zwanzig. Ich hab mir die Wattzahlen angesehen, die jagen uns den Stromkasten in die Luft, wenn sie die alle anschließen, die Sicherungen fliegen bei der Spitze garantiert raus.«

Ich halte den Hörer weiter weg.

»Wann geht die Möbel-Demo los?«

Sie zieht ihre Marlene-Dietrich-Augenbrauen hoch.

»Na jetzt. Letzte Zigarette, und dann wird gemöbelt.«

Als wollte sie etwas zur Lösung beitragen, seufzt Frau Koslowski tief und wohlig, und ich gebe Matze ein Zeichen, den Vibrator wieder auf die Anfangsstufe zu stellen und sich auf die Innenseiten der Oberschenkel zu konzentrieren. Wenn wir hier zu früh das Feuerwerk zünden, kriegt die Kursleiterin einen Anfall.

Ich belle ins Telefon »Komm halt vorbei, wenn du musst« und drücke Geifergunnar weg ins Nirwana.

»Kannst du die Pleasure Treasures bitten, erst in zehn Minuten anzufangen – und nach dem Mittagsimbiss die zwanzig Maschinen gleich wieder abzuschalten? Dann kann ich mir in der Pause den Möbelmeister schnappen und ihm klarmachen, dass wir kein privates Kraftwerk im Keller haben und dass das hier ein sehr altes Haus mit sehr alten Leitungen ist. Das wäre doch auch für ihn blöd, wenn mitten in seiner Demo alle Sicherungen rausfliegen.«

Gerade als Mona mit einer ihrer tänzerischen Drehungen auf dem Absatz kehrtmacht, wird es plötzlich totenstill im Raum. Kein Vibrator rappelt mehr. Nur das leise Atmen und Keuchen der Nackten ist zu hören. Zu spät, da haben wir ihn, den Spitzenverbrauch. Die ersten Teilnehmerinnen nesteln an ihren Schlafbrillen, ich werfe der Leiterin einen flehentlichen Blick zu und schicke Matze und Mona mit wedelnden Bewegungen aus dem Raum. Keinesfalls darf sie jemand sehen.

Glücklicherweise ist die große Walle-Möse eine erfahrene Leiterin und rettet die Situation: »Erneutes Plateau, spürt eurer Lust nach und dem Kribbeln, das die Vibratoren in euch hinterlassen. Lasst jetzt die Erregung fast ganz abflauen. Die Aktiven streichen über die Beine und die Bäuche, fassen aber nicht die Vaginen an. Erst wenn die Atmung ruhig ist, beginnt wieder mit einer leichten Stimulation. Fühlt den Unterschied und die Veränderung der Intimität, wenn euch ein Mensch und keine Maschine berührt.«

Ich erwische Mona noch schnell am Ärmel und deute auf Frau Koslowski. Pantomimisch stelle ich das Bearbeiten eines Sicherungskastens dar, wobei ich meine Absicht selbst nicht erkennen würde, wahrscheinlich sehe ich eher aus wie Dr. Frankenstein, der gerade das Monster belebt hat und sich jetzt ein Softeis macht. Aber Mona versteht wie immer, was ich meine, nimmt sich Gleitgel aus dem Spender und wärmt es in ihrer Hand an. Ich werfe ihr einen Luftkuss zu und stürme mit Matze zum Treppenhaus.

Der Raum, in dem der Masturbationsworkshop stattfindet, liegt auf der dritten Etage, die Kursleiterin fragt immer nach diesem Zimmer, weil es nach hinten zum Hof rausgeht und es ruhig und nachmittags sonnig ist. Oben drüber ist nur noch das Dachgeschoss, in dem mein Zimmer und mein privates Bad liegen. Auf jedem Stockwerk gibt es drei bis sechs Zimmer, jeweils mit Umkleiden und Duschräumen. Ursprünglich waren das mal Wohnungen, aber das Haus ist irgendwann umgebaut worden, viele Zwischenwände wurden entfernt. Im Erdgeschoss liegt mein Büro, eher eine Concierge-Loge. Manchmal komme ich mir vor wie ein Wachhund, an dem alle vorbeimüssen. Niemand kann hinein, ohne dass Mona, Matze oder ich innen den Summer drücken. Leider ist das nötig, es steht zwar nirgendwo am Haus ein Schild *Elysisches Zentrum der Lust*, aber so was spricht sich rum, und an manchen Tagen geben sich die Spinner die Klinke in die Hand. Ich weiß nicht, was für eine Freakshow die hier erwarten. Manche kommen auch her, weil spezielle Berlin-Stadtführer schreiben, dass auf der zweiten Etage im Krieg ein berühmtes Bordell war, aber selbst Elysia, von der ich das Haus habe, weiß nicht genau, ob das stimmt. Jedenfalls schützen wir die Privatsphäre unserer Kunden und unsere eigene natürlich auch.

Außer meinem gläsernen Büro befinden sich im Erdgeschoss noch die große Küche und die Wirtschaftsräume. Und im Souterrain gibt es hinter der Kellerbar ein kleines fensterloses Zimmer, in dem der Sicherungskasten untergebracht ist. Den eigentlichen Barraum kann ich zurzeit nicht vermieten. Nur die Sockel einer alten Theke stehen noch, und alte Regale hängen an der bemalten Wand dahinter. Sonst ist er leer.

Matze und ich laufen die große Treppe hinunter, und ich drücke uns die Daumen, dass uns niemand aufhält, denn Frau Koslowski und die anderen Teilnehmerinnen können nicht ewig massiert werden. Irgendwann werden sie ihre Orgasmen haben, und bis dahin muss ich wieder an meinem Platz zwischen ihren Schenkeln sein. Matze reicht mir fürsorglich ein Feuchttuch, das er sich im Seminarraum gegriffen hat. Ich wische meine klebrigen Finger ab und haste neben ihm her die Stufen hinab. Das breite Treppenhaus mit dem Kokosläufer ist eigentlich eher zum eleganten Schreiten gemacht. Auf den Absätzen erzählen Marmorplatten und Spiegel, die an den Ecken schon blind werden, von einer feudalen Vergangenheit. Unglaublich, dass die Stuckarbeiten den Krieg und die Nachkriegszeit mit ihren Modernisierungseiferern fast unbeschadet überstanden haben, immerhin sind wir hier mitten in Charlottenburg, und die Häuser rundherum haben ordentlich was abgekriegt. Dieses ist wie durch ein Wunder stehen geblieben. Sogar die Messingklinken sind original, und auf zwei Etagen gibt es noch steinerne Figuren. In der Eingangshalle steht eine nackte Nymphe in einer Nische und hält einen Krug auf der Schulter, ein Glücksfall für uns, denn fast alle Gruppen, die bei uns tagen, unterrichtet werden oder einfach vögeln, lassen sich mit ihr fotografieren. Und natürlich ist sie als unser Logo auf dem Briefkopf zu sehen. Elysischer geht es wohl nicht. Ich liebe diesen alten Kasten, die hohen Decken, die massiven Holztüren, die Verzierungen. Er ist ein richtiger Schatz, leider bröckelt er überall. Und die Leitungen dürften noch die alten sein, so oft, wie die Sicherung rausfliegt, nämlich bei jeder »kurzen Spitze«, erklärte mir mal ein Elektriker. Ich würde gern alles von Grund auf sanieren lassen, aber so toll ich mein elysisches Zentrum auch finde, die Gewinne sind eher nicht paradiesisch.

Im ersten Stock öffnet sich die Tür des großen Saals, und zwei Frauen in Schulmädchenuniformen sehen uns entrüstet entgegen. Stimmt, der Mangapornodreh, der ist jetzt auch unterbrochen. Ich war heute Morgen bei ihnen, als die verkleideten Anbläserinnen bei der Arbeit waren, und versuche mich zu erinnern, wie viele Scheinwerfer und Kameras ich gesehen habe. Aber ich war so abgelenkt durch die Reihe junger, elfenartiger Mädchen und Jungs, die vor den nackten Trollen knieten und für einsatzfähige Erektionen sorgten, dass ich nicht auf die Elektrik und die Wattzahlen geachtet habe. Matze beschwichtigt sie im Vorbeilaufen.

»Alles gut, Ladys, wir flitzen nur gerade in den Keller, aber nach dem Mittagsimbiss gibt's gleich wieder Saft. Sagt da drinnen Bescheid, ja?«

Hinter ihnen röhrt eine Männerstimme wie ein Elch, da gab es wohl schon Saft, und das ganz ohne funktionierende Kamera.

Die Tür zum Keller liegt direkt hinter der Nische mit der Nymphe. Wir springen die engen Stufen hinab und halten uns am Geländer fest, es ist stockdunkel. Unten tasten wir uns durch den Korridor vor, erreichen den ehemaligen Schankraum, gehen an der rudimentären Theke vorbei und finden die kleine Tür zur Kammer mit dem Stromkasten. Ein riesiges, altertümliches Ding. Glücklicherweise haben wir solche Einsätze schon mal geprobt, außerdem hängt eine große Taschenlampe an der Wand. Matze schaltet sie ein, und ich besehe mir die Sicherungen. Jedes Mal hoffe ich, dass ich keinen Stromschlag bekomme, das Ding ist vorsintflutlich. Da sind die dicken Porzellanknöpfe, die durch den Rost in ihren Blechfassungen knirschen. In einer Pappschachtel liegen die frischen Sicherungen, die ich einsetze wie Patronen, aber es hilft nichts, ich werde jetzt rigoros sein: Es ist nicht genug Kapazität für alle da, und deshalb muss ich, wie mir mal ein Elektriker erklärt hat, »Verbraucher rausnehmen«, damit nicht sofort wieder alles durchknallt.

Ich drehe zunächst die komplette erste Etage raus, sechs Porzellanknöpfe machen hässliche Quietschgeräusche. Der Mangaporno geht erst nach dem Mittag weiter, denn die Sexelfen oben saugen nicht nur Trollschwänze, sondern mit ihren Scheinwerfern und Heizlüftern auch Tausende Watt. Unsere dritte Etage bleibt natürlich drin, Frau Koslowski soll in Ruhe zum Ende kommen, und auch die zweite, die Pleasure Treasures, dürften jetzt genug Energie für Pleasure haben, das müsste knapp reichen. Matze und ich drehen wie verrückt Porzellanknöpfe raus, wechseln Sicherungen und schrauben die richtige Konstellation wieder rein.

Die zwanzig Sexmaschinen werden jetzt wieder surren oder was immer sie auch tun, die Katastrophe ist abgewendet, ich schnaufe. Matze lehnt mich gegen die kalte Kellermauer.

»Das ist schon nicht unsexy, wie du es da oben einer nackten Frau besorgst und dabei die Geschäfte führst.«

Ich schmiege mich an ihn, lege die Arme um seinen Hals und knabbere an seinem Ohr. Er schmeckt irgendwie immer nach Kuchen, ich weiß nicht, wie er das macht, ist aber ein ausgesprochen leckerer Mann, ich könnte ständig an ihm herumknuspern.

»Ich bin ein Multitasking-Genie, ein Talent muss man ja haben.«

Er schiebt seine Hand unter meine Bluse und streichelt meine Brust.

»Du hast einige. Du kommst zum Beispiel superfix. Im Bett bist du die schnellste Maus von Mexiko.«

Ich sauge mich an seinem Hals fest, und als ich zu seiner Hose taste, stelle ich fest, dass sich da eine stattliche Beule abzeichnet.

»Arriba, Arriba«, flüstere ich und knöpfe seine Jeans auf.

Er schiebt seine Hand unter meinen Rock und spielt mit meinem Slip.

»Ganz schön feucht. Das ist sehr unprofessionell für eine Masturbations-Aushilfe.«

Seine Finger rutschen an meinem Slip vorbei in meine Möse. Ich würde gern die Beine weiter spreizen und mich mit einem Fuß an der gegenüberliegenden Wand abstützen, aber der Rock ist zu eng. Es müsste ein Business-Outfit für Frauen in meinem Gewerbe geben, irgendwas zwischen Bankerkostüm und Seidenkimono. *Schick & Fick* könnte der Name meiner Modelinie sein. Matze küsst mich, und die Gedanken, die ständig in meinem Kopf kreisen, geben einen Moment Ruhe, und ich denke nichts außer, wie gut er schmeckt und dass ich ihn ewig küssen möchte. Und dass ich wünschte, seine Finger würden endlich in mich eindringen, mich leicht ficken, während er den Handballen auf meine Klit presst. Das ist eine Handbewegung, die nur er beherrscht. Und als er dann genau das tut, ziehe ich scharf die Luft ein und versinke in dem Gefühl zwischen meinen Beinen. Kurz bevor das Ziehen und Glühen immer heißer wird, unterbricht uns ein Rufen von der Kellertreppe.

»Frau Feuchtwang? Wir ziehen um in die dritte Etage.« Die Pornoregisseurin, eine sehr toughe und erstaunlicherweise irgendwie zugeknöpfte Frau, die mich immer noch siezt, obwohl es schon der dritte oder vierte Film ist, den sie hier bei mir dreht.

Eine Sekunde halte ich noch fest an den Wellen, die sich in meiner Möse ausbreiten, dann gebe ich den Widerstand auf.

»Das geht nicht!«, brülle ich zurück, so laut und plötzlich, dass Matze, die Finger in mir, zusammenzuckt.

»Die zweite ist aber belegt, Frau Feuchtwang.«

Ich weiß genau, an welchen Raum sie denkt, den mit der riesigen Fensterfront gegenüber dem Masturbationsworkshop, zur Stephanusstraße hin. Aber da tagt gerade eine Marketing-Fortbildung für Dominas. Steuermodelle, Unfallversicherung,

Social-Media-Auftritte, Kostenbalancing, was man als selbstständige Peitscherin halt so wissen muss. Die dürfen sie mir keinesfalls stören, die Dominas sind Superkundinnen, haben nie Sonderwünsche außer einem Beamer und vor allem: Sie tagen regelmäßig hier, alle zwei Monate. Ich ordne meine Kleidung und sehe Matze bedauernd an.

»Das holen wir nach!«

Mit einem schnellen Kuss eile ich durch die Kellerbar, laufe aber noch mal zurück und bitte Matze, den Mangapornoleuten Proteinshakes auf Kosten des Hauses vorbeizubringen und sich zu entschuldigen.

»Und bitte sag ihnen, dass du um Punkt zwei Uhr, wenn die Möbeldemo durch ist, ihre Sicherungen der ersten Etage wieder reindrehst, keine Minute vorher. Und drück bei den Pleasure Treasures auf die Tube: Um zwei ist Schicht.« Mit einem Blick auf die Uhr stelle ich fest, dass schon über zehn Minuten rum sind, seit ich Frau Koslowski der schönen Mona überlassen habe.

Ich atme tief durch und renne die Stufen bis zur dritten Etage hoch. Es ist ein wunderschönes Haus, aber ein Fahrstuhl wäre auch eine Superidee, leider haben wir so was nicht.

Frau Koslowski und die anderen Frauen atmen schon sehr heftig. Die Obermöse sieht mich tadelnd an, assistiert Mona und mir aber beim Wechsel, sie will ja auch nicht, dass jemand mitkriegt, was hier abgeht, während die Teilnehmerinnen mit Kopfhörern und Schlafbrillen abgeschottet sind.

»Letzte Unterbrechung«, haucht sie in ihr Mikro. »Alle ziehen sich zurück, und die Liegenden genießen die Spannung. Mit dem nächsten Eindringen dürft ihr dann explodieren.«

Mona zieht behutsam die Finger aus Frau Koslowskis Möse und nimmt sich ein Feuchttuch. Wir wechseln die Plätze.

Selbst jetzt fällt mir wieder auf, dass sie eigentlich immer wie ein Gemälde aussieht: die feine, gepuderte, blasse Haut, die schwarz umrandeten Augen und ein merkwürdiges inneres Leuchten, das ich mir noch nie erklären konnte. Sie nickt in Richtung der schwer atmenden Frau Koslowski. Ich küsse Mona kurz und bedanke mich für ihren Einsatz.

Sie knickst. »Sehr gern, gnä' Frau.«

»Kannst du bitte schon anfangen, den großen Saal für Elysias Präsentation vorzubereiten? Und sei so gut und recherchier mir doch mal, wie Gunnar eigentlich genau mit uns zusammenhängt. Wenn er kommt, wär das vielleicht nützlich. Grundbucheintrag und so weiter. Ich weiß nur, dass der Zweig vom Prenzlauer Berg mit meinem Teil der Familie nicht redet.«

Mona nickt und schreitet aus dem Raum, ein Gang, als würde sie tanzen.

Ich stelle mich neben den nackten Schenkel und schiebe sachte meine Hand über den koslowskischen Mösenhügel, das Gelenk nach oben, und lasse sie dort eine Weile ruhen. Fast kann ich spüren, wie sich jedes Mösenhärchen aufrichtet, und an den Fingerspitzen meine ich einen feuchten Dunst zu spüren, als würde ihre Möse atmen. Mösen sind eine Supersache, geheimnisvoll, freundlich, kräftig. Ich verändere den Druck meiner Finger und lasse zwei langsam in ihren Eingang rutschen, so weit, bis mein Daumen auf ihrem Kitzler liegt. Dann ziehe ich meine Hand zusammen und öffne sie wieder. Mona nennt das meine »Blütenwichserei«, erstaunlich, wie vulgär diese kultivierte, elegante Frau sein kann, wenn sie fiepend vor Lust unter mir liegt und mich anbettelt, sie kommen zu lassen.

Aber erst mal ist Frau Koslowski dran mit Kommen, sie hat lang genug gewartet. Immer schneller bewegt sich meine Hand. Mittel-, Ring- und kleiner Finger stoßen eng aneinandergepresst in sie hinein, immer erst gerade und ganz am Ende mit einer leichten Drehung, damit der vordere Teil der Möse auch die maximale Lust abkriegt. Und dabei rutscht mein Daumen jedes Mal über ihren Kitzler, ohne großen Druck, eher ein Fiedeln als ein Reiben. Ich stoße und fiedle Frau Kosloswki, die sich jetzt so anspannt, dass sich ihr Becken anhebt. Fliegen Sie vor Lust! Lassen Sie alles hinter sich! Obwohl ich weiß die Göttin schon wie viele Mösen gefingert, geleckt und mit Spielzeug bearbeitet habe, bin ich immer wieder erstaunt und stolz, dass ich das kann: andere Frauen zum Orgasmus bringen. Ich werde noch schneller, mein Ellenbogen schmerzt ein bisschen, aber das gehört dazu. Und dann zieht sich die koslowskische Möse zusammen, die Welle in ihr brandet auf, sie wird noch einmal nasser in einer Flut der Lust, ihre Möse zuckt, als wollte sie meine Finger hineinsaugen. Ich stoße weiter, gegen den engeren Widerstand, nehme aber Druck vom Kitzler, bis mein Daumen ihn fast nicht mehr berührt, denn ich weiß, wie empfindlich meiner in diesem Moment ist. Sie stöhnt laut, schreit, ihr Bauch, ihre Brustwarzen werden hart, sie stößt mit den Füßen in die Luft. Ein Stoß noch, ich halte sie, versuche ihr diesen Orgasmus so lange wie möglich zu schenken, dann bricht die Spannung ein, sie sackt auf der Liege zusammen, ich warte, meine Finger in ihrer Möse pulsieren nur noch ein wenig. Und als sie schlaff daliegt, ziehe ich langsam meine Hand aus ihr heraus, lege sie, nass, auf ihre Oberschenkel. Mit der anderen streichle ich noch ein bisschen ihren Bauch, mit sanften, ruhigen Bewegungen.

Es ist ein richtig inniger Moment und der erste ruhige seit dem frühen Morgen. Es gibt kaum etwas Schöneres als beglückte, befriedigte Frauen, denke ich. Diese zufriedene Trägheit, als wäre die ganze Welt in Ordnung. Ich schließe kurz die Augen und überlasse mich der wohligen Schlaffheit von Frau Koslowski. Aber diese kleine Oase dauert nicht lang, denn unten klingelt jemand Sturm, immer und immer wieder, bis ich Frau Koslowski loslasse und sie ein letztes Mal mit den Fingerspitzen tätschle.

»Ich muss nachsehen, wer es da so dringend hat«, flüstere ich der Kursleiterin zu.

Dabei weiß ich genau, wer es ist, denn so penetrant klingelt nur einer: der geifernde, geharnischte, grantelnde Grobian Gunnar.

IMKE, 1919:

»Ganz ohne Weiber geht die Chose nicht« 2

»Ich bring dich um!«

Anita zuckte nur die Schultern. Mit schweren Lidern sah sie Imke an und stürzte das halbe Glas Kartoffelschnaps in einem Schluck hinunter. Wie eine große Schlange glitt sie vom Barhocker und hob langsam ihr nachtblaues Kleid hoch, bis es die Waden, die Knie und schließlich den Hüfthalter mit den Strapsen freigab. Einen Schlüpfer trug sie nicht. Trug sie nie.

»Mädel, det machste nich. Du willst nich det Grab für die scheensten Beene von Berlin schaufeln.«

Ihre Stimme klang rauchig und schleppend, es war nicht ihr erstes Glas an diesem Abend, und der Fusel, den Imke hinter der Theke ihrer Flüsterkneipe aus Kartoffelschalen selbst braute, war übel, ein Gesöff zum Erblinden. Aber etwas anderes gab es halt nicht, es war schon schwierig genug, auf das Essen der Schalen zu verzichten, 360 Gramm Kartoffeln am Tag waren sowieso viel zu wenig. Sie konnte den Schnaps nur ansetzen, weil viele Gäste die Reste ihrer mageren Rationen mitbrachten. Manchmal schenkten Anitas Verehrer ihr nach ihren Auftritten guten Cognac oder Obstler aus Vorkriegsbeständen, dann kam sie spätnachts in die Bar, rief etwas wie »Lokalrunde, ihr versoffenen Weiber«, und die Damen jubelten und stießen mit ihr an.

»Dann bring ich eben *mich* um!«

Anita lachte und richtete einen unsichtbaren Dolch gegen ihre Brust, sie taumelte, riss theatralisch die Arme hoch, stieß zu, drehte noch eine Pirouette und sank mit verzerrtem Gesicht gegen die Theke.

Imke begann zu weinen, Anita schlang ihre langen Arme um sie und schmiegte sich an sie. Ihr Körper war so schlank und sehnig, voller Kraft und glühend vor Energie. Imke fühlte, wie sie innerlich weich wurde.

»Puppchen, du bist meen Augenstern …« Anitas Stimme klang fast rostig, wenn sie versuchte zu singen. Imke musste lachen. Kein Wunder, dass Anita Tänzerin geworden war und nicht Revuegirl. Das Theater würde nicht derartig toben, und die Männer würden nicht vor ihrer Garderobe Schlange stehen, wenn sie so auf der Bühne krächzen würde.

»Puppchen, hab dir zum Fressen jern.«

Mit kleinen hektischen Küssen bedeckte Anita Imkes Gesicht, und Imke wusste, dass ihre Haut jetzt überall von den Abdrücken des spitz zulaufenden Amorbogens bedeckt war, dem Geishamund, den sich Anita jeden Morgen karmesinrot oder schwarz ins Gesicht malte.

»Puppchen, meen süßet Puppchen …«

»Nein!«

Imke drückte sie von sich und flüchtete hinter die Theke, fing an, Gläser zu kramen und Regale zu wischen. Während Anita durch den Kellerraum ging, einen kurzen Moment in der Mitte verharrte und dann ihre neuesten Tanzschritte probte und Drehungen improvisierte, beobachtete Imke sie im Spiegel. Das hatte sie immer gewollt: Anita hier im »Hotel d'Amour«, ihrem kleinen Charlottenburger Frauenparadies. Und es war nicht einfach gewesen, sie in ihre unterirdische, heimliche Welt zu locken.

Vor zwei Jahren, am 6. März, während der Krieg noch an West- und Ostfront tobte, hatte sie Anita das erste Mal tanzen gesehen, ganz zufällig. Eine Freundin hatte sie versetzt, und Imke war in eine Vorstellung der Hochschule für Musik gegangen, weil ihr nichts Besseres einfiel und das Plakat hübsch aussah. Die ersten Nummern fand sie eher langweilig: Herumgehopse in knappen Kleidchen.

Aber dann kam Anita. Sie war größer als die meisten Mädchen, auch dünner, und hatte eine Spannung im Körper wie ein Pfeil kurz vor dem Abschuss. Sie nahm die Bühne sofort für sich ein, die anderen Balletteusen, die um sie herumsprangen, wurden unsichtbar neben ihr. Ihr stolzes und bei aller Schönheit grausames Gesicht war eine unbewegte Maske. Man fühlte förmlich, wie sie es genoss, sich zu zeigen, welche Lust sie dabei empfand, ihren Körper zu dehnen und zu strecken, seine Kraft zu spüren und immer neue Verrenkungen auszuprobieren. Sie trug eine Art römische Toga, die mit Spangen an ihren mageren Schultern befestigt war, und als sich während einer Drehung eine davon löste und ihre Brust entblößte, kümmerte es sie überhaupt nicht. Anita tanzte weiter, während die anderen Mädchen und die Ballettmeisterin in den Kulissen aufgeregte Zeichen machten. Die Männer, die um Imke herumsaßen und die bisher nicht wirklich aufmerksam gewesen waren, stießen sich sofort an und feixten, während Anita dort oben mit ihrer entblößten Brust im Scheinwerferlicht sprang und turnte, bis die Musik zu Ende war. Keine Sekunde vor dem letzten Ton verließ sie die Bühne.

Imke saß atemlos auf ihrem Stuhl und wusste, dass sie sie kennenlernen musste. So was wie Anita hatte sie noch nie gesehen.

Vor der Umkleide warteten die Mütter auf die Mädchen. Imke beachtete sie nicht, sondern klopfte an und ging einfach hinein. Anita stand splitterfasernackt vor einem Spiegel und mattierte sich den Oberkörper und den Hals mit einem fast weißen Puder. Imke hatte versucht, ihr Komplimente zu machen, aber Anita nahm sie nur huldvoll entgegen, ohne weiter darauf einzugehen. Erst als sie in ein enges schwarzes Kleid mit weißem Kragen schlüpfte und der Reißverschluss riss, kam Imkes Moment. Sie griff sich Nähzeug, das vor dem Spiegel lag, und nähte Anita mit wenigen Stichen in das Kleid. Während sie den Faden verknotete, kniete sie zu Anitas Füßen.

»Bis zu Hause müsste es halten.«

Anitas schlanke weiße Hand strich ihr über den Kopf.

»Schätzchen, meen Zuhause is die Bühne, und da würd ick am liebsten jar nüscht um die Knochen haben.«

Imke dachte an die kleine Brust, die nun alle der fast hundert Besucher des Tanzabends gesehen hatten.

»Das hab ich bemerkt. Es wäre unglaublich, wenn Sie die Brustwarzen rot schminken würden.«

Sie biss sich auf die Zunge, sie wusste auch nicht, wieso sie das gesagt hatte, aber Anita gefiel die Idee offensichtlich. Also wagte sich Imke weiter vor.

»Ich habe ein kleines, verschwiegenes Kellerlokal nur für Frauen, das Hotel d'Amour. Und wenn Sie es ganz diskret wollen oder uns eine Razzia überrascht, haben wir sogar einen Notausgang beim Stromkasten, dann kommt man auf der Hinterseite des Blocks raus.«

»Ick bevorzuge Vordereinjänge, und ick trete nich in verschwiejenen Kaschemmen uff.«

Ihr Gesicht war wieder so hochmütig und verschlossen, dass Imke sich nicht zu protestieren traute. Sie legte ihre Eintrittskarte mit ihrer hingekritzelten Adresse auf die Schminkkommode und verließ die Garderobe.

Vielleicht hätte sie es bei dieser Begegnung belassen sollen, aber als sie das nächste Mal in der Zeitung eine Notiz las, dass Anita auftreten würde, konnte sie einfach nicht anders. Vielleicht lag es am ständigen Hunger, der auch dadurch nicht besser wurde, dass nun jedem ein Kilo Gemüsekonserven pro Woche zugeteilt wurden, oder an der Kälte. Der Frühling ließ auf sich warten, und manchmal gab es weder Holz noch Kohle. Dann saßen die Damen eingewickelt in Mänteln im Hotel d'Amour, tranken den fürchterlichen Schnaps, den Imke mit viel Wasser streckte, und wünschten sich woandershin. Die Gedanken an Anita waren eine angenehme Abwechslung vom täglichen Elend.

Beim ersten Mal, als sich Imke wieder zu einem Auftritt traute, wurde sie enttäuscht, denn statt Anita, die offenbar erkrankt war, erschien eine Leni Riefenstahl, ein Mädchen, von dem Imke noch nie gehört hatte und das sich auch nicht mit Anita messen konnte. Sie war nur hübsch und gefällig, wo Anita rücksichtslos und atemberaubend war, und Imke glaubte nicht, dass aus ihr eine große Tänzerin werden würde, höchstens ein Revuemädchen. Aber dann im Apollo-Theater und bei Rudolf Nelson stand Anita wieder auf der Bühne, und vielleicht war es wirklich Zufall, aber bei jedem ihrer Auftritte löste sich ein Teil ihres Kostüms, mal entblößte sich plötzlich ein Bein bis zum Oberschenkel, mal rutschte ein Oberteil über die knochigen Schultern, dann ging ein Raunen durch die Reihen, und die Männer hielten sich Operngläser vor die Augen und lachten. Kein Applaus war größer als der nach Anitas Tänzen, und sie hielt noch nach dem Verklingen der Musik wie eingefroren ihre Pose und ließ sich feiern. Imke wartete schon in der Garderobe auf sie, schnürte sie wortlos aus ihren Kostümen und knöpfte ihre Alltagskleidung zu. Manchmal erzählte sie etwas aus ihrem Lokal. Sie hatte gerade oft zwei Schwestern zu Gast, die ganz erstaunlich gut den neuen Schlager »Du sollst der Kaiser meiner Seele sein« oder »Du mein Berlin« singen konnten und dazu Akkordeon spielten. Einmal begleitete Imke Anita nach ihrem Auftritt noch auf den Ku'Damm. Nicht dass sie eingeladen worden wäre, sie kam einfach mit und sah, wie sich vor Anita ein Spalier aus Männern und Huren bildete, die sie verehrten wie eine Königin. Eine Gruppe Offiziere auf Fronturlaub stand an der Bar und johlte, als sie eintrat, und sie rief herrisch: »Seid ruhig! Ich schlafe ja doch mit jedem von euch!«

Ein anderes Mal nähte Imke in der Garderobe eines Kabaretts gerade eine Spitzenborte an ein durchsichtiges Hemdchen, als Anita mit einem älteren Mann hereinkam, der energisch versuchte, sie zu küssen und ihre Brust zu berühren. Anita ließ es unbewegt wie eine Statue geschehen, bis er frustriert fragte, was los sei, sie habe doch einen älteren Mann gewollt. Anita zuckte mit den Schultern, nahm ihm seine Zigarre aus der Hand, zog daran, und noch während sie sie im Mundwinkel hielt, sagte sie: »Nun ja, meen Jott, aber 'ne junge Frau wär mir lieber.« Dabei sah sie Imke an. Die wusste, dass es nun endlich vorwärtsgehen würde.

Und so war es auch.

Anita sollte für Modeaufnahmen fotografiert werden und schlug als originellen Hintergrund Imkes Kneipe vor. Auch wenn man später auf den Aufnahmen wenig von den Räumen sah, riss Imke die Fotos aus der Zeitschrift und hängte sie in der kleinen Kammer neben dem Tresen direkt am Sicherungskasten auf.

Nachdem sie in Pelzen, Abendkleidern und Tanzkostümen porträtiert worden war, erschien Anita abends das erste Mal privat im Hotel d'Amour und brachte Imke einen dicken Kanten Brot und, ein Wunder, Schokolade mit. Sie trällerte »Erklingen zum Tanze die Geigen«, und Imke hörte diese rostige, scheppernde Singstimme und war unendlich erleichtert, dass es wenigstens eine Sache gab, in der Anita nicht alle anderen überstrahlte.

Und als die letzte Kundin im Morgengrauen gegangen war, schwankend vom Fusel, fand sich Imke unterm Dach in ihrer kleinen Wohnung mit Anita wieder, die sich ohne weitere Umstände auszog und auf Imkes quietschendes Bett warf.

Imke schlüpfte, schnell und von Anita abgewendet, aus ihrer Kleidung und glitt unter die Bettdecke, die sie sich bis zum Kinn hochzog. Aber Anita riss die Decke mit einer großen Geste vom Bett und ließ sie einfach auf den Boden rauschen.

»Schüchtern jeht nich, Mädel«, lachte sie und legte sich mit ihrem schlanken, drahtigen Körper auf Imkes weichen. Anitas kleines Gesicht versank fast zwischen Imkes Brüsten und ließ dort Spuren ihrer Schminke zurück. Anita kam über sie wie eine Naturgewalt, Imke hatte an Sex gedacht, seit sie Anita das erste Mal tanzen gesehen hatte, aber nie hätte sie geglaubt, dass es so sein würde. Sie umfing Imke mit ihren langen Armen und Beinen, presste ihren Körper an sie, als wollte sie dort einen Abdruck hinterlassen, und wälzte sich mit Imke über die Matratze. Anita war überall, ihre schlängelnde, zuckende Zunge in Imkes Mund, ihre Finger in Imkes Möse und After, und Imke hörte sich selbst keuchen und wusste kaum, was passierte, weil ihr schwindlig war von der Flut der Empfindungen. Anitas Beine verschränkten sich mit ihren, und ihre kleine haarlose Pflaume drückte gegen Imkes Schamlippen. Fast kam es Imke vor, als würde sich Anitas Möse an ihrer festsaugen, sie waren beide so nass, dass es leise schmatzte. Anita lag auf ihr und hielt sie fest in den Armen, Imke konnte kaum atmen. Dann bäumte sie sich auf, als ein Blitz durch ihre Möse direkt in den Bauch fuhr, und schrie fast. Anita lachte heiser.

»Jetzt biste richtig, so jeht det.«

Anitas Möse war so fest auf ihre gepresst, dass sich ihre Kitzler berührten, und als Anita anfing, auf Imke zu schaukeln und zu ruckeln, sie regelrecht zu reiten, bis Imke unter ihr auf dem Laken hin und her geschüttelt wurde, als hätte das Bett Seegang, da rutschten ihre Kitzler rhythmisch übereinander, geschmiert von ihrer Feuchtigkeit, die immer heißer zu werden schien und an Imkes Oberschenkeln hinablief. Sie kam mit einem gellenden Schrei, den sie noch nie von sich gehört hatte. Und Anita stieß weiter, rieb ihre Möse an Imkes, dann erstarrte sie plötzlich, verdrehte die Augen, und die langen künstlichen Wimpern flatterten, während sich ihr biegsamer, muskulöser Körper anspannte wie bei einem besonders hohen Sprung. Sie glitt neben Imke, die schweißüberströmt und zitternd dalag und das Gefühl hatte, sie würde den Abdruck von Anitas Rippen, ihren Knien und dem Becken noch den ganzen nächsten Tag spüren. Anita biss leicht in Imkes Brust, zündete sich eine Zigarette an, zog daran und reichte sie Imke weiter.

»Bett is wie Ballett«, sagte sie, »passt oder passt nich.«

Und Imke wusste selbst nicht genau, wieso, aber sie war in dem Moment unglaublich stolz, dass es mit ihr offenbar passte.

Seitdem richtete sie es so ein, dass sie zunächst Anita bei ihren Auftritten begleitete und dann erst das Hotel d'Amour öffnete. Ihre Gäste protestierten zwar, aber Anita besänftigte die Damen mit kurzen Tanzeinlagen und, wenn sie konnte, auch mit Cognac. Imke hatte gedacht, es würde immer so weitergehen. Zwei Jahre waren seit ihrer ersten Begegnung vergangen, und insgeheim hatte sie gehofft, Anita werde bei ihr einziehen, obwohl sie wusste, dass die Mansarde, in der es zog und feucht roch, nicht standesgemäß war für einen angehenden Star wie Anita. Aber sie waren doch glücklich miteinander.

Und dann hatte Anita ihr heute Abend einfach so ins Gesicht gesagt, sie werde den Herrn Eberhard von Nathusius heiraten. Imke konnte es nicht fassen. Von einem Nathusius hatte sie noch nie gehört, und Anita als Braut – das war einfach lächerlich. Aber die schenkte sich ein Wasserglas bis zum Rand voll mit Imkes Schnaps ein und stürzte es hinunter.

»Reg dir nich uff, Kindchen, er is ne jute Partie, wahrscheinlich ooch schwul, so jenau weeß ick det nich, aber er hat die Büx voll Kohle. Man muss sehn, wie man klarkommt.«

Imke war so zornig, dass sie ein Glas gegen die Wand warf.

»Ich bring ihn um! Durfte er dich überhaupt fragen? Wir gehören zusammen, wir!«

Mit einem tiefen Seufzen schlang Anita die Arme um Imke und trippelte mit den Fingerkuppen über ihren Rücken. »Det is nur 'n Wisch. Zwischen uns ändert sich nüscht.«

Sie küsste Imke mit ihrem kleinen harten Mund.

»Nur Penunzen, Mädel. Jar nüscht wird sich ändern, meene Hübsche, nüscht, nüscht, nüscht.«

GEORGIE, 2017:

Schwarz sehen und blau machen

3

Als ich die Treppe zur Eingangshalle hinuntergehe, hat Matze offensichtlich schon die Tür geöffnet und Gunnar hereingelassen. Von Matze selbst ist nichts zu sehen. Ich hoffe, dass er den Pleasure Treasures gerade erklärt, warum wir nicht unbegrenzt Strom haben. Ich seufze. Es wäre schön gewesen, ich hätte ihn bei diesem Gespräch an meiner Seite gehabt, aber er kann nicht überall sein. Also muss ich den alten Mann allein besänftigen. Ich lehne mich über das Geländer und sehe durch die Treppenspirale ins Foyer. Da unten wartet er, direkt neben der Nymphe, tritt von einem Fuß auf den anderen, bis hier oben kann ich fühlen, wie geladen er ist. Am liebsten würde ich ihn einfach stehen lassen, aber dann hört der Terror nie auf, ich muss das jetzt klären.

Ich versuche, sein Gesicht zu sehen, und als er ein paar Schritte geht und das Licht auf ihn fällt, wundere ich mich. Er muss Mitte sechzig sein, sieht aber viel älter aus. Sein Haar ist schlohweiß, und sein Gesicht ist verhärmt wie bei jemandem, der Hungerjahre hinter sich hat. Um seinen Mund liegt ein bitterer Zug. Sein kleiner magerer Körper ist angespannt, als würde er jederzeit einen Angriff erwarten. Immer wieder sieht er sich um, dreht sich, versucht, den ganzen Raum im Blick zu behalten. Als in der Küche ein Topf oder irgendetwas scheppernd herunterfällt, zuckt er sogar zusammen. Ich versuche, diesen ängstlichen Greis mit dem tobenden Mann vom Telefon in Einklang zu bringen, schaffe es aber nicht. Oder ist das gar nicht Gunnar? Ich habe ihn erst ein Mal gesehen, da muss ich fünfzehn oder sechzehn und auf Besuch bei Elysia gewesen sein. Es war ein Familienfest, ich erinnere mich nicht mehr, worum es ging, aber ich weiß noch gut, dass Gunnar mit seiner alten Mutter Konstanze abseits saß und mit den anderen kein Wort sprach, auch nicht mit mir, obwohl ich beiden ein Stück Kuchen reichte, weil ich das merkwürdig fand.

»Der Prenzlauer-Berg-Zweig gibt sich mit uns nicht ab«, hatte mir Elysia schulterzuckend erklärt, »alte Kriegsgeschichte.« Als er auch mit mir nicht redete, obwohl ich nur nett sein wollte, war ich beleidigt und fragte nicht weiter. Dann habe ich jahrelang nichts von ihm oder Konstanze gehört. Erst als Elysia mir das Haus überschrieb und ich das Zentrum eröffnete, fingen die Anrufe an. Er wollte alle möglichen Unterlagen einsehen und drohte mit juristischen Schritten. Elysias Notar sagte mir allerdings, die Überschreibung sei wasserdicht. Und sie meinte, ich solle mich nicht weiter um ihn kümmern, er sei einfach ein cholerischer Querulant, im Leben zu kurz gekommen: »Wahrscheinlich chronisch untervögelt.« Damit hat sie wohl recht, denn dieser verknöcherte Mann dort unten hat in seinem Leben sicher nicht viel Spaß gehabt, das sieht man ihm an. Ich umklammere das Geländer aus dunklem Holz, fühle die geschnitzten Verzierungen und überlege, ob ich es noch einmal mit Charme und Freundlichkeit oder direkt mit einem bossigen Domina-Ton versuche, was mir ein bisschen lächerlich vorkäme. Ich würde mich dann selbst gedanklich in einen Dalmatinermantel gehüllt und mit Cruella-Frisur und Blitzen um den Kopf sehen. Aber wenn ich es schaffe, dabei nicht zu lachen, bringt diese Nummer oft erstaunliche Ergebnisse im Umgang mit schlampenden Handwerkern oder zahlungsunwilligen Kunden. Einen Versuch wäre es also wert.

Ich schaue mich in einem der stellenweise blinden Spiegel an, die im Treppenhaus auf jeder Etage in die rötlichen Marmorwände eingelassen sind, straffe die Schultern und feuere mich lautlos mit einem Fangesang an: Do-mi-na, oho-oho.

Gerade will ich zu Gunnar hinuntergehen, da reißt er sich von der Nymphe los, neben der er bisher gestanden hat, als müsse er sie bewachen, und geht zögerlich die paar Schritte bis zur Kellertür.

Ich warte. Was hat er jetzt vor? Er schleicht sich an diese alte Tür regelrecht an, ein Greis auf der Pirsch. Wobei – so, wie er sich umsieht und langsam die Hand zum Türknauf hebt, erst gar nicht wagt, sie zu berühren, und dann doch zugreift, habe ich gar nicht das Gefühl, einen aggressiven Jäger zu beobachten. Überhaupt keinen Erwachsenen. Das erinnert mich eher an einen kleinen Jungen, der sich vor dem Keller fürchtet. Ich selbst fürchte mich auch vor dem Keller. Ich nenne ihn oft das drohende Grab meiner Karriere, denn dort unten ist der Sicherungskasten und wahrscheinlich noch viel mehr, das einmal unendlich viel Geld kosten wird, wenn es den Geist aufgibt. Dort unten kann man an den feuchten Mauern und den Leitungen, die über Putz liegen, regelrecht fühlen, wie alt dieses Haus ist, und bei den Renovierungen, die zwangsläufig auf mich zukommen müssen, darf man schon mal panisch werden. Aber Gunnars Angst ist etwas ganz anderes. Er sieht aus, als erwarte er Gespenster, Zombies oder Monster, sobald er die Tür öffnet. Jetzt dreht er am Knauf. Ich wage nicht zu atmen, und weil es gerade still ist im Haus, kann ich das leise Quietschen des Griffs hören. Er geht keinen Schritt näher, öffnet die Tür nur einen Spalt und späht mit vorgerecktem Kinn hinein.

Da dringen Stimmen und Lachen bis ins Foyer, bestimmt die Nudisten, die draußen im Hof die Sonne für ihre Leibesübungen genutzt haben – Gunnar zuckt zusammen, er springt regelrecht zurück, und die Tür fällt zu. Er bleibt noch einen Moment wie angewurzelt stehen und starrt sie an.

Was auch immer ihn da so ängstigt, ich muss jetzt zu ihm gehen. Obwohl das meiner Domina-Pose nicht zugutekommt, tut es mir irgendwie leid, dass er offenbar etwas mit sich herumschleppt, das ihn in diesem hohen Alter noch Angst vor Kellern haben lässt. Ich räuspere mich und trete fester auf, damit er mich hört. Nicht dass er wegen mir einen Herzinfarkt erleidet. Vielleicht lade ich ihn erst mal zum Mittagessen ein. Die Pornoleute haben bestimmt etwas übrig gelassen, wir sollten uns draußen in der Sonne auf die Holzbank setzen, und ich lasse ihn einfach erzählen, was er auf dem Herzen hat. Er kennt mich praktisch nicht, er kann nichts gegen mich persönlich haben. Und dieser ganze Streit ist bestimmt ein Missverständnis. Vielleicht überrede ich ihn sogar, die Wurzelchakra-Massage mitzumachen, die am frühen Nachmittag beginnt. Berührung und Entspannung wirken Wunder.

Mit einem breiten Lächeln gehe ich auf ihn zu, strecke ihm die Hand hin und will ihn gerade begrüßen, als sich sein blasses, altes Kleinjungengesicht zusammenzieht und verfinstert und eine bedrohliche Röte vom Hals aufsteigt.

»Frollein, glaub ja nicht, du könntest mich abspeisen!«, zetert er mir entgegen. »Ich bin jetzt hier, ich lasse mich nicht abwimmeln. Ich will alle Unterlagen, die es über das Haus gibt. Es nutzt dir gar nichts, dass du die versteckst.«

»Niemand versteckt hier irgendwas«, stammle ich überrumpelt. Und wie aufs Stichwort strömen die Nudisten vom Hof herein, zwanzig splitternackte Männer und Frauen verschiedenen Alters, lachend und mit frischen Gesichtern. Einer trägt ein Akkordeon vor dem nackten Bauch, und eine sehr junge Frau hält eine Klarinette wie einen Tambourmajorstab. Sie haben im Hof geturnt und werden jetzt oben in dem Raum, wo bis eben noch der Masturbationskurs lief, ihre Nackttango-Stunde abhalten. Auf dem originalen Jahrhundertwende-Parkett, wie mir sofort einfällt.

Gunnar starrt sie angewidert an und zieht die Schultern zusammen, damit er bloß niemanden streift. Ich klatsche mit Eino, dem finnischen Akkordeonspieler, ab, und er säuselt mit seinem unwiderstehlichen skandinavischen Akzent: »Ja kunnia minulle, rouva, eine Schönheit, die du heute wieder hast.«

Gunnar schnaubt und wartet ungeduldig, bis der nackte Ansturm vorbei ist. Mit der zusammengepressten Linie seines Mundes sieht er aus, als würde er sich am liebsten sandstrahlen und dekontaminieren.

Sobald die Tangotänzer auf der Treppe sind, schimpft er weiter.

»Du hast mich lange genug hingehalten. Wenn du nicht willst, dass wir uns vor Gericht wiedersehen, zeigst du mir jetzt endlich die Unterlagen.«

Ich versuche, ihm beschwichtigend die Hand auf den Arm zu legen.

»Ich habe ehrlich keine Ahnung, worum es eigentlich geht.«

»Frollein, mit der Tour kommst du schon mal gar nicht weiter«, ranzt er mich an.

Jetzt werde ich sauer. Er behandelt mich wie eine Verbrecherin, die sich irgendwas erschlichen hat. Hab ich aber nicht.

Ich wusste gar nichts von diesem Haus, bis Elysia ihren Durchbruch hatte, nach Ibiza auswandern wollte und beschloss, es mir zu schenken.

Und auch hier habe ich mich nicht ins gemachte Nest gesetzt. Ich habe hohe Kredite aufgenommen, um es – abgesehen vom Keller und Dachgeschoss – zu renovieren und das Zentrum in Gang zu bringen. Ich glaube an das, was ich tue, ich glaube, dass freie, sexuell zufriedene Menschen glücklicher sind und die Welt schöner machen. Ich glaube, dass jeder das Recht hat, seine einvernehmlichen Sehnsüchte auszuleben und sich angenommen und schön zu fühlen. Das hier ist viel mehr als ein Zentrum, in dem die verschiedensten Gruppen Treffen und Kurse abhalten, es ist mein Baby. Ich liebe dieses Haus. Und ich habe immer das instinktive Gefühl gehabt, dass ich das Richtige tue, wenn ich Lust und Freiheit hierher bringe. Es tut mir weh, dass Gunnar das nicht zu würdigen weiß und in all dem, was ich aufgebaut habe, etwas Unrechtmäßiges und Hässliches sieht. Ich fühle, wie mir Tränen in die Augen steigen, aber ich werde vor ihm nicht anfangen zu heulen, keinesfalls.

Ich hebe das Kinn und stelle mich fest auf beide Füße. Ein bisschen Cruella steckt immer noch in mir, auch wenn ich sehr gekränkt bin.

»Elysia hat mir das Haus überschrieben. Ich bin die Besitzerin und habe mir hier eine Existenz aufgebaut, und das ist alles nicht einfach. Juristisch lief das absolut korrekt. Ich habe nichts falsch gemacht. Und ich lasse mich nicht behandeln wie eine Kriminelle.«

Das saß hoffentlich. Aber Gunnar kann ich nicht einschüchtern.

»Du, mein Frollein«, seine Augen werden schmal und dunkel, »bist eine Nutznießerin der Ungerechtigkeit. Du bist ein moralischer Aasgeier.« Er holt tief Luft, und ich frage mich, was jetzt noch folgen soll.

»Du bist eine Kriegsgewinnlerin!«

Mein spitzer Schrei hallt noch von den Marmorwänden des Treppenhauses nach. Ich habe nicht nachgedacht, der Schrei kam einfach so aus mir heraus. Mir fällt dazu nichts mehr ein, das ist unfassbar. Ich wünschte, es wäre irgendjemand hier, damit ich einen Zeugen für diese Ungeheuerlichkeit habe. Was für ein absurder Unsinn. Ich bin 1983 geboren, Elysia 1962. Der alte Mann ist paranoid, spinnert, komplett gaga. Ich starre ihn an und kann das alles nicht fassen. Dabei fing der Tag heute so gut an.

Und Gunnar legt noch mal nach.

»Das Haus gehört meiner Familie, meiner, in gerader Linie, es wurde nie verkauft oder verschenkt. Und wäre die Mauer nicht gewesen, würden wir hier gar nicht stehen.«

O mein Gott, erst der Krieg, jetzt die Mauer, was kommt als Nächstes?

»Es gehört meiner Familie. Mit allem, was darin war!«

Ich bin so erschöpft und müde, dass ich keine Kraft mehr habe, ihn anzuschreien. Meine Stimme klingt leiser und besänftigender, als mir lieb ist, von Cruella ist nichts mehr übrig.

»Mit allem, was darin war? Wann denn? Ich habe bei Elysia Fotos gesehen, die kurz nach dem Krieg gemacht wurden. Es stand leer. In mehreren Zimmern hatte es gebrannt. Eine Tante von Elysia hat erzählt, dass sie und eine Schwester bergeweise Schutt rausgeschaufelt haben, mit ihren eigenen Händen. Nur die Nymphe und das Treppenhaus haben es heil überstanden.«

Ich weiß selbst nicht, warum es mir gerade jetzt einfällt, aber ich ahne plötzlich, dass ich damit das Ruder herumreißen kann.

»Und im Keller gibt es noch die Theke im alten Schankraum. Und Regale.« Ich hebe die Hände, letzter Versuch.

»Wir können gern runtergehen und sehen, ob du vielleicht ein Andenken findest, da unten.«

Dass Gunnar darauf reagieren würde, hatte ich vermutet, aber nicht, dass er zurückschrecken und kalkweiß werden würde. Er ringt nach Luft, und ich befürchte einen Moment, dass er nun doch einen Infarkt bekommt. Deshalb bemerke ich auch nicht, dass der finnische Nackttänzer neben mich getreten ist und mir auf die Schulter tippt. Diesmal ohne Akkordeon.

»Ist okay, wenn wir Fenster offen? Sonne so schön, aber man kann sehen.«

Ich nicke. Sollen sie ruhig bei offenen Fenstern Tango tanzen, im Haus gegenüber wohnt Gemma mit ihrem Mann und einem Dutzend Katzen, die stört das nicht.

»Das ist ekelhaft«, spuckt ihm Gunnar entgegen, und ich rolle mit den Augen. Schlimm genug, wenn er mich beleidigt, aber bitte nicht auch noch meine Kunden. Der Finne bleibt ganz freundlich.

»Hat Nacktentanz große Tradition. Spezial in Berlin. In zwanziger Jahr war berühmt. Frei und Ekstase. Josephine Baker ... Anita Berber ...« Er holt zu einem größeren Exkurs aus, aber Gunnar schnaubt verächtlich, und ich gehe dazwischen.

»Macht ruhig die Fenster auf. Und habt viel Spaß.«

Bevor er wieder gehen kann, herrscht Gunnar mich an: »Ich werde jetzt hochgehen und die Bausubstanz begutachten!«, und lässt uns stehen.

Der Finne sieht mich mit hochgezogenen Augenbrauen an, als wollte er anbieten, ihn aufzuhalten, aber ich winke ab. Ich finde zwar, dass Gunnar nicht das geringste Recht hat, hier irgendetwas zu begutachten, aber im Augenblick bin ich erst mal froh, dass ich ihn los bin. Vielleicht ist er wirklich geisteskrank. Sein merkwürdiges Verhalten an der Kellertür spricht dafür, dass er nicht alle Tassen im Schrank hat. Ich muss Matze fragen, ob er Ahnung von einstweiligen Verfügungen hat, und beratschlagen, was wir tun können, um uns Gunnar vom Hals zu halten. Vielleicht ist er sogar gefährlich?

Ich fühle mich ausgelaugt und stehe einen Moment unschlüssig herum. Als die Akkordeonklänge zu mir herunterdringen, hüpfe ich ein paarmal auf der Stelle, erst lustlos wie eine kaputte Marionette, dann hebe ich die Arme und tanze ein paar Schritte und finde mich selbst peinlich. Mona sagt immer, Tanzen löst keine Probleme, aber es gibt nichts, was dadurch nicht erträglicher wird. Meine weise Mona. Ich straffe den ganzen Körper, lächle, so strahlend ich kann, erst künstlich, dann wird mein Grinsen echter und breiter, ich schwebe in ein paar Tangoschritten durchs Foyer, drehe eine Pirouette, hüpfe wie beim Zumba und tanze im Cha-Cha-Cha-Rhythmus in den Gang, der zum großen Saal führt. Dort bereitet Mona gerade alles für Elysias große Performance vor. Genau da will ich hin.

Elysia hat inzwischen eine Übersicht aus ihrem Manifest gemailt, Mona zeigt mir den Ausdruck, als ich zu ihr auf die Bühne steige und ihr einen Kuss auf den Nacken hauche. Ich überfliege die sieben Thesen und frage mich, wann Elysia Zeit findet, das alles zu schreiben. Ihr Rockstar-Auftreten und ihr unbekümmertes schallendes Gelächter, das ihre Fans und ich so lieben, täuscht. Sie ist eine hart arbeitende, klug kalkulierende Frau, die immer hervorragend informiert ist, täglich mehrere Zeitungen liest und auch genau verfolgt, was in den Foren und Blogs über sie geschrieben wird. Sie ist keine durchgeknallte, wild in der Gegend herumvögelnde Nymphomanin, wie ihre Gegner sie darstellen. Sie hat ihre Lehre nie kommerzialisiert, es gibt keine Pornofilme von ihr und keine Fotos, die sie beim Sex mit ihren Jüngern zeigen. Wer sie erleben will, muss nach Ibiza fliegen und die Kurse in ihrem Ashram durchlaufen. Oder zu uns kommen, wenn sie uns einen ihrer Besuche gewährt. Ihre Workshops in meinem Haus sind immer ausgebucht, und als ich das letzte Mal bei ihr auf Ibiza war, konnte ich nur staunen, welche Ausmaße das alles inzwischen angenommen hat.

Damals war ich gerade achtzehn und dachte, sie sei einfach eine rebellische coole Verwandte, die ein Nudistencamp leitet und es auf einer warmen Mittelmeerinsel krachen lässt. Aber ihr Ashram war eine komplette Ferienhausanlage mit Pool und Wellnessabteilung, Tagungsräumen, Freilufttheater und eigenem Strand. Hunderte von weiß gewandeten, halb oder ganz nackten Leuten liefen herum, sagten sich gegenseitig, dass sie schön seien – was objektiv gesehen nicht bei allen zutraf –, und dann würdigten sie die elysische Gottheit im jeweils anderen, was bedeutete, sie hatten an Ort und Stelle Sex. Für mich war das ein großer, liebevoller Streichelzoo, ich wurde ständig von irgendjemandem gehätschelt, bewundert oder angefasst. Das tat mir so gut, denn mein Leben zu Hause war schwierig. Ich hatte alles hinter mir abgebrochen und kam mir ziemlich verloren vor. Meine Eltern sprachen kein Wort mehr mit mir und tun das bis heute nicht, offiziell, weil ich die Schule auf den letzten Metern einfach abgebrochen habe. Tatsächlich hatten wir uns nie viel zu sagen. Dass ich aus den Abschlussprüfungen einfach weggelaufen bin, haben sie mir nie verziehen. Aber rumsitzen und Sachen auswendig lernen war einfach nicht meins. Ich wollte Teil von etwas sein, an das ich glaube. Bei Elysia habe ich gelernt, dass jeder Mensch das Recht auf Lust und seine persönliche Sexualität hat, sofern er damit niemand anderen verletzt. Dass jeder richtig ist, wie er ist. Das hat mich sehr berührt. Und ich habe keinen Moment gezögert, als Elysia mir das Haus in Berlin anbot und vorschlug, hier ein solches Zentrum zu eröffnen. Ich wusste direkt, dass das genau mein Ding ist. Seit einem Dutzend Jahren wurschteln wir uns nun so durch, finanziell meistens mehr schlecht als recht, aber darauf kommt es nicht an. Unsere Arbeit ist wichtig, und ich bin fest davon überzeugt, dass wir die Welt mit sexuell glücklichen Menschen ein bisschen besser und, ja, von mir aus auch elysischer machen.

Ich betrachte die Ausdrucke in meiner Hand. Wenn ich davon ausgehe, dass sie zu jeder ihrer Thesen drei bis vier Seiten geschrieben hat und mitbringt, wird das eine lange Pressekonferenz. Ich lese die Überschriften quer und muss lächeln, denn ich kann mich noch gut daran erinnern, wie sie auf Ibiza nackt am Strand saß und mit ihren engsten Jüngern einzelne Begriffe diskutiert hat. Und nun ist ihr Manifest fertig.

1. Das Elysische ist in dir.

In jedem von uns ist die Kraft für Lust und Entgrenzung. Jeder trägt sein eigenes Glück in sich und ist für dessen Erweckung selbst verantwortlich. Jeder hat seine eigene Schönheit, die er erkennen, würdigen und feiern muss. Bevor man nicht den elysischen Funken in sich selbst gefunden hat, kann man kein elysisches Feuer bei anderen entzünden.

2. Das Elysische ist untrennbar mit dir verbunden.

Es mag schlafen oder verletzt sein, aber der Funke ist immer da. Du bist nie verloren, und wenn du bereit bist, wird ein helles, loderndes Feuer daraus schlagen und dich in kältesten Zeiten wärmen. Die elysische Entgrenzung ist mehr als eine Hoffnung, sie ist eine Gewissheit, die auf dich wartet, auch wenn du sie gerade nicht spüren kannst.

3. Jedes Elysische ist elysisch.

Es gibt keine bessere oder schlechtere Sexualität. Jedes einvernehmliche Verlangen hat seine Berechtigung. Jede Lust ist elysisch. Daraus folgt eine große Verantwortung: Um das Elysische in anderen Menschen zu würdigen und zu feiern, darfst du niemanden zwingen, verletzen, bevormunden oder herabsetzen. Auch dich selbst nicht! Nur wer anderen und sich selbst auf einer elysischen Ebene begegnet, ist wahrhaft elysisch.

4. Elysische Lust hat keine Grenzen, du schon.

Achte darauf, wie dein elysischer Funke brennt und wann er zu erlöschen droht. Dort ist eine Grenze, die du nicht überschreiten solltest. Jeder hat individuelle Grenzen. Du darfst alles ausprobieren, aber wenn es nicht elysisch für dich ist, dann brich es ab und zwing dich niemals, sonst wird dein Funke erlöschen.

5. Das Elysische gehört ganz dir.

Sei achtsam, wie es in dir brennt. Glaube nicht einfach, was du liest, siehst oder hörst. Nur du selbst weißt, wie du elysische Entgrenzung erleben kannst, folge deinem Funken.

6. Elysische Entgrenzung ist keine Religion.

Missioniere nicht. Trage dein Licht und deine Freude in die Welt und mache sie besser. Schenke elysische Freude, wenn jemand dafür bereit ist, aber überrede oder führe nicht.

7. Elysische Entgrenzung ist reine Freude.

Sie ist keine Arbeit, kein Anspruch, kein Ehrgeiz. Sie ist dein Geschenk an dich selbst, das dich emporheben wird, wenn du so weit bist. Gib dir Zeit, bereit zu werden für das elysische Feuer, und trete in keinen Wettstreit mit denen, die es schon gefunden haben. Gönne ihnen ihre Freude und achte darauf, wie du deinen elysischen Funken weiter nähren könntest.

Und das sind nur die Thesen. Dazu fällt ihr noch seitenweise mehr ein – unterbrochen jeweils von Live-Gevögel, hoffe ich jedenfalls. Und ich hoffe, dass sie aus dem Elysischen ein eingetragenes Warenzeichen gemacht hat, denn wenn sie jedes Mal einen Cent dafür bekommt, sobald jemand »elysisch« sagt, ist ihr Ashram gesichert.

Mona hat schon begonnen, den Saal vorzubereiten. Die Stühle stehen in dichten Reihen, die Podeste für die angekündigten Kamera-Teams sind aufgebaut. Ein Techniker wird nachher kommen, um das Licht und die Mikros professionell einzurichten. An den Wänden hängen die Transparente, die Elysia vor einigen Tagen geschickt hat. *Der elysische Funke* steht darauf, *Entfache das Feuer* oder auch Sätze wie *Du trägst es in dir* und *Du bist elysisch*.

Mona bezieht gerade die Bettwäsche auf dem riesigen Himmelbett, das Timo, der Schreiner von gegenüber, zusammengezimmert hat. Die Liegestatt einer Sonnenkönigin, also genau das Richtige für Elysia. Sie weiß, wie sie sich in Szene setzen muss, damit sie den Kameras etwas bietet, und wie sie so ganz nebenher ihre Lehre unters Volk bringen kann. Sie wird ihr Manifest nackt verkünden. Wie sie mir am Telefon erklärt hat, wird sie die Journalisten einladen, sich ebenfalls auszuziehen und zu ihr zu legen. Und während sie den Leuten Bilder bietet von sich streichelnden nackten Körpern, wird sie ihr Manifest erklären, so anschaulich, frei und humorvoll, dass die Zuschauer mehr auf ihr Lachen und ihre charismatische Stimme achten werden als darauf, ob sie wirklich gerade einen Journalistenschwanz in der Muschi hat oder ob ein Jünger an ihren Nippeln saugt. Der Saal wird kochen, weil sie Freude und Hoffnung verbreitet, und nicht, weil sie eine gut gebaute Frau ist, die während einer Pressekonferenz einen Radiomoderator reitet, einen Tontechniker zum Abspritzen bringt oder sich zwischen These vier und fünf von einer Redaktionspraktikantin zum Orgasmus lecken lässt.

»Gib mir mal die Kopfkissen.« Ich bin aufs Podium geklettert und helfe Mona beim Beziehen. Es passen viele Kissen in dieses gigantische Bett, dessen Baldachin auch in Versailles dekorativ aussehen würde.

Es wundert mich, dass Mona nicht lacht und plaudert, während wir die Kissen in Form klopfen. Wir sind alle aufgeregt und freuen uns auf den großen Event, aber Mona macht Dienst nach Vorschrift, das kenne ich gar nicht bei ihr.

»Meine Schöne? Hast du was?«

»Jetzt bin ich deine Schöne.«

Ups, zickig kenne ich sie auch nicht.

Ich lege den Bezug hin, krieche übers Bett und halte ihre fliegenden Hände fest.

»Was ist los?«

»Gibt es eine Bezeichnung für mich? Was bin ich? Deine Masturbatorin, dein Sex-Toy, das du an- und abschaltest, wie es dir gerade in den Plan passt?«

Ratlos sehe ich sie an.

»Ich wusste nicht, dass du ein Etikett brauchst. Du bist meine Mona.«

Ich lehne mich vor, nehme ihr Gesicht in beide Hände und küsse sie auf die Stirn. Die Augen, die Nasenspitze.

»Du bist meine schöne Mona. Ich könnte jedes Mal platzen vor Glück, wenn ich dich zufällig sehe. Ich genieße jeden Augenblick mit dir. Du erfüllst mich bis in die kleinen Zehen.«

Ich küsse ihren großen roten Mund, der anfangs noch angespannt ist, bald aber weich wird. Sie schmiegt sich an mich, und ich atme ihr Maiglöckchenparfum ein, von dem ich nicht genug kriegen kann. So habe ich sie kennengelernt. Ich stand mit dem Rücken zu ihr im Büro und telefonierte. Ich hörte sie nicht reinkommen, aber dann war da plötzlich dieser Duft, und ich beendete das Gespräch mitten im Satz, drehte mich um und sah sie dort stehen und war so froh, dass sie plötzlich da war und von jetzt an zu meinem Leben gehören würde.

»Ich war dir sofort verfallen, vom allerersten Moment an«, hauche ich ihr ins Ohr und ziehe sie mit mir auf die frisch bezogenen Laken.

»Du hast nur gestammelt«, lacht sie, »ich wollte mich bei dir vorstellen, und du hast keinen einzigen Satz rausgekriegt. Ich wollte unbedingt einen guten Eindruck machen, aber ich hatte keine Ahnung, was du sagen wolltest.«

Ich küsse sie wieder und beginne, ihr Kleid zwischen den Brüsten aufzuknöpfen.

»Du hast einen sehr sehr guten Eindruck gemacht.«

Sie lacht und greift mir ins Haar, zieht die Spange heraus, und mein Lockenwust springt in alle Richtungen.

»Einen geradezu elysischen Eindruck.«

Ich streife mir das Kleid im Liegen über den Kopf, bleibe halb darin stecken und strample so lange mit Armen und Beinen, bis ich es losgeworden bin. Mona steht noch einmal kurz aus dem riesigen Bett auf und legt ihre Kleidung ordentlich daneben zusammen. Sie ist die einzige Frau, die ich kenne, die nackt genauso elegant aussieht wie angezogen. Die lange Silberkette glitzert zwischen ihren Brüsten, und nicht einmal ihr BH hat Striemen auf ihrer Haut hinterlassen.

Sie kriecht auf mich zu, steigt über mich, zieht mich eng an sich und verschränkt die Füße hinter mir. Miteinander verknäuelt sitzen wir da und schaukeln leise vor und zurück, ich atme ihren pudrigen Duft ein und berühre ihr Haar, ich wuschle nicht wild hindurch, obwohl ich das manchmal gern würde, ich streichle sie vorsichtig von der Stirn bis zum Nacken. Langsam lehnt sie sich zurück und stützt sich auf meinen Schienbeinen ab, sodass ich den perfekten Blick auf ihre Brüste habe. Ich drücke meine Handflächen gegen die Spitzen und lasse sie kreisen. Mona stöhnt. Eine hingehauchte Röte breitet sich über ihren Wangen aus. Ihr Mund ist leicht geöffnet, ich muss ihn küssen. Ihre Zunge dreht und windet sich in meinem Mund. Währenddessen schlängelt sie mit ihrem Oberkörper, und der Druck ihrer Schenkel auf meine macht mich irre.

Ich will ihr ganz nah sein, ich will bis in ihr Innerstes vordringen und verstehen, wer sie ist, ich will, dass sie ihre Beherrschung verliert und meinen Namen ruft mit dieser jubelnden Stimme, die sie nur hat, wenn sie kurz vor dem Kommen steht, voller Begeisterung und Rausch, wie ein kleines Mädchen, das auf der Schaukel kurz vor einem Überschlag höher schwingt als jemals zuvor. Ich richte mich auf, obwohl es mir gleichzeitig leidtut, sie loszulassen, und dränge sie auf den Rücken. Sie legt sich zurück und nimmt die Knie auseinander. Ich öffne ihre Scham, streiche einige Male durch ihre Ritze und nehme dann sachte ihren Kitzler zwischen Daumen und Zeigefinger. Fast ohne ihn wirklich zu berühren, zwirble ich die kleine Knospe. Ein Finger meiner anderen Hand rutscht tiefer, ich stecke ihn in ihr Mösenloch, die Fingerkuppe nur, und vibriere dort leicht. Mona stöhnt und sagt etwas. Erst verstehe ich es nicht, aber dann zeigt sie auf ein Kissen, das höher liegt als die anderen. Ich fasse darunter und finde einen glänzenden Vibrator aus schwarzem Silikon. Meine Güte, selbst ihr Sexspielzeug ist ästhetisch ausgefeilt, meine Dildos sehen dagegen aus, als wäre Tinkerbell zwischen Gurken explodiert, bunt und glitzernd. Meine Finger zwirbeln weiter ihren Kitzler, fester jetzt. Ihre Möse wird geflutet von Feuchtigkeit, mein Finger dringt wie von selbst in sie ein. Ich beuge mich vor und stülpe meine Lippen über ihre Klit. Sie wird lieber gesaugt als geleckt, also spitze ich den Mund und trillere nur ganz wenig mit der Zunge. Klitküsse nennt sie das immer, und es gefällt ihr so, dass sie tiefer stöhnt und die Arme hinter den Kopf streckt.

Während ich ihren Kitzler verwöhne, fasse ich mir zwischen die Beine, in meine eigene nasse, heiße Möse, lasse zwei Finger hineinschlüpfen und taste zu der Stelle in meinem Inneren kurz hinter dem Möseneingang, wo es sich besonders gut anfühlt. Mona hat nach dem Vibrator gegriffen und ihn eingeschaltet. Er brummt tief und kraftvoll, da hat sie einen mit Power ausgesucht.

Sie hält die summende Spitze an meine Brustwarzen, die hart werden und kribbeln bei dem ungewohnten Reiz. Ich muss kurz lachen, weil es so kitzelt, und will mich wieder ihrem Fötzchen widmen, möchte sie komplett lecken, vom Loch bis zum Venushügel, möchte an den Schamlippen knabbern, auch sie saugen und mit der Zunge in der Ritze entlangfahren. Selbst ihre Möse schmeckt pudrig. Aber Mona nutzt den Moment und schiebt den Vibrator zwischen ihre Schamlippen, sodass er nicht in sie eindringt, sondern halb versunken auf ihrer Möse liegt. Ich schiebe mich über sie, spreize mit den Fingern mein Fötzchen und presse mich auf sie. Zwischen unseren Fotzen vibriert jetzt das schwarze Silikon. Mona schlingt ihre Beine um meine Hüften. Ich stütze mich mit den Ellenbogen ab und küsse ihren Hals. Gemächlich schaukele ich auf ihrem Körper wie ein schlingerndes Boot. Ihr Atem an meinem Ohr ist heiß, und ihre Stimme klingt rauchig, als sie »Georgie« sagt, mehr nicht, immer wieder meinen Namen. »Georgie, Georgie, Georgie«.

Als ich komme, fährt mir die Lust durch den ganzen Körper, nicht nur zwischen meinen Beinen explodiert es, ich kann den Orgasmus bis in die Fingerspitzen fühlen, bis in die Haarwurzeln und die Ohrläppchen, alles glüht. Ich bäume mich auf und bin in dem Moment, als es mich ins All schießt, allein auf der Welt und gleichzeitig mit allem verbunden. Ich versuche, das Planetenrauschen in meinen Ohren so lange es geht auszukosten, dann sinke ich auf Mona zusammen und muss mich zur Seite rollen, weil das Brummen des Vibrators zwischen meinen Schamlippen zu intensiv für meine gerade vor Lust pulverisierte Klitoris wird. Mona liegt da, mit geschlossenen Augen, und ich bin froh, dass ich eine Sekunde vor ihr wieder gelandet bin, weil ich das jetzt auf gar keinen Fall verpassen will. Sie lächelt, ihr Gesicht ist weich, als würde sie träumen. Und dann sagt sie es noch einmal. In sich verloren und hingehaucht.

»Georgie.«

Ich schmiege mich an sie, schiebe meinen Arm unter ihren Kopf, sie dreht sich auf die Seite, sodass mein Bauch ihren

Rücken berührt und wir uns gegenseitig atmen fühlen können. Wenige tiefe Atemzüge später sind wir fast eingeschlafen.

»Schön, dass die Damen sich entspannen.«

Mona bleibt genauso lasziv und seelenruhig in meinem Arm liegen, öffnet nicht mal die Augen, aber ich fahre zusammen, weil Matzes Stimme nicht wirklich gut gelaunt klingt.

Träge strecke ich ihm die Hand entgegen.

»Mach keinen Stress und komm zu uns.«

Mit der Hüfte stupse ich Mona an, sie rutscht ein Stück, dreht sich um und gönnt Matze, der vor der Bühne steht, eine Bohrmaschine und einen Werkzeugkasten in der Hand, nun auch einen Blick.

Sie lacht, als sie das sieht.

»Das ist der Moment in jedem Porno, wenn der Handwerker die beiden Hausfrauen überrascht. Komm rauf, du weißt, wie so was endet.«

Mit ihrer weißen Tänzerinnenhand klopft sie auf die Satinkissen.

Ich lupfe die Bettdecke und ziehe die Augenbrauen hoch, aber Matze mag nicht.

»Ich will euch nicht stören.«

Mona seufzt leise und schließt wieder die Augen, ihr Parfum hüllt mich ein wie eine Wolke.

Ich versuche mich von diesem Duft, der mir die Sinne vernebelt, nicht völlig einnehmen zu lassen und mich auf Matze zu konzentrieren. Er hat in derselben Woche hier im Haus angefangen wie Mona. Vielleicht kann ich die beiden deswegen so schwer voneinander trennen, für mich gehören sie einfach zusammen. Matze und Mona. Mona und Matze. Ich suchte damals jemanden, der den Internetauftritt des Zentrums auf

Vordermann brachte, das Marketing neu aufstellte und mir bei der Organisation und Aquise half. Matze ist jemand, der in ein Chaos kommt und es sofort ordnet, ganz gleich, ob es ein zugekrempelter Raum ist, ein Schreibtisch voller Papiere oder ein Gedankenwust, völlig egal, er kann so was in Windeseile strukturieren.

Die Gradlinigkeit ist ihm angeboren. Er hat mir damals alles von den Schultern geschaufelt, womit ich überfordert war. Es war eine unglaubliche Erleichterung, ihn hier zu haben, und mir kam es vor, als hätte ich mein Leben lang auf einen wie ihn gewartet. Durch ihn konnte ich mich darauf konzentrieren, das Zentrum inhaltlich aufzustellen und uns da zu positionieren, wo ich uns sehen wollte. Mit ihm an meiner Seite ist es mir leicht ums Herz, ich habe nie Angst oder mache mir um irgendwas wirklich Sorgen, wenn er da ist. Und sexuell war er eine Offenbarung.

Als ich das erste Mal mit ihm gevögelt habe, ganz spontan nach einem weinseligen Fest im Innenhof, auf dem wir viel getanzt und gelacht hatten, war ich überrascht, wie sehr er sich hingeben und mit mir verschmelzen konnte. Er war so ganz und gar bei mir, keine noch so kleine Regung meines Körpers entging ihm, jedes winzige Stück Gänsehaut nahm er wahr, jedes Blinzeln. Ich habe mich geliebt gefühlt in dieser Nacht, obwohl wir uns damals ja erst kurz kannten, und das ist bis heute so geblieben. Am liebsten hätte ich beide, Mona und Matze, immerzu um mich. Ich habe ihnen mehrfach angeboten, ihnen ein festes Zimmer im Haus herzurichten, aber dazu ist es bisher nie gekommen. Ich merke, wie sich eine große Sehnsucht in mir ausbreitet, ich möchte Matze wirklich gern genau jetzt in diesem riesigen Bett bei uns haben, aber es sieht nicht so aus, als würde das passieren.

Statt auf die Bühne zu klettern, sieht er mich reserviert und grimmig an.

»Die Duschen funktionieren wieder. Ich suche die große Leiter. Im Salon und im zweiten Stock sind einige LEDs im Kronleuchter hinüber. Die Gegensprechanlage rauscht. Und irgendjemand sollte sich mal um die Küche kümmern, die ist ein Saustall.«

Ärger steigt in mir hoch wie die ersten kleinen Bläschen im Wasserkocher. Was spielt er sich auf, er selbst nutzt auch gern mal eine Pause, wozu haben wir hier ein Zentrum für Lust, wenn wir nur arbeiten und es nie genießen?

»Komm zu uns«, wiederhole ich, so sanft ich kann, »vergiss den Stress und lass dich von uns entspannen. Kletter rauf, wir warten auf dich.«

Jetzt fühlt er sich wie ein zunehmend heißer Wasserkocher, das kann ich sehen.

»Auf mich warten? Ja, das ist ganz offensichtlich, dass ihr auf mich gewartet habt«, zickt er mich an. Er spricht zwar mit uns beiden, aber das ging in meine Richtung, das weiß ich, und es verletzt mich.

»Matze, es reicht. Jetzt mach hier keinen Terror. Komm rauf, wenn du willst, oder lass es, Himmelarschundzwirn noch mal.«

Als hatte er einen Stromschlag erhalten, steht Matze einen Moment da, dann dreht er sich auf dem Absatz um und marschiert aus dem Saal. Er holt so weit aus, dass der Werkzeugkasten in seiner Hand scheppert.

Sofort weiß ich, dass das ein Fehler war. Noch während ich es gesagt und selbst gehört habe, wie zickig es klang, tat es mir schon leid. Das hat er nicht verdient. Er wird nie laut oder beschwert sich oder ist auch nur launisch. Bloß ich werde pampig, wenn mich etwas überfordert, mir ist es am liebsten, alle um mich herum sind einfach glücklich, und wenn das nicht klappt, mache ich so einen Mist. Ich springe aus dem Bett, hüpfe splitternackt von der Bühne und renne ihm hinterher. Aber als ich die Tür zum Saal erreiche und sie aufreiße, kommen mir nur zwei Frauen aus irgendeinem Kurs entgegen, die mich freundlich grüßen und sich nicht anmerken lassen, dass ich nichts anhabe. Von Matze ist auf dem Flur nichts mehr zu sehen.

Ich muss runterkommen. Ich brauche Ordnung in meinem Kopf, und das geht am besten, wenn meine Hände beschäftigt sind. In der obersten Schreibtischschublade im Büro liegt mein Strickzeug, das klemme ich mir unter den Arm und setze mich damit auf die Treppenstufen vor der Haustür. Gemma winkt von der anderen Straßenseite herüber. Ich winke zurück und halte das Wollknäuel hoch. Von ihr habe ich den Trick, sie hat es mir beigebracht. Gemma ist eine Meisterin mit den Nadeln, bei mir dagegen wird alles schrumplig und krumm. Keine Masche ist wie die andere. Egal, was es werden soll, ob Socke, Schal, Topflappen oder Pulloverteil, nach kürzester Zeit sieht es aus wie ein Peniswärmer, grob gestrickte Wurstpellen, deren Enden sich aufrollen.

Ich ziehe die Schuhe aus, halte meine nackten Füße in die Sonne und freue mich, dass ich jetzt eine Weile nur noch an Wolle denken muss.

Ein Schatten fällt auf mich. Gemma ist herübergekommen, eine große Katze liegt schnurrend in ihrem Arm, Pfoten und Kopf über ihrer Schulter.

Gemma ist eine große, dünne Frau Ende vierzig. Ihr Kopf ist kahl geschoren, sodass ihre glänzenden veilchenblauen Augen noch strahlender wirken. Auf ihren Hinterkopf hat sie sich einen Schwarm Vögel tätowieren lassen, und in ihrer linken Ohrmuschel baumeln eine Reihe glitzernder Ohrstecker. Sie trägt eine enge Jeans, Flip-Flops und ein Herrenunterhemd, und selbst in so was sieht sie geheimnisvoll aus. Ich weiß nie, ob ich mir so eine archaische Stammeskönigin vorstelle oder die Überlebende einer Apokalypse in einem Science-Fiction-Film. Sie hat von beidem etwas: eine Königin, die einer Katastrophe entkommen ist. Und dass sie dabei nicht nur ernst und würdig, sondern auch fröhlich und liebevoll sein kann, macht sie zu einer Frau, die ich sehr bewundere. Sie ist gute fünfzehn Jahre älter als ich, aber ich habe immer das Gefühl, es seien hundertfünfzig Jahre, und weil sie so nett ist, schüchtert mich das nicht ein. Ich verehre sie, aber uns trennt mehr als diese Einbahnstraße, die zwischen unseren Häusern verläuft, und ich werde diese Kluft niemals wirklich überschreiten können.

Sie lässt sich neben mich auf die Stufe sinken und deutet in Richtung meines Strickwerks.

»Schwanzkini?«

Ich nicke.

»Ursprünglich war's ein Topflappen, dann wurde es ein Sackwickel.«

»Der Kern der Dinge ist oft etwas ganz anderes.«

Ich sehe sie an und ziehe die Augenbrauen hoch. Gemma ist die einzige Frau, die ich kenne, die angesichts einer Strickwurst philosophische Klopfer raushauen kann. Und sie legt noch einen nach.

»Aber die Dinge entwickeln sich zu dem, was sie sein müssen. Man muss ihnen ihren Lauf lassen.«

Um ihren Mundwinkel zuckt es leicht, sie findet ihre Weisheit selbst auch immer komisch. Der dicke Kater schmatzt leise, offenbar träumt er gerade etwas.

»Harter Tag?«

»Du hast ja keine Ahnung.«

Ich ziehe konzentriert die Wolle über die Nadel. Jede Masche ist eine Herausforderung.

»Erst knallten die Sicherungen durch. Irgendwann fackelt der Kasten noch ab. Großes Chaos in den Kursen. Und dann war Gunnar hier«, ich unterbreche mich, »ist hier. Der turnt irgendwo im Haus rum und belästigt hoffentlich außer mir niemanden.«

Ich halte den Schwanzkini gegen das Sonnenlicht.

»Er hat mich eine Kriegsgewinnlerin genannt. Jetzt prüft er die Bausubstanz.«

Gemma nickt und brummt verständnisvoll, als würde das, was ich erzähle, irgendeinen Sinn ergeben.

»Und das Merkwürdige ist: Gunnar mag dieses Haus überhaupt nicht. Er schleicht darin rum wie durch eine Geisterbahn. Der fühlt sich hier dermaßen unwohl, da sollte man doch meinen, dass er froh ist, wenn er woanders sein könnte.«

Gemmas Hand fährt leicht und gleichmäßig durch das flauschige getigerte Fell. Ich sehe ihren Fingerkuppen nach und wünsche mir, ich läge so selig schnarchend auf ihr, während sie mir den Rücken streichelt. Keine Ahnung, wie sie das macht, aber Gemma hört auch Dinge, die man nicht sagt. Sie löst ihre Hand aus dem Katerfell und fährt mit sanften Strichen über meinen Rücken. Das tut so gut.

»Ich stör ja nicht gern«, sagt jemand hinter uns, und eine Sekunde lang liegt mir ein »Warum tust du's dann« auf der Zunge, aber ich reiße mich zusammen.

»Kein Problem. Was ist los?«

Hinter uns steht eine der Nudistinnen, die sich notdürftig in einen apfelgrünen Badezimmervorleger gehüllt hat. Ich überlege, wieso ausgerechnet eine Badematte, beschließe aber, dass ich das nicht wissen muss.

»Der alte, ängstliche Mann geht oben durch alle Zimmer und klopft die Decken mit einem Schrubber ab. Er ist weiß wie eine Wand. Wir machen uns Sorgen, dass er einen Herzinfarkt kriegt.«

Seufzend lege ich die Stricknadeln zusammen und wickle die Wolle darum.

»Ich komme sofort. Tanzt einfach weiter und beachtet ihn nicht. Ich bin gleich da und schaffe ihn weg. Der ist nicht gefährlich, der ist nur ... anders.« Mein Zeigefinger kreist neben meiner Schläfe.

Die Nudistin in der Badematte verschwindet in der Haustür. Gemmas Kater rekelt sich.

»Das mit Gunnar ist wie mit deinen Topflappen-Peniswürsten«, sagt sie. »Vielleicht geht es um etwas ganz anderes.«

Ich wickle Wolle von meinem dicken Knäuel.

»Um die Elektrik mach dir mal keine Sorgen. Ich schicke euch Timo rüber, der kriegt eigentlich alles wieder hin.«

Timo, Gemmas Mann, hat eine Werkstatt für Designer-Kratzbäume. Ein Kratzbaumbauer, der einer Sexzentrum-Inhaberin die Elektrik richten soll. Glücklicherweise sind wir in Berlin, hier gibt's so was.

»Und Matze und Mona spinnen auch.« Ich stehe auf und klopfe mir den Staub vom Hintern.

»Vielleicht melde ich uns an für den Kurs bei den Polyamouristen nächste Woche. ›Zu dritt ist man weniger allein‹ oder so ähnlich.«

Gemma schirmt ihre Augen gegen die Sonne ab und sieht zu mir auf.

»Würde ich nicht machen. Du glaubst, dass Sex ein Allheilmittel für alles und jeden ist. Und dass alle zufrieden sind, wenn sie nur fröhlich herumjuckeln. Aber das funktioniert nicht. Dein Problem mit Matze und Mona ist ja nicht, dass sie nicht gern mit dir vögeln. Oder dass du nicht gern mit ihnen vögelst.«

Ich hebe ratlos die Hände und ziehe die Schultern zu den Ohren.

»Und was ist dann das Problem?«

Da guckt Gemma wieder weise, und wie sie so das Lächeln unterdrückt, ähnelt ihr Gesichtsausdruck dem des großen schlaffen Katztiers in ihrem Arm.

»Genau das. Dass du das nicht weißt.«

IMKE, 1920:

»Die Männer sind alle Verbrecher« 4

Von wegen »nüscht wird sich ändern«, es wurde alles anders.

Anita kam zwar nach wie vor ins Hotel d'Amour und ließ sich dort für ihre Lokalrunden und kurze Einlagen feiern, und manchmal drängte sie Imke in dem kleinen Raum mit dem Sicherungskasten an die Wand, fasste ihr zwischen die Beine oder ging vor ihr auf die Knie, um sie zu lecken. Und wenn sie wieder aufstand, der Lippenstift verschmiert und die dicke Schicht Puder in ihrem Gesicht nass von Mösensaft, dann sah sie Imke mit einem triumphierenden Blick an und sagte: »Mädel, davon träumt halb Berlin, dass La Berber ihnen die Futte poussiert!«

Aber dann verschwand sie zu ihrem Ehemann Nathusius. Sie schlief nicht mehr in Imkes Mansarde, und, was Imke fast am meisten schmerzte: Sie sah sie nie ohne ihre aufgemalte Maske. Sie kam in ihren Bühnenkostümen oder in Haute-Couture-Kleidern, die sie von Zeitschriften zur Verfügung gestellt bekam, damit sie sie ausführte, und sie war immer »La Berber« und nie einfach nur Anita.

Sie tanzte inzwischen im berühmten Nacktballett Celly de Rheidt und trat in Kabaretts auf. Die einzige Möglichkeit für Imke, Anita nahe zu sein, war in ihren jeweiligen Garderoben, wo sie wie ein Höllenhund entschied, welche Besucher vorgelassen wurden und welche nicht. Anita bevorzugte Verehrer, die außer ihrer Begeisterung auch Handfestes mitbrachten, Schnaps, Seife oder sogar Gemüse, was sie jedes Mal mit einem spöttischen »Eene Karriere is det, ick mach mir nackig für Kohl!« quittierte, aber Imke freute sich, denn sie war den Hunger so leid und konnte sich kaum noch erinnern, wie es vor dem Krieg gewesen war.

Außerdem wurden diese Garderoben manchmal geheizt, ein Zustand, den sich Imke für ihre Kellerkneipe nicht mehr leisten konnte, nachdem die Kohlepreise explodiert waren. Wenn eine der Damen Holz mitbrachte, warf sie den kleinen Ofen an, aber das Holz war oft längst verbrannt, bevor es in der Bar auch nur warm genug war, um Schal und Hut abzulegen.

Sie genoss die Stunden hinter der Bühne, wo es ab und zu sogar Champagner gab. Dort lernte sie Sebastian kennen, und der erschien ihr wie eine Fügung des Himmels. Anita hatte ihr schon von ihm erzählt: Er tanzte wie sie bei Celly de Rheidt, und Anita war begeistert davon, wie radikal und charismatisch er war.

Imke nähte gerade an zwei Kostümen für Anita, einer glänzenden Pluderhose und einem Nichts aus schwarzem Netz, das ihre Brüste völlig frei ließ und das um sie herumdrapiert werden würde, als wäre sie gerade einem Fischer ins Netz gegangen. Anita erschien mit einem jungen Mann im Schlepptau, dessen Hemd aufgeknöpft war bis zum Nabel und der sich die Augen schwarz umrandet hatte. Formvollendet küsste er Imke die Hand und sah sie dabei so lange und intensiv an, bis sie verlegen wurde. Dann wandte er sich Anita zu und legte ihr den Mantel mit dem dicken Pelzkragen um die Schultern.

»Du bist eine Königin«, sagte er, »du solltest nicht als eine von vielen auftreten, sondern als Star. Du könntest über ganz Berlin regieren. Die nackte Salomé, die neue Mata Hari, die

Nofretete von der Spree. Wir könnten zusammen diese piefigen Veranstaltungen aufrollen.«

Imke bemerkte, wie Anitas Gesicht im Spiegel strahlte, wie sie innerlich zu leuchten schien, als sie das hörte. Und in dem Moment kam ihr die Idee.

Sie trat neben sie und streichelte ihr über den Rücken.

»Warum geht ihr beide nicht noch hübsch was trinken?«

Anita sah sie überrascht an, denn eigentlich waren sie verabredet gewesen, und Imke war sonst empfindlich, wenn sie sitzen gelassen wurde, aber Imke lächelte Sebastian ganz herzlich an.

»Ehrlich, führen Sie sie aus. Ihr Tänzer habt doch immer was zu besprechen. Ihr wollt Berlin erobern, also los ...«, sie scheuchte die beiden zur Garderobe hinaus, »macht einen Schlachtplan.«

Kaum war die Tür hinter ihnen zugefallen, nickte sich Imke zufrieden im Spiegel zu. Das hatte sie gut hingekriegt. Sebastian war ein ganz anderes Kaliber als dieser weiche, verzogene Nathusius. Sebastian hatte etwas an sich, dass es einem kalt den Rücken rauf- und runterlief. Und er war ehrgeizig, das hatte sie sofort gespürt. Natürlich konnte er Anita nicht das Wasser reichen, sie würde der Star sein, nicht er. Aber er konnte sie leuchten lassen. An seiner Seite würde sie entdecken, dass sie so viel mehr haben konnte als diesen Nathusius. Und kaum war der aus dem Weg, würde sie sich besinnen, wer immer für sie da gewesen war. Sebastian würde ihnen dabei nicht in den Weg kommen, der war ein warmer Bruder, das hatte Imke sofort gesehen: die geschminkten Augen, die gezierte Handhaltung, der professionelle Blick, mit dem er die Stoffe für die neuen Kostüme gemustert hatte. Imke glaubte ganz fest, dass das eine ganz ausgezeichnete Idee war. Sie konnten sich diese große, dünne, spröde Frau teilen. Er bekam La Berber und sie ihre Anita.

Zunächst ging Imkes Plan auf.

Anita und Sebastian verließen das Ballett Celly de Rheidt und probten tagsüber manchmal unten im Hotel d'Amour ihre neuen Choreografien. Imke wusste nicht genau, was sie davon halten sollte. Das war schon mehr als radikal, was die beiden miteinander aufführten, es war dämonisch, jenseits der guten Sitten, geradezu brutal. Sie tanzten bis zur Erschöpfung, und wenn Anita verschwitzt auf der Theke saß und ihr überdehntes Fußgelenk oder eine geprellte Rippe massierte, streute Sebastian ein Briefchen mit weißem Pulver auf den Bierdeckel, auf dem ihr Glas Fusel stand. Anita beugte sich tief über die Tischplatte, zog das Zeug durch die Nase und war kurz darauf wieder in ihre Sprünge und Drehungen vertieft, als hätten sie gerade erst angefangen. Einmal brachte Sebastian ihr ein Spritzbesteck mit, das Anita von da an in ihrer großen Brokattasche überallhin mitnahm. Vor und nach den Auftritten schnupfte sie ihr Belebungspulver oder spritzte sich etwas in den Oberschenkel. Obwohl es en vogue war, irgendwelches Zeug zu nehmen, und Imke das weiße Pulver nicht nur in Anitas Garderobe sah, sondern auch bei den Besucherinnen ihrer Kneipe, ahnte Imke, dass ihr Versuch, Anita von Nathusius zu trennen, indem sie sie mit Sebastian ablenkte, furchtbar schieflief. Aber sie traute sich nicht, etwas zu sagen, nachdem sie anfangs von allem, was er tat und sagte, begeistert gewesen war.

Dann kam die Nacht, in der Nathusius Anita vor die Tür setzte und sie, als Imke gerade das Hotel d'Amour schließen wollte, mit Sebastian bei ihr aufkreuzte. Die letzten Damen, ein fast siebzigjähriges Schwesternpaar, protestierten zwar, dass ein Mann Imkes Kneipe betrat, aber der kümmerte sich gar nicht darum, sondern streute erst einmal sein Pulver auf den Tresen und hackte es mit einer Rasierklinge in feine Streifen. Dann kam auch noch ein anderer Mann dazu, den Sebastian als »Cousin« vorstellte. Anita war es ganz egal, dass der plötzlich auftauchte, sie hakte sich bei beiden Männern unter.

»Imkeblümchen, wir müssen poofen. Jibste ma den Schlüssel vom Dachpalast?«

Imke schloss ab und löschte das Licht, und weil sie nicht wusste, was sie jetzt sagen sollte, ohne bourgeois zu sein, begleitete sie die drei, die in Hüpfschritten vorwärtstanzten und dabei den neuen Schlager »In zwanzig Jahren ist alles vorbei« sangen, zur Treppe, die nach oben führte. Meine Güte, dachte Imke, das Lied hat hundert Strophen, wenn sie die alle durch die Etagen singen, wecken sie das ganze Haus. Während sie immer wieder »Pssst« zischte und um etwas Ruhe bat, stolperten sie die enge Stiege zum Erdgeschoss hinauf. Oben fiel das Mondlicht in die marmorne Eingangshalle. In einer Nische plätscherte ein Brunnen vor sich hin, eine steinerne Nymphe hielt einen Krug mit einer Hand auf ihrer Schulter und lächelte unschuldig. Der fremde Mann fasste ihr im Vorbeigehen an die nackte Brust und pfiff leise durch die Zähne: »Nobel-nobel hier.« Dann hüpften sie kichernd das Treppenhaus hinauf, sangen »Drum hast du noch Wein, dann trink ihn aus, und hast du ein Mädel, dann bring's nach Haus«, und Imke schlich hinterher und hoffte, dass sich keiner der Nachbarn beschweren würde.

Oben in der Mansarde warf sich der Cousin mit Schuhen und Mantel aufs Bett und steckte sich eine Zigarette an, während Imke verlegen herumstand und überlegte, ob sie irgendetwas anbieten müsste. Als sich aber niemand um sie kümmerte, setzte sie sich in den alten Lehnsessel und zog die Knie bis unters Kinn. Sebastian legte seine Arme um Anita und begann, mit ihr zu tanzen. Obwohl gar keine Musik lief, folgte Anita sofort seinem Rhythmus, schmiegte sich an ihn und ließ sich in wildem Zickzack durch den kleinen Raum führen. Dabei knöpfte Sebastian das Kleid an ihrem Rücken auf, es fiel zu Boden, Anita trat es weg, als gehöre das zum Tanz. Sie war darunter völlig nackt bis auf ihre Schuhe und wiegte sich weiter mit Sebastian, während der Cousin grinste und sie nicht aus den Augen ließ. Auch Sebastian zog sich nun sein Hemd über den Kopf und schob sich Hose und Unterwäsche mit einer einzigen Bewegung über den Hintern. Überrascht sah Imke seinen aufgerichteten Schwanz. Sie war so sicher gewesen, er müsse schwul sein, und eigentlich dachte sie das auch von dem Cousin, der natürlich keinesfalls sein Cousin war. Aber der hatte inzwischen seine Hose geöffnet und polierte seinen Schwanz. Imke machte sich klein und zog so unauffällig wie möglich eine Steppdecke über sich bis zum Hals. Anitas dünner und dabei so kraftvoller Körper erregte sie selbst jetzt, aber die Männer verunsicherten sie, sie wünschte, die beiden würden jetzt gehen, und wusste, wie absurd diese Idee war. Anita schob ihren Tanzpartner von sich, spannte den ganzen Körper, stellte die Füße etwas weiter auseinander und ließ sich rückwärts in die Brücke gleiten. Ihr Kreuz bog sich so geschmeidig durch, als hätte sie überhaupt keine Knochen, Imke konnte das Spiel ihrer Bauchmuskeln sehen. Als ihre Hände den Boden berührten, klatschten die beiden Männer. Anita stakte nun durch den Raum wie ein großes vierfüßiges Insekt. Sebastian winkte den Cousin an seine Seite, und beide Männer stellten sich dicht an Anita. Der Cousin trug noch seine Hose, aus deren Schlitz sein Schwanz ragte, den er Anita jetzt direkt vors Gesicht hielt. Sie schnappte kopfüber danach und züngelte am Schaft herum, bis er ihr den Schwanz in den Mund drückte und an ihren kleinen Brüsten spielte. Sebastian stand zwischen ihren weit gespreizten Beinen, starrte auf den Schwanz des anderen Mannes und fingerte Anitas Möse. Imke wollte nicht hinsehen, aber sie konnte nicht anders, beobachtete die drei mit halb geschlossenen Lidern, schob zwei Finger zwischen ihre Schamlippen und presste möglichst unauffällig ihren Kitzler. Hauptsache, die Männer bekamen nicht mit, dass sie gar nicht eingeschlafen war.

»Kiek ma, wie die bläst«, sagte der Cousin, und Sebastian sagte: »'ne Künstlerin durch und durch, die heißeste Fotze von Berlin.«

Er ließ seine Finger in Anitas Möse verschwinden und fickte sie mit der Hand. Langsam, Schritt für Schritt, bewegte sich die Gruppe aufs Bett zu, ohne den Kontakt zu unterbrechen. Sebastian nahm seine Hand zwischen Anitas Beinen hervor und ließ sich auf die Matratze sinken. Er zog sich ein Kondom über, das er umständlich aus der Hosentasche des anderen Mannes fischte, fasste unter ihr Kreuz und hob sie auf seinen Schoß. Sie saß breitbeinig über ihm, griff zwischen ihre Beine und führte sich seinen Schwanz ein. Der Cousin sprang aufs Bett, immer noch mit Schuhen, und hielt Sebastian seinen Schwanz hin. Während Anita ihn ritt, lutschte er den Schwanz des Cousins, der einfach dastand, leicht schwankte auf der Matratze, sich bedienen ließ und Zigarettenasche an der Wandschräge abstreifte.

Unten auf der Straße wurde mit Flaschen geworfen, Glas zersprang klirrend, und eine schrille und offensichtlich betrunkene Frauenstimme kreischte ein Lied: »Die Männer sind alle Verbrecher, ihr Herz ist ein finsteres Loch, hat tausend verschied'ne Gemächer, aber lieb, aber lieb sind sie doch.« Sie wiederholte das, bis irgendwo ein Fenster geöffnet wurde und ein Mann zurückbrüllte, sie solle ihre »verdammte Schnauze« halten.

Dann hörte Imke nur noch Anitas Keuchen und Sebastians Schmatzen, der Cousin war völlig lautlos und rauchte, während Sebastian an seinem Schwanz saugte.

Dann sagte er plötzlich, die Zigarette im Mundwinkel: »Nu lass mich ma.«

Sebastian hob Anita von seinem Schoß, sie kroch aufs Bett und streckte die Beine weit gespreizt in die Luft. Fast sah es aus wie eine ihrer Dehnübungen, die sie zum Aufwärmen in den Garderoben machte.

Der Cousin fand ein zweites Kondom, schob sich über sie und fickte in langsamen Stößen, Sebastian saß daneben und wichste sich. Imke konnte Anitas kleine Brüste bei jedem Stoß wippen sehen. Sie war froh, dass die drei sie vergessen hatten. Lautlos rutschte sie etwas tiefer in ihrem Sessel und spreizte die Knie weiter, damit sie sich einen Finger hineinstecken konnte. Sie wusste selbst nicht, wieso, aber ihre Möse war klatschnass, und sie spürte das vertraute Beben und Zucken, als ihr Finger in den Möseneingang glitt. Kein Stöhnen verriet sie. Der Cousin kam mit einem lauten Grunzen, er blieb keinen Moment länger in Anita und ließ sich von Sebastian übers Gesicht spritzen. Er wischte sich nur mit dem Ärmel ab und reichte ihm seine Zigarette. Beide Männer saßen auf dem Bett, Anita zwischen ihnen mit immer noch weit gespreizten Beinen. Sie kraulten nachlässig ihre Möse. Wie man ein Haustier tätschelt.

»Na, die hat noch nich genug«, sagte der Cousin und drehte sich plötzlich zu Imke zu.

»Wie isses? Du bist doch hier die Fut-Meisterin, willste deiner Freundin nicht zu einem schönen Abschluss helfen? So'n bisschen Fötzchenleckerei? Ich mach's dir auch«, lachte er, »wennde nicht schon selbst fertig bist. Was is? Haste dich schön selbst gefingert? Bisschen jekiekt?«

Beide Männer lachten. Imkes Wangen brannten, und sie saß wie versteinert in ihrem Sessel. Sie war so sicher gewesen, dass niemand ihre Anwesenheit bemerkt hatte, und schon gar nicht, dass sie es sich selbst besorgt hatte. Anita rekelte sich und streckte ihr die Hand hin.

»Kommste her, Imkeblümchen?«

Aber Imke rührte sich nicht, und Anitas Hand sank zurück. Der Cousin schlug die Decke über sie drei. Die Männer schnarchten bald. Imke hielt die Augen fest geschlossen, und obwohl sie sicher war, dass sie keine Minute schlafen würde, schreckte sie hoch, als es am nächsten Morgen schon hell war und draußen die Mülltonnen schepperten.

Alle Knochen taten ihr weh, sie musste sich dringend strecken, trotzdem blieb Imke ganz still auf ihrem Sessel. Keinesfalls wollte sie Sebastian oder seinen »Cousin« noch einmal sehen. Sie betete, dass die beiden möglichst schnell verschwinden würden.

Als sie es endlich taten und Imke zu Anita in das kleine angrenzende Bad trat, schnupfte die gerade eine Linie vom Waschbecken. Sie küsste Imke auf die Stirn und sagte dann sehr geschäftsmäßig und ohne auf die vergangene Nacht einzugehen:

»Wat is mit den neuen Kostümen? Ick meine den Netzumhang und die Pluderhose? Haste die fertig?«

Mit so festen Strichen, dass es schmerzte, bürstete sich Imke die langen aschblonden Haare.

»Natürlich. Alles gut.«

GEORGIE, 2017:

In der Tasche eines nackten Mannes

5

Fast hätte ich mich gegen den alten Schanktresen gelehnt, aber in letzter Sekunde stütze ich mich mit dem Handballen ab. So staubig, wie hier unten alles ist, würde ich sonst komplett verdrecken, und wenn Elysia kommt, möchte ich tipptopp aussehen. Oben im Foyer warten schon die ersten Mitarbeiter von Stadtmagazinen, Erotikblogs und Zeitungen. Wir wollen einen guten Eindruck machen und Elysia die bestmögliche Bühne bieten. Matze, Mona und ich tragen hochgeschlossenes Schwarz. Matze hat sich zur Feier des Tages rasiert, und wir Frauen haben die Haare zu eleganten Nackenknoten zusammengesteckt. Ich sehe damit aus wie die Leiterin eines Fetisch-Internats, aber Mona könnte so, wie sie ist, für ein Madonnenbild posieren. Während ich schnell rote Wangen bekomme, wenn ich aufgeregt bin, ist ihr Teint immer wie aus Porzellan gegossen. Und wenn ich ihre Hand nehme, ist die kühl und trocken, und sie zögert keinen Moment: Sobald mein kleiner Finger ihren berührt, schließt sich ihre Hand um meine, unsere Finger verschränken sich, das hat nie etwas Heimliches oder Unangebrachtes.

Mir wird dann ganz heiß, ich weiß aber nicht, ob aus Freude oder weil ich mich ein bisschen schäme, dass mir das überhaupt auffällt. So war es immer zwischen uns. Als würden wir uns seit einer Ewigkeit kennen. Als hätte es uns schon einmal genau so gegeben.

Ich klopfe meine Handflächen gegeneinander, um den Staub vom Tresen nicht auf meinem schwarzen Seidenkleid zu verteilen, und trete ungeduldig von einem Fuß auf den anderen. Es ist schummrig hier unten im Keller, ich kann nicht auf meine Armbanduhr sehen. Timo scheint schon seit Stunden in dem kleinen Nebenraum am Sicherungskasten zu hantieren. Gemma hat ihr Versprechen gehalten und ihn zu mir geschickt, ich werde ihr heute Abend als Dank einen Korb feinstes Katzenfutter rüberbringen. Timo ächzt leise, ich hoffe, dass er weiß, was er tut. In seiner Werkstatt habe ich unglaubliche deckenhohe Gebilde aus Baumstämmen und Sisalrollen gesehen, Designer-Kratzbäume, ein Miezenparadies. Mit Holz ist er ein Künstler, und es wundert mich nicht, dass Katzenhalter aus halb Europa Möbel für ihre Lieblinge bei ihm bestellen. Auch ohne eine Katze zu haben, finde ich sie wunderschön. Aber Elektrik ist ja noch mal etwas ganz anderes, vor allem, wenn sie so betagt ist wie unsere. Ich habe keine Ahnung, aber ich nehme an, dass da Teile verbaut sind, die es längst nicht mehr gibt.

»Ha!«

Ich zucke zusammen. War das ein Triumphschrei, oder hat Timo einen Schlag bekommen? Gerade will ich mich auf meinen hohen Absätzen durchs Dunkel tasten, als über dem Tresen eine Lampe angeht. Funzlig wie in einem Bergwerk, taucht sie den alten Schankraum in gelbes Licht.

Timo kommt strahlend aus der Kammer und hebt die Hände wie ein Opernsänger.

»Ta-da!«

Ich ziehe die Augenbrauen hoch.

»Heißt ta-da, wir werden niemals wieder Stromausfall haben, wir werden nicht abbrennen und bis in alle Ewigkeit glücklich und zufrieden in diesem Haus leben?«

Timo wischt sich die Hände an einem Lappen ab. »Unter der glückseligen Ewigkeit machst du es aber auch gar nicht, was? Na, ich sag mal so ...«

Er atmet geräuschvoll ein und quält mich mit einer langen Pause. Ich kann förmlich meine Lebenszeit durch die Sanduhr rieseln hören.

»Ich habe einige Sicherungen ausgetauscht und einen Teil der Leitungen ertüchtigt, also alles, wo ich rankam, ohne die Wände aufzuklopfen. Außerdem habe ich mich um wackelnde Kontakte gekümmert. Wenn du im Hof keine private Flutlichtanlage mit Heizstrahlern anschließt, dürfte jetzt erst mal nichts passieren. Mittelfristig allerdings ...«

Er lässt den Satz unheilvoll in der Luft schweben, aber ich wische ihn mit beiden Händen weg.

»Fristen ham wa nich, komm' ooch nich mehr rein«, versuche ich zu berlinern. Ich sehe ihn dankbar an.

»Timo, ganz toll. Ich würde dich drücken, aber du bist echt dreckig.« Ich schmatze einen Kuss in die Luft, Timo verbeugt sich.

»Eigentlich schön hier unten.«

Er sieht sich um.

»Hat was Gemütliches – und ist irgendwie gleichzeitig geheimnisvoll. Warum nutzt ihr die Bar gar nicht?«

Ich drehe mich um die eigene Achse. Die Lampe über dem Tresen brennt zum ersten Mal, und mir fällt auf, dass ich mich hier noch nie in Ruhe umgesehen habe.

Der Raum ist so groß wie ein Salon und die Decke sogar hoch genug, um auf dem Tresen zu tanzen. Auf dem Boden liegt ein Schachbrettmuster aus türkisen und weißen Fliesen, und eine Wand ist bemalt mit einer Unterwasserlandschaft: treibende Quallen, Seepferdchen und Algen. Wie habe ich das bisher ignorieren können? Es war einfach zu dunkel. Davon muss ich unbedingt Fotos machen. In einer Ecke steht ein uralter Kanonenofen, in einer anderen ein kleines Podest beziehungsweise die Reste davon, keine direkte Bühne, aber vielleicht ein Platz, wo eine Kapelle gespielt oder jemand etwas vorgetragen hat. Das Mobiliar ist komplett verschwunden, und auch hinter der Theke mit den Regalen sieht man nur noch an die Reste eines Barschranks als Schatten aus Schmutz und Ruß. Ob es hier wohl mal heiß hergegangen ist?

Ich wende mich wieder Timo zu.

»Bei der Renovierung war kein Geld mehr da für den Keller. Das wäre unglaublich aufwendig geworden, wieder was Schönes draus zu machen. Außerdem könnte man höchstens einen Dark Room unterbringen. Kein Tageslicht, das ist doch bedrückend.«

»Dark Rooms sind nicht unsexy. Millionen Schwule können nicht irren.«

Ich nicke langsam und versuche, in meinem Kopf zu sortieren, wieso mir die Idee nicht gefällt.

»Das ist nicht das, was wir hier wollen«, fange ich vorsichtig an.

»Bei uns geht's ja gerade nicht um Dinge, die sich im Dunkeln abspielen. Nicht dass das nicht scharf ist, aber mein Kreuzzug geht in eine andere Richtung.«

Timo sieht mich konzentriert an. Ich kann verstehen, warum Gemma ihn toll findet und seit Jahren mit ihm zusammenlebt. Er hat ein scharf geschnittenes Gesicht mit einer Adlernase und fast schwarzen Knopfaugen und eine Art zuzuhören, als wäre man der einzige Mensch auf der Welt und der interessanteste dazu.

»Mir geht's um die verschiedenen sexuellen Spielarten. Die will ich ans Licht bringen. Die brauchen einen hellen, freundlichen Raum, Öffentlichkeit. Ich will informieren, Vorurteile abbauen und zeigen, was es alles gibt auf Gottes wunderlicher Weide. Ich meine, kein Sex ist besser, sauberer oder normaler als der andere. Alles hat seinen Platz. Und niemand soll sich für absolut gar nichts schämen oder verstecken.«

Timo nickt.

»Ihr macht einen guten Job hier. Gemma hat erzählt, dass eure internationalen Aufklärungskurse für Jugendliche immer rappelvoll sind.«

Ich pike mit dem Zeigefinger in die Luft.

»Das ist genau das Ding. Die sollen nicht das Gefühl haben, irgendwas von dem, was sie sich wünschen, gehört in einen dunklen Keller. Aber ...«

Mein Blick fällt auf ein Emailleschild hinter dem Tresen, eine Werbung für Absinth mit drei Charleston tanzenden Mädchen.

»... aber dieses Reklameschild ist toll. Vielleicht holen wir das mal rauf fürs Büro oder die Küche.«

Beim Stichwort Küche fällt mir etwas ganz anderes ein.

»Timo, könntest du dir auch die Kühlkammer in der Küche mal ansehen? Mona hat gestern gesagt, da piept es immer mal wieder, sie kommt aber nicht dahinter, ob irgendwas kaputt ist.«

Timo nickt, und ich lächle ihn dankbar an.

»Was würden wir nur ohne dich tun?«

Wir gehen zusammen zur Treppe. Timo schaltet hinter mir die gelbe Lampe an einem Schalter neben der Tür aus.

»Kann ich mich revanchieren? Gibt's eine Show, die ihr gern sehen würdet? Oder möchtet ihr bei Elysias Spektakel dabei sein, wenn sie ihr Manifest vorstellt?«

Wir kommen im Foyer an und schlüpfen durch die Tür. Das Wasser um die Nymphe plätschert, und die Journalisten haben sich wohl nach draußen auf die Straße verzogen, um sich die besten Plätze zu sichern, wenn Elysia vor dem Haus eintrifft.

»Eigentlich«, Timo grinst mich an, »eigentlich würde ich gern meine erotischen Wünsche ans Licht holen, mich nicht dafür schämen und sie an einem freundlichen, hellen Ort ausleben.«

Ich lache und hebe die Hände.

»Du hast die freie Auswahl. In der zweiten Etage haben wir noch eine halbe Stunde einen Workshop über Klinik-sex, ›Kinky Fantasies‹, Katheter legen und so was, nachmittags schnüren die beiden Mädels von der Bondage-Factory wieder kreuz und quer. Im ersten Stock gibt's Nackt-Yoga und eine Erotic-Rebirthing-Performance zum Mitmachen und im kleinen Salon einen Filmmarathon ›Wenn der Busch brennt, Hippie-Göttinnen und haarige Wunder im Pornofilm der Siebzigerjahre‹.«

Er winkt ab.

»Ich dachte eher an was Eheliches. Vielleicht was halb Öffentliches. Gemma hat da so Fantasien Richtung Wäschekammer.«

Ich nicke und deute die Treppe hinauf.

»Meine Wäschekammer ist eure Wäschekammer. Lasst euch erwischen, wie immer ihr wollt, ich weiß von nichts. Und falls du vorher duschen willst, das Bad liegt am Ende des Gangs.«

Draußen beginnen die Journalisten zu klatschen und zu johlen, und die Lautstärke zeigt mir, dass es wesentlich mehr Publikum geworden ist als vor meinem Abstieg in den Keller.

Offenbar kommt Elysia an. Ich freue mich auf sie und bin aufgeregt, weil ich so gern möchte, dass alles perfekt läuft. Ihr Auftritt hier ist wichtig für uns. Sie hätte ihr Manifest auch auf Ibiza vorstellen können, aber sie hat sich für mein Zentrum entschieden, weil sie weiß, dass wir ihre Unterstützung brauchen.

Mona hält mir von außen die Tür auf und winkt mich ins Freie.

»Es geht los!«

Ich trete neben sie, und sie drückt kurz meine Hand, fest und selbstverständlich wie immer.

»Möge der Strom zuverlässig fließen und der Event ein Erfolg sein«, murmelt sie und fügt hinzu, als ich sie überrascht ansehe, weil sie so ernst klingt: »Ich habe heute früh in die Bücher gesehen.«

O je, die Bücher.

»Das ist nicht gerade eine Goldgrube hier«, gebe ich zu, »aber was willste machen? Mit höheren Kursgebühren haben wir's ja schon versucht. Einem nackten Mann kann man nicht in die Tasche greifen, und einer nackten Frau auch nicht.«

Ich sehe fassungslos auf die vielen Leute.

»Guck dir diesen Rummel an.«

Die halbe Stephanusstraße ist verstopft mit Kamerateams und Schaulustigen. Einige singen »E-ly-sia« auf eine Melodie, die mich an Fußball erinnert. Matze ist neben uns getreten, und wir drei trippeln ein bisschen nach rechts, damit wir direkt vor der Haustür stehen, sollte jemand den Eingang filmen.

Als das Johlen wieder zunimmt, schirme ich die Augen mit der Hand ab und sehe hinüber zur Kreuzung. Eine weiße Stretch-Limousine biegt um die Ecke. Im Schneckentempo. Der Fahrer muss ein paarmal rangieren, bis er in unsere Einbahnstraße einbiegen kann. Außerdem tanzen vor der Limousine leicht bekleidete Männer und Frauen, die hüftenschwingend und Tambourine schlagend einen Höllenlärm veranstalten. Ganz vorn jongliert ein blasser Junge – nackt bis auf einen Lendenschurz – mit brennenden Fackeln. Seine roten Dreadlocks wippen bei jedem Schritt, und sein Gesicht strahlt verzückt, als wäre das hier eine religiöse Veranstaltung. Langsam schiebt sich der Konvoi vorwärts.

Als sie anhalten, jubeln die Leute und klatschen, und das Getrommel der Tänzer geht in einen hypnotischen Rhythmus über, bis alle denselben Takt schlagen. Elysia weiß, wie man einen Auftritt hinlegt, es wundert mich, dass sie nicht in einer Sänfte gekommen ist.

Der Fahrer läuft um die Limousine herum und öffnet die hintere Tür. Das Erste, was man sieht, ist ein Fuß. Als dieser Fuß den Asphalt berührt, schlagen die Trommeln einen gewaltigen Donner, dann wird es schlagartig totenstill. Über dem Fuß erscheint ein Knie, dann stellt sich ein zweiter Fuß dazu. Formvollendet wie ein Mitglied des Königshauses schwingt sich Elysia aus dem Fond der Limousine. Einen Moment lang bleibt sie regungslos stehen und sieht mich an, nur mich. Sie ist komplett nackt. Ihr rotes Korkenzieher-Haar, so wüst und wild wie meins, umweht sie bis über die Hüften. Eine auferstandene Lady Godiva mitten in Berlin. Ihr sonnengebräunter Körper ist voller Versprechungen. Nicht eigentlich ihre Figur macht sie so erotisch, dass man kaum zu atmen wagt, sondern die Selbstverständlichkeit. Elysia ist keine Frau, die krampfhaft den Bauch einzieht, die Schultern zurückzwingt, um die Brüste zu straffen, oder die sich mit irgendetwas unwohl fühlt. Sie ist vom kleinen Zeh über die blanke Muschi bis hin zu ihren schweren Brüsten ganz sie selbst. Man spürt die Energie und Wärme, die sie ausfüllt, und ich kann verstehen, dass die Menschen sie berühren wollen, dass sie sein wollen wie sie, so ganz und unverletzt, zufrieden mit sich und voller Freude über ihren Körper. Einzelne Journalisten strecken schon stumm die Hände nach ihr aus. Aber sie lächelt nur freundlich und schreitet auf mich zu. Einen Moment bleibt sie vor mir stehen, fasst mich an den Schultern und sagt: »Georgie!«

Nur meinen Namen, als sei ich eine Überraschung oder eine Offenbarung, auf jeden Fall aber etwas Besonderes. In ihrer Nähe fühlt man sich so, und ich bin heilfroh, dass sie da ist. Sie wird viel Glück in dieses Haus bringen und vielen Menschen, die sich nicht lieben können, helfen. Ich küsse sie auf beide Wangen. Matze und Mona halten die Flügeltüren für uns auf. Elysia zögert, sieht hinter sich und lädt mit einem Kopfnicken den Fackel werfenden Jungen mit den Dreadlocks zu uns ein. Das überrascht mich nicht. Meistens ist einer ihrer Jünger um sie herum, kniet zu ihren Füßen oder streichelt ihre Hand, während sie spricht oder liest oder nachdenkt. Diesmal also der junge Tänzer. Ich sehe Elysia mit einem strengen Blick an.

»Volljährig?«

Sie winkt ab.

»Ja selbstverständlich. Meine Leute haben alle Tänzer von der Eskorte vorher überprüft.«

Sie sagt das so leichthin, als hätten wir alle eine Menge Tänzer, die unsere Limousinen begleiten. Ich lächle und denke wieder einmal, dass es sich sehr schön anfühlen muss, Elysia zu sein und ihr Leben zu leben, in dem es Trommler und Jubler gibt und Mitarbeiter, die alles um einen herum abchecken.

Ich führe sie und den Jungen in die Eingangshalle. Sie geht sofort auf die Nymphe zu und spielt mit der Hand im Wasser.

»Rix, komm her, das Wasser ist ganz weich, das musst du fühlen.«

Der Junge gehorcht, und ich frage mich, ob ich es bewundernswert finde, dass sie sich für so etwas Einfaches wie Wasser begeistern kann, oder ob das schon ziemlich sektenartig ist, wie sie mit ihm spricht. Aber ich kenne Elysia ja, das werde ich mich in den nächsten Tagen noch öfter fragen. Zum Beispiel jedes Mal, wenn sich einer ihrer Jünger zur Begrüßung vor sie hinkniet und ihre Hand an seine Stirn führt. Das habe ich in einer Reportage gesehen, aber jetzt darf ich es wohl auch live erleben. Mona, Matze und ich werden nachts in meinem Bett unterm Dach liegen und darüber kichern wie Internatsschülerinnen, auch darauf freue ich mich.

»Herzlich willkommen. Ich zeige euch eure Zimmer. Elysia, wir haben dich im Kaminzimmer einquartiert, und Rix, du hast eins im zweiten, wir wussten ja nicht, dass Elysia einen speziellen Gast mitbringen würde.«

Er strahlt mich an, als hätte ich ihm ein großes Geschenk gemacht, wobei ich annehme, dass er es gar nicht nutzen wird. So ergeben, wie er an Elysias Lippen hängt, wird er sich wohl vor ihrem Bett zusammenrollen oder die ganze Nacht vor ihrer Tür Wache stehen, aber das ist dann sein Ding.

»Wir geben euch zuerst eine Schlossführung. In der Küche ist etwas zu essen vorbereitet. Und gleich geht die Pressekonferenz los. Du wirst dich ja wahrscheinlich nicht umziehen wollen.«

»Ich hab nur diese eine Haut, und die ist perfekt für jeden Anlass«, scherzt Elysia und hakt mich unter. Rix folgt uns in gebührendem Abstand. Matze und Mona bleiben in der Halle zurück und werden sich in einer halben Stunde um den Einlass kümmern. Heute die Pressekonferenz und morgen dann die große Enthüllung des Manifests mit elysischer Performance. Das Spektakel der Lust kann beginnen.

Bevor ich vor die Journalisten trete, sehe ich noch im ersten Stock nach dem Rechten, irgendetwas Großes hat da gepoltert. Ich finde Timo und Gemma in einer der Wäschekammern. Die Zinkbadewanne aus einem Rebirthing-Seminar, in dem sich die Teilnehmer durch einen langen Kanal pressen, um ihr Geburtserlebnis zu erneuern, wobei sie am Ende aus einer Art Schaumstoffmöse wiedergeboren werden, ist umgefallen. Gemma und Timo haben den Sling, der von einer Pornoproduktion übrig geblieben ist, am Deckenhaken aufgehängt und offenbar zu stark geschaukelt. Sie liegt mit entblößtem Unterkörper in der schwarzen Gummihängematte, während Timo mit heruntergelassenen Hosen vor ihr steht und sein harter Schwanz jedes Mal in ihre Möse stößt, wenn sie auf ihn zuschaukelt.

»Sorry, ich wollte nicht stören«, sage ich und will die Tür schließen.

»Störst nicht«, sagt Timo, »die grandiose Fotze meiner Frau darfst du ruhig bewundern. So eine perfekte Fickpflaume.«

Ich lache und lehne mich gegen den Türrahmen. Die beiden sind so frei und unbeschwert miteinander, die treiben es nicht zum ersten Mal vor Zuschauern.

»Wie wär's mit der Schwämmchennummer?«, fragt Timo, umfasst seinen Schwanz und dirigiert ihn, damit er beim nächsten Schwung wieder in Gemmas Möse eindringt.

Gemma fasst hinter sich und reicht ihm einen kleinen weichen Naturschwamm. Er gibt ihn mir weiter. Ich bin ratlos, was ich damit tun soll, und stehe unschlüssig neben ihnen.

»Mit 'nem Tipp wär ich vielleicht hilfreicher?«

Timo legt seine Hand auf meine und hält sie so, dass sie über Gemmas Möse schwebt.

»Nicht drücken«, sagt er, »nur streifen lassen.«

Ich halte das Schwämmchen genau so hoch, dass Gemmas Pflaume bei jedem Schwung daran entlangstreicht. Es gefällt ihr, sie summt und schließt die Augen.

Beim nächsten Mal drehe ich ihn auch noch leicht in den Fingern, sodass ihre Fotze halb gestrichen und halb getupft wird.

Schließlich hält Timo den Sling fest und bewegt jetzt selbst sein Becken, stößt tiefer und schneller. Ich passe das Streicheln mit dem Schwamm seinem Rhythmus an. Noch nie war ich Gemma so nah und bin überrascht, wie selbstverständlich und natürlich es sich anfühlt. Ich freue mich, dass sie gleich mit meiner Beteiligung kommen wird und dass auch Timo so gar nicht schüchtern in meiner Gegenwart ist.

Ich drehe das Schwämmchen jetzt schnell hin und her, als würde ich an einem Radioknopf schrauben, und verstärke den Druck, bis Gemma kurz aufschreit und sich mit den Füßen wieder abstößt. Auch Timo verzerrt das Gesicht und macht einen lauten kehligen Ton. Er zieht seinen Schwanz nicht aus ihrer Möse, sondern lehnt sich an sie. Ich lege das Schwämmchen neben ihnen ab und schließe die Tür hinter mir. Schwämmchen. Muss ich mir merken und bei Gelegenheit probieren.

Lächelnd begrüße ich die Journalisten, die heute bloß den Zeitplan und die übrigen Orga-Details erfahren werden, in einer halben Stunde sollte die Konferenz vorbei sein. Tatsächlich geht es noch schneller. Ich habe gerade alles Wesentliche gesagt und Broschüren vom Zentrum und Elysias Bewegung auf Ibiza verteilt und will jetzt auf Fragen eingehen, da schiebt sich Matze durch einen Türspalt und hält mir ein Handy entgegen.

»Telefon für Frau Feuchtwang«, sagt er geschäftsmäßig, so kenne ich ihn gar nicht, und »Frau Feuchtwang« nennt mich eigentlich nur der Typ vom Brandschutz, der einmal im Jahr die Feuerlöscher kontrolliert und den wir regelmäßig mit Käsekuchen bestechen. Ich nicke den Journalisten entschuldigend zu und gehe auf den Flur. Matze steckt das Handy in die Hosentasche und zieht mich ein paar Schritte weiter. »Hörst du das Klopfen?«, fragt er und zeigt einen Stock höher.

Ich höre ein paar Sekunden konzentriert hin und versuche, das Stimmengewirr aus dem großen Saal auszublenden. Dann hab ich es. Es ist mehr ein Picken als ein Klopfen. Nock. Und noch mal. Nock. Nock. Unsere Heizungsrohre tuten wie Dampfer, die Holzbalken knacken, die Toilettenspülungen klingen, als rauschten die Niagarafälle durch die Stockwerke, und das Parkett knarrt bei jedem Schritt. Aber ein Klopfen?

»Das ist Gunnar.« Matze rollt mit den Augen. »Ich hab ihn gerade erst entdeckt. Er ist oben im zweiten und hämmert mit irgendwas gegen die Wände. Und er hat einen Gutachter dabei.«

»Gutachter für was? Galoppierenden Wahnsinn?«

Matze seufzt.

»Ich habe versucht herauszufinden, was er will, aber er sagt, mit mir spricht er schon mal gar nicht. Offenbar möchte er ausschließlich dich anschreien und niemanden sonst.«

Ich kann es mir immer noch nicht richtig vorstellen.

»Er geht mit einem Gutachter durch die Zimmer und klopft die Wände ab?«

»Exakt.«

Fast noch mehr als dieser Unsinn ärgert es mich, dass sich Gunnar Verstärkung geholt hat. Ich entscheide, wer bei mir zu Gast sein darf und wer nicht. Und gerade jetzt, wo ich das Haus voller Presse habe und zusehen muss, dass wir professionell und sympathisch aussehen, kann ich zwei Querulanten noch weniger brauchen als einen.

Ich stürme die Treppe hoch. Erst will ich ihn hochkant rauswerfen, aber während ich die Stufen hinaufhaste, wird mir klar, dass Gunnar das auf gar keinen Fall still und leise geschehen lassen würde. Also muss ich eine Lösung finden, die möglichst wenig Aufsehen erregt. Nock-nock. Ich gehe dem Klopfen nach und finde Gunnar und einen graugesichtigen Mann mit Halbglatze, der sichtlich widerwillig neben ihm steht und sein Klemmbrett an sich presst. Unter seinem Strickpulli wölbt sich ein gewaltiger Trommelbauch, als würde er dort einen Basketball verstecken oder als wäre er hochschwanger. Mit großen Augen sieht er mir entgegen.

Gunnar dagegen beachtet mich überhaupt nicht. Er klopft weiterhin alle paar Meter mit seinem Hämmerchen auf die Mauer ein und hat sich gerade bis in eine Nische vorgearbeitet. Nock-nock. Mit schnellen Blicken überprüfe ich, ob sein Hammer irgendwelchen Schaden anrichtet, aber ich kann keine Dellen entdecken.

»Vielleicht erklärt mir mal jemand, was hier los ist«, sage ich und strecke dem fremden Mann die Hand hin. Seine ist warm und schwitzig.

»Gruber. Der Herr Feuchtwang hat mich beauftragt, die Bausubstanz zu prüfen.« Er zögert und sieht von Gunnar zu mir und zurück. »Aber nun habe ich erfahren, dass der Herr Feuchtwang gar nicht im Grundbuch eingetragen ist.«

»Nein, Eigentümerin bin ich. Gunnar, was zum Henker machst du da?«

Meine Stimme ist höher und zickiger, als ich es beabsichtigt hatte, aber so langsam nervt mich das alles. Ich wünschte, ich könnte jetzt in Ruhe ein paar Reihen Schwanzkini stricken.

Gunnar ist inzwischen auf die Knie gegangen und klopft knapp über der Fußleiste gegen die Wand.

»Irgendwo ist es, irgendwo muss es sein«, murmelt er und tastet sich weiter vor.

»Irgendwo ist was, Gunnar? Dein Schatzzz?« Ich versuche, so zischend und trollartig wie Gollum zu klingen, um die Situation zu entspannen, aber das klappt nicht.

Gunnar sieht böse zu mir hoch und faucht: »Ich finde es.«

Ich lege dem Mann mit dem Klemmbrett die Hand auf den Rücken. Bereitwillig folgt er mir ein paar Schritte.

»Wissen Sie, worum es hier geht?«

Er zuckt die Schultern, lächelt bedauernd und macht mit dem Zeigefinger kreisende Bewegungen neben der Schläfe. Auch er hält Gunnar für übergeschnappt. Irgendwie beruhigt mich das. Nun sind wir schon zwei, die an Gunnars geistiger Gesundheit zweifeln, und meine Chancen steigen, dass er zwar irre ist, aber keine juristische Gefahr darstellt.

»Würden Sie hierbleiben und«, ich überlege und deute schließlich auf Gunnar, der sich ächzend erhoben hat und die Wand rund um eine Lampe bearbeitet, »und die Bausubstanz prüfen? Und wenn Ihnen etwas Ungewöhnliches auffällt, würden Sie mich dann rufen lassen?«

Der Prüfer zögert, nickt aber schließlich. Ich nehme an, er wird von Gunnar nach Stunden bezahlt, da kann es ihm egal sein, ob er auf Bausubstanz aufpasst oder auf durchgedrehte Kunden.

Matze treffe ich an der Treppe wieder.

»Wir lassen ihn hier oben in Ruhe spielen«, erkläre ich ihm und ignoriere, dass er mich fassungslos ansieht. »Da ist er gut beschäftigt und schreit nicht rum. Wir schaffen ihn raus, wenn der Presserummel vorbei ist. Ich weiß, das läuft nicht optimal, aber glaub mir, ein klopfender Gunnar ist das kleinere Übel.«

Ich richte seinen Hemdkragen und lege meine Hände auf seine Wangen, sodass sich seine Mundwinkel nach oben ziehen. Unten klatschen und lachen die Journalisten wegen irgendwas. Elysia ist eine Rampensau, sie könnte selbst die Karte eines Pizzadienstes so vorlesen, dass die Leute ausrasten. Ich schiebe Matze eine Stufe runter.

»Showtime.«

Wenn Elysia mit etwas sehr zufrieden ist, so wie jetzt, bekommt sie rote Apfelbäckchen, und ihre Augen strahlen. Rix hibbelt um sie herum und sagt immer, wie »dope« sie vor all den Journalisten gewesen sei, wie »krassest« und wie »endfett«. Was für ein Sprech ist das, wo hat er den her? Elysia scheint sein Schulhof-Sound allerdings zu amüsieren. Sie trinkt noch einen Wein mit uns im Stehen, will sich aber schnell zurückziehen. Ich kann mir vorstellen, wie anstrengend der Tag für sie war, auch wenn sie das nie zugeben würde. Rix packt einen Teller hoch voll Pastete und Kuchen und trägt ihn ihr hinterher, als sie mit wehendem Godiva-Haar stolz wie eine Herrscherin die Treppe hinaufschreitet. Sie werden es sich also in der zweiten Etage gemütlich machen, bei Rix, und so nervös, wie er ist, nehme ich mal an, er war noch nicht oft mit seiner angebeteten Elysia allein, vielleicht sogar noch nie mit einer Frau.

Tage später werde ich mir das Video der Überwachungskamera ansehen. Normalerweise haben wir gar keine, aber in Rix' Zimmer hatte Matze gerade probehalber welche installiert, weil die berühmte Videokünstlerin Santavulva eine Location angefragt hatte, um mit der Ästhetik von Überwachungsvideos zu experimentieren. Sie suchte einen geeigneten Raum für ihre Installation »Vagina-Trialoge«, an der sie gerade arbeitet. Matze hatte auf ihren Wunsch jeden Winkel im Zimmer und im Bad erfasst und auch Mikrofone eingerichtet. Wir wussten ja nicht, dass wir dieses Zimmer für Elysias Begleitung brauchen würden. Und dass die Kameras eingeschaltet waren, war einfach Zufall, bei all dem Stress hatten wir sie komplett vergessen.

Das ist es, was ich später sehen werde:

Oben angekommen lässt sich Elysia ein Bad ein, und Rix steht verlegen in der Tür und nestelt an den Kordeln seiner weißen Pluderhosen, die er für die Pressekonferenz angezogen hatte.

»Bist du schüchtern?«

Elysias Stimme klingt warm und kein bisschen herablassend. Die Frage ist ehrlich gemeint.

Er steht weiterhin wie angewurzelt in der Tür und nickt.

»Du hast mich doch schon längst nackt gesehen.«

Sie wartet seine Antwort ab.

»Aber ich war noch nie mit dir allein.«

»Stimmt.« Sie lässt eine Hand ins Badewasser gleiten und prüft die Temperatur.

»Nacktheit ist etwas anderes, wenn sie zu etwas hinführt.«

Sie stellt sich in die Mitte des Zimmers und verschränkt die Hände hinter dem Kopf wie eine antike Statue.

»Sieh mich an.«

Langsam dreht sie sich vor ihm.

»Das sind meine Brüste. Mein Bauch. Meine Schenkel. Meine Beine. Mein Arsch. Knie dich hin.«

Gehorsam will er auf die Knie sinken, aber sie winkt ihn zu der Badewanne, lehnt sich gegen den Rand und stellt ein Bein auf die Toilette.

»Sieh dir meine Fotze an.« Er hockt sich vor sie hin, und sie zieht seinen Kopf sanft tiefer zwischen ihre Schenkel.

»Spreiz mal mit den Fingerspitzen vorsichtig meine Schamlippen noch etwas weiter. Was siehst du?«

»Die Haut ist rötlich und hier etwas dunkler. Und sie glänzt.«

»Was glänzt?«

»Deine Fotze glänzt.«

Man hört seiner Stimme an, dass es ihm nicht leichtgefallen ist, es auszusprechen.

»Magst du Fotzen?«

Er nickt und kann den Blick nicht von ihr wenden.

»Siehst du oben den kleinen Knubbel? Das ist der empfindlichste Punkt. Und gleich darunter das Fotzloch? Da ist es sehr schön, verwöhnt zu werden. Den Venushügel kannst du kräftiger kneten, aber je weiter du zwischen die Lustlippen vordringst, desto vorsichtiger mag ich es. Und wenn du mal ganz unten guckst, da ist mein Arschloch, drumrum darfst du spielen, rein darfst du wahrscheinlich heute nicht, ich muss mal sehen, wie du dich anstellst.«

Mit dem Fuß schiebt sie seinen Oberkörper zurück und schließt die Knie.

»Jetzt du.«

Er sieht verwirrt aus.

»Zeig mir deins. Zieh die Hose aus.«

Zögernd lässt er die Pluderhose über seinen nackten Hintern gleiten. Sein Schwanz steht in steilem Winkel ab, und er lächelt halb verlegen und halb stolz, vielleicht auch ein bisschen erleichtert.

Jetzt geht sie vor ihm auf die Knie.

»Da ist der Schaft von deinem Schwanz. Die Eichel. Deine Eier. Dreh dich für mich.«

Er guckt wieder verwirrt, gehorcht aber. Sie lässt die Hände über seinen muskulösen Hintern gleiten und zieht die Pobacken etwas auseinander.

»Hier ist dein Arschloch. Jetzt haben wir alles voneinander gesehen.«

Er schluckt hart.

»Machst du die Beine noch mal breit für mich, ich möchte mir deine Fotze noch mal ansehen.«

Sie lacht und setzt sich wieder auf den Wannenrand. Mit einer Hand greift sie hinter sich und stellt das Wasser ab.

»Unbedingt. Aber diesmal bleibt es nicht beim Gucken.«

Als er auf die Knie geht, befiehlt sie: »Fass dich dabei an. Wichs deinen Schwanz.«

Er will protestieren – sie streichelt ihm sanft die Wange.

»Glaub mir mal, wenn du nicht mehr ganz so feurig bist, haben wir viel mehr Zeit. Und in deinem Alter ist einmal abspritzen gar nichts. Da bleibt noch viel für mich übrig. Und für all das, was ich dir heute Nacht zeigen werde.«

Er umfasst seinen harten Schwanz und reibt ihn. Schon nach ein paar Bewegungen schießt das Sperma aus ihm heraus und auf Elysias Oberschenkel. Sie lacht.

»Leck es weg.«

Als er auch das befolgt hat, lässt sie sich in die Wanne gleiten und lädt ihn dazu ein.

»Und jetzt erzähl mir alles, was du über Lust weißt.«

Rix beginnt von Kinderspielen mit dem besten Freund und Onanierwettbewerben in der Schule zu erzählen. Lang ist sein Bericht nicht.

»Es gab also nie ein Mädchen?«

Er schüttelt den Kopf.

»Ein echter Jungmann«, lacht sie und neckt ihn mit einem schaumbedeckten großen Zeh.

Sie frottieren sich ab, und Elysia widmet sich besonders seinem Schwanz, der wieder hart emporragt.

Mit der Kamera im Schlafraum geht es weiter.

Rix legt sich auf das Bett, und Elysia gießt Öl auf seinen Oberkörper und verteilt es auch auf ihren Brüsten, sie setzt sich rittlings auf ihn und beginnt, ihn zu massieren.

»Denk jetzt nicht an Fußball oder versuch sonst wie, die Erregung zu unterdrücken, das ist Quatsch.« Und als er schneller atmet: »Lass die Lust einfach fließen. Wenn du abspritzt, warten wir etwas und machen dann weiter. Man muss das nicht synchron erleben. Das ist Zwang und Krampf.« Sie kreist, reibt und streicht über seinen Bauch, rutscht weiter nach unten und widmet sich seinem Schwanz. Rix liegt da, seine Füße zucken, er stöhnt und tastet mit geschlossenen Augen nach ihren Brüsten. Und dann kommt er ganz plötzlich mit einem Schrei. Elysia lächelt und zupft lässig ein Kleenex aus einer Box, um seine Spuren wegzuwischen.

Sie schmiegt sich neben ihn und streichelt sein Haar.

»Jetzt wirst du schon viel geduldiger sein. Also hast du nun Zeit für mich.«

Er richtet sich auf und schüttelt sich wie ein junger Hund. Seine Dreadlocks fliegen.

Elysia schiebt sich ein dickes Kissen ins Kreuz und spreizt die Beine weit. »Lektion eins: warten lassen. Du kannst meinen Venushügel streicheln oder kraulen, mir den Busen und den Hintern massieren und dich um meine Oberschenkel kümmern. Aber fotzwärts ist es erst erlaubt, wenn ich richtig nass bin.«

Eifrig widmet sich Rix all diesen Stellen und redet sich zwischen seinen Küssen in Begeisterung. Als er die Innenseite ihres Oberschenkels leckt und saugt, hält er inne, spreizt behutsam mit Daumen und Zeigefinger Elysias Schamlippen und sieht sich ihre Muschi genau an.

»Ich glaube, du bist schon ziemlich nass«, stellt er fest. »Darf ich dich jetzt fingern?«

Elysia zieht die Knie bis hoch zur Brust und lacht.

»Fahr sachte mit einem Finger zwischen die Fotzlippen, ja, so ist es gut, rutsch tiefer, steck ihn mir rein.« Rix' Finger verschwindet in ihrer Möse, und sie jauchzt vor Lust.

»Mit dem Daumen der anderen Hand umkreist du jetzt den Kitzler.«

Offenbar hat Rix Talent, denn bald darauf windet sie sich unter seinen Händen und keucht »Fick mich«, und er schiebt seinen Finger in ihrer Möse vor und zurück und übt mit der anderen Hand leichten Druck auf ihren Kitzler aus. Elysia kommt mit einem spitzen Schrei und zieht ihn zu sich hoch, bis er auf ihr liegt, und umklammert ihn mit Armen und Beinen. Eine ganze Weile liegen sie still so da. Vielleicht sind sie eingeschlafen.

Ich spule vor. Sie mir beim Sex anzusehen, ist mir nicht unangenehm, aber in diesem Moment der Innigkeit möchte ich nicht stören. Das Band lasse ich erst wieder in Normalgeschwindigkeit laufen, als sich Elysia nach oben rollt.

Mit einem anerkennenden Nicken bemerkt sie, dass Rix' Schwanz wieder steht, und sagt etwas über die Macht oder die Kraft der Jugend, genau kann ich es nicht verstehen.

»Diesmal musst du warten«, befiehlt sie, »inzwischen müsste das gehen. Erst wirst du mich noch einmal bedienen, denn ein guter Liebhaber muss auf jeden Fall lecken können.« Sie rutscht hoch zum Bettende, bis sich ihre Möse über Rix' Gesicht befindet.

»Erst züngeln, dann trillern, dann saugen.«

Offenbar befolgt Rix ihre Anweisungen gut, denn bald atmet sie schneller und greift sich an die Brüste, um sie zu kneten. Rix massiert ihren Hintern, während er sie leckt. Und ganz ohne weitere Instruktion gleiten seine Finger zwischen ihre Backen, und einer schiebt sich hinein in Elysias Hintertür. Sie schreit kurz überrascht, lacht dann aber kehlig und lässt es zu. Sie reitet auf seinem Gesicht und murmelt Dinge wie »Ja, leck mir die Pflaume aus« oder »Mach die Zunge weich auf meiner Klit, ganz weich, sofort, und jetzt schneller«. Dann schreit sie wieder, erstarrt einen Moment, steigt schließlich von ihm herunter und küsst ihn lange.

Sie trinken ein Glas Wein zusammen und teilen sich den Teller mit den Pasteten und dem Kuchen, den Rix aus der Küche mitgenommen hat. Ich weiß, dass es nebensächlich ist, aber es freut mich, wie gut es ihr schmeckt.

Sie klopft die Krümel von der Bettdecke und verkündet: »Wenn du noch Kraft hast, darfst du mich jetzt ficken.« Er lacht siegessicher und umarmt sie heftig.

Elysia dreht sich auf den Rücken und legt sich ein dickes Kissen unter den Hintern. Sie zieht die Knie mit den Händen auseinander, sodass sie ganz offen vor Rix liegt. Der pellt sich schnell ein Kondom über, zerreißt es vor Ungeduld, nimmt sich ein zweites, und diesmal klappt es. Er steigt zwischen Elysias Schenkel, umfasst seinen Schwanz, lenkt ihn auf Elysias Möse zu und drückt die Eichel gegen ihren Eingang. Dann nimmt er die Hand weg und schiebt sein Becken vorwärts. Konzentriert und vorsichtig dringt er in sie ein. Sein Gesicht ist ganz verzückt, als er »Heilige Fotze« sagt, immer wieder »Heilige Fotze«. Elysia lacht und legt ihm die Beine über die Schultern. Rix beginnt zu stoßen, einige Male nur, dann bricht er schreiend über ihr zusammen. Sie streichelt ihm den Rücken und fährt ihm durchs Haar. Irgendetwas flüstert sie ihm auch ins Ohr, aber das kann ich nicht verstehen. Lange bleiben sie so liegen, aufeinander verschmolzen, das Tier mit den zwei Rücken.

Ich will das Band schon stoppen, als Rix sich noch einmal aus dem Bett erhebt. Elysia sieht ihm schlaftrunken nach. Er steht nackt vor ihrem Bett und hält sich irgendwie gerader als zu Beginn der Aufzeichnung. Von dem schüchternen, verlegenen Jungen ist nichts mehr zu sehen. Erwartungsvoll richtet sich Elysia halb auf und stützt ihren Oberkörper mit einer Hand auf dem Kopfkissen ab.

Langsam beugt sich Rix zu ihr und küsst sie auf die Stirn, dann kniet er sich vor sie, nimmt ihre Hand und führt sie an seine Stirn. So verharren beide lächelnd, bis sie sich löst und die Bettdecke für ihn zurückschlägt.

»Du kannst neben mir schlafen«, lädt sie ihn ein. Typisch Elysia, denn eigentlich ist das ja eh sein Zimmer. Aber Rix schlüpft auch nicht zu ihr. Er nimmt sich ein Kissen und rollt sich neben dem Bett zusammen. Elysia löscht das Licht, das Band wird schwarz. Ganz leise hört man beide atmen.

Ob sie später das Zimmer verlässt und in ihr eigenes im Erdgeschoss geht, ob er ihr folgt, ob da vielleicht ein anderer

Mann ist oder was noch in dieser Nacht geschieht, von all dem ist auf dem Band, als ich es Tage später mit klopfendem Herzen durchsehe, nichts zu entdecken.

Unglaublich, was für einen Müll Journalisten zurücklassen können. Haben die hier während der Konferenz gepicknickt oder ihren Abfall extra von zu Hause mitgebracht, um ihn bei uns zu verteilen? Ist das eine Art Performance oder einfach nur sehr schlechtes Benehmen? Wir gehen mit Plastiksäcken durch die Reihen und sammeln mit spitzen Fingern Papiere von Schokoriegeln, leere Getränkeflaschen und benutzte Taschentücher ein, ich möchte gar nicht wissen, ob die alle für Schnupfennasen benutzt wurden. Als Matze mich fragt, was eigentlich aus Gunnar geworden ist, muss ich einen Moment überlegen. Stimmt, Gunnar habe ich verdrängt.

Ich gehe, um ihn zu suchen. Nicht dass er noch irgendwo ein Loch gräbt, das Dach abdeckt oder die Läufer von den Treppen reißt.

Ich finde ihn im Gästezimmer neben der Küche, wo ich eigentlich Elysia einquartieren wollte. Er steht zusammengesunken da, als habe er vergessen, wo er ist und was er hier vorhatte. Er starrt zu einem alten Eichenbalken hinauf, an den ich einen sehr modernen Kronleuchter aus Plexiglas gehängt habe. Es ist einer der originalen Balken, wir hatten zwar den Holzwurm drin, aber ich finde, die Rettung hat sich gelohnt. Zusammen mit dem Kamin sieht dieses Zimmer durch die Balken an der Decke richtig feudal aus. Es wird auch von unseren Übernachtungsgästen besonders gern gebucht. Ich habe es schon vor Monaten für Elysia reserviert, auch wenn die, wie es aussieht, dauerhaft bei Rix im zweiten Stock schlafen wird.

Gunnars alte Hände klatschen müde und schlaff vor seiner Brust. Erst als ich schon fast neben ihm stehe, höre ich, dass er einen Abzählreim flüstert.

»Eins, zwei, drei und Veilchenduft, hängen Füße in der Luft. Was baumelt da am Balken oben, was hängt denn da am Strick da droben? Die Hexe, sie ist aufgeknüpft und ins Jenseits wohl gehüpft. Eins, zwei, drei und aus die Maus, eins, zwei, drei, und du bist raus.«

Sein Flüstern kommt von ganz weit unten. Wie aus einer anderen Zeit. Ich habe Gänsehaut. Also hat er nicht nur vor dem Keller Angst. Er beginnt wieder von vorn. »Eins, zwei, drei …«

Weiß die Göttin, wie lange er schon dasteht und diesen Vers aufsagt. Sein Blick ist glasig, und wieder kommt er mir vor wie ein kleiner Junge. Wo steckt eigentlich der Bauprüfer, wenn man ihn braucht?

Ich fasse Gunnar vorsichtig an der Schulter und drehe ihn langsam zu mir.

»Es ist alles in Ordnung«, sage ich leise, aber bestimmt. »Es ist alles in Ordnung. Nichts ist passiert. Ich bin hier und kümmere mich. Alles gut. Wir beide gehen jetzt in die Küche und essen eine leckere Suppe zusammen.«

Er lässt sich von mir wegführen, schwenkt aber an der Küchentür vorbei zum Ausgang und verlässt das Haus mit unsicheren kleinen Schritten, ganz ohne mich anzuschreien.

Ich sehe ihm nach und habe immer noch ein Frösteln im Rücken.

IMKE, 1921:

»Komm, mein Schatz, wir trinken ein Likörchen« 6

Auf dem Weg zu der Soirée des Hellsehers zupfte Imke immer wieder an ihrem Haar herum, sie kam sich nackt vor, obwohl sie einen dicken Wollmantel trug. Anita hatte sie am Morgen dazu überredet, sich einen Bubikopf schneiden zu lassen. Sie fand, Imke habe »eine Schnute wie Coco Chanel«, aber für Imke war es ungewohnt, und sie fror im Nacken.

Sie musste sich beeilen, um mit Anita Schritt zu halten, die trotz ihrer hohen Hacken fast rannte, weil sie keinen Moment der spiritistischen Sitzung verpassen wollte. Imke selbst hatte das Einladungsbillet nach Anitas letztem Auftritt entgegengenommen, als es ihr von einem Boten in die Garderobe gereicht wurde: eine kleine Karte, auf der nur Ort und Uhrzeit in einer etwas krakeligen Handschrift standen. Anita wusste sofort, worum es ging, und war Feuer und Flamme. Imke wusste nicht so recht, was sie erwarten würde, freute sich aber, dass Anita von ihr begleitet werden wollte. Es war immer aufregend mit ihr. Während sie an einem hell erleuchteten Schaufenster vorbeigingen, erkannten einige Passanten sie und klatschten, und Imke bemerkte zwei junge Frauen, die sich genau wie Anita die Augen dunkel umrandet und den Mund klein und spitz gemalt hatten und aussahen wie Kinder, die La Berber spielen.

Der Mentalist empfing sie in einer Wohnung im zweiten Hinterhaus. Die Fenster waren verhangen, überall brannten

Kerzen auf großen silbernen Kandelabern, und Imke freute sich, dass geheizt war und die Kerzen zusätzliche Wärme abgaben, sie würde endlich einmal einen Abend lang nicht frieren. Ein Glaskasten weckte sofort ihre Aufmerksamkeit. Sie ging so nah heran, dass ihre Nase fast die Scheibe berührte. Er war mit Wasser gefüllt, und zwischen allerlei Pflanzen und Steinen, einem kleinen Häuschen, das wie eine Ritterburg aussah, und einigen winzigen zerbrochenen Amphoren erkannte sie ein s-förmiges Geschöpf mit langer Nase und großen Augen, das in wellenförmigen Bewegungen durchs Wasser schwebte.

»Ein Seepferdchen«, erklärte ihr eine ältere Dame mit sehr männlichen Gesichtszügen. »Bezeichnend für unsere moderne Zeit. Wussten Sie, dass bei diesen Kreaturen die Männchen die Nachkommen ausbrüten?«

Imke schüttelte den Kopf, kam sich dumm vor und konnte die Augen nicht von dem kleinen Kerlchen lassen. Welche Nachkommen? Er war doch völlig allein in seinem Aquarium. Das musste furchtbar sein. Sie dachte an ihr Hotel d'Amour, in dem tagsüber, wenn keine Damen da waren, auch so eine Stille herrschte, und beschloss, die lange Wand an der Seite des Tresens zu bemalen. Eine Unterwasserlandschaft, Algen, Quallen und eine große glückliche Herde von Seepferdchen, Seepferdcheneltern, Seepferdchenkindern, Seepferdchengroßeltern ... Anita unterbrach sie, indem sie sie mit ihrem Hüftknochen weiter in den Salon schob.

Die anderen Gäste waren bereits da und plauderten in ihren Abendroben. Imke versuchte sich diejenigen Schnitte, die ihr besonders gut gefielen, einzuprägen, vielleicht war etwas dabei, das sie für Anitas Kostüme verwenden konnte. Die Damen trugen lange Kleider mit tiefen Taillen, viele mit Perlen bestickt oder mit unzähligen langen Ketten behangen. Andere zeigten ihre Beine in kurzen, sackartigen Kleidern, deren Fransen bei jeder Bewegung hin und her schwangen. Viele hatten Federn oder Diademe im Haar, trugen Stirnbänder oder kunstvolle, glitzernde Gestecke in den Dutts. Die Männer waren ausnahmslos im Smoking, und Imke kam die Idee, dass so ein Anzug bei Anitas überschlanker Statur ein Hingucker sein müsste, vor allem, wenn sie kein Hemd darunter tragen würde, sondern nur blanke Haut. Sie flüsterte ihre Idee Anita zu, und die nickte begeistert.

»Merk dir dit, Mädel!«

Eine Gruppe von Männern mit glänzender Pomade im Haar sangen ein Lied, das Imke nicht kannte: »Überall herrscht große Kohlennot, selbst im Himmel ärgern sie sich tot, Petrus steckt nur zögernd dann und wann, hier und da ein Sternlein an.« Weiter wussten sie nicht und summten, bis einem noch einfiel: »Bummel-Petrus ist blamiert, weil er nachts herumpoussiert.« Die anderen Gäste lachten, klatschten, nippten an Gläsern mit dunkelgrünem Absinth oder schnupften weißes Pulver von silbernen Tabletts. Anita winkte einen Kellner mit einem solchen Tablett heran und reichte es anschließend an Imke weiter.

Sie wollte nicht ablehnen und zog ungeschickt die Luft durch die Nase. Das Pulver stach ihr direkt in den Kopf und betäubte und weckte sie zugleich. Alle ihre Sinne waren geschärft, und sie fühlte sich glasklar und wie unter Wasser zur selben Zeit. Sie wusste sofort, dass sie diesen Zustand nicht mochte, obwohl sie erstaunt bemerkte, dass sie plötzlich viel selbstsicherer war, sich entspannt an Anitas Seite bewegte und dauernd lachen musste.

Der Spiritist bat die Gesellschaft um Ruhe. Schlagartig breitete sich Erwartungshaltung aus.

»Zunächst werde ich ein wenig in Ihren werten Gedanken lesen, um uns miteinander bekannt zu machen. Zum Beispiel Sie!« Er deutete auf einen jungen Mann. »Sie haben genau hundert Mark in Ihrer Börse. Und es sind deshalb nicht hundertzehn, weil sie heute unbedingt auf der neuen Automobil-Verkehrs- und Übungs-Straße rasen mussten, und das, obwohl«, er zeigte auf eine Frau neben diesem Mann, die ein Stirnband mit einem blauen Stein trug, »es Ihnen Ihre reizende Gattin eigentlich untersagt hatte!« Die Frau knuffte ihn, der junge Mann zeigte seine Geldbörse her, der Betrag stimmte. Die Gäste klatschten.

Der Hellseher wandte sich Imke zu. »Sie tragen erst seit heute diese Männerfrisur!« Sie nickte verblüfft. »Und Sie …«, Anita war dran, »Sie haben ein pikantes Geheimnis. Nicht nur die junge Dame neben Ihnen kennt Sie sehr intim, sondern auch dieser Herr dort drüben!« Ein Mann mit Zylinder verneigte sich und zwinkerte Anita zu.

»Und auch dieses Paar dort!«

Die Herrschaften kicherten verlegen. Anita blieb völlig unbeeindruckt.

»Dit is ja nu wirklich keene Offenbarung.«

Beschwichtigend hob der Hellseher die Hände, drehte sich und hielt ein silbernes Zigarettenetui hoch.

»Vielleicht aber vermissen Sie dieses Etui!«

Hektisch kramte Anita in ihrer Handtasche, und tatsächlich, ihre Zigaretten fehlten.

Die Gäste jubelten und steigerten sich immer mehr, als der Mentalist nacheinander noch eine Perlenkette, ein Monokel und zuletzt unter lautem Gejohle und Geklatsche einen Seidenslip aus seiner Tasche holte.

Er genoss den Applaus und stand mit geschlossenen Augen in der Mitte des Raums, die Arme emporgestreckt wie in religiöser Verzückung. Dann wurde sein Gesicht ernst, er sank in sich zusammen, als würde er plötzlich jemandem zuhören. Mit energischen Gesten brachte er die Leute zum Schweigen. Imke bemerkte mit einem Frösteln, dass draußen eine Turmuhr Mitternacht schlug.

»Die Zeit ist gekommen«, flüsterte der Magier. »Bitte nehmen Sie Platz.«

Diener zogen die Tischdecke von einem großen runden Tisch in der Mitte, legten eine Kette mit großen schwarzen Perlen darauf, stellten einen Kerzenleuchter daneben und brachten Stühle. Die Herrschaften versammelten sich darum.

Es war jetzt ganz still.

»Legen Sie Ihre Hände auf den Tisch, sodass sich die Spitzen Ihrer kleinen Finger und der Daumen berühren, bilden Sie einen Kreis. Ich werde ihn schließen, wenn ich meinen Geist gereinigt und den Wellen des Universums angepasst habe.«

Er nahm die Kette in die Hand und suchte mit Daumen und Zeigefinger einen Platz zwischen den Perlen.

»Dies ist das berühmte Golomboy. Sie können ein solches hinterher käuflich erwerben, wenn auch Sie Ihren Geist auf eine höhere Ebene bringen möchten.«

Mit einem Schnippen schlug er das eine Ende der Kette in seine Handfläche und brachte die Finger wieder in die Ausgangsposition. Das wiederholte er in einem zunehmend schnelleren und immer gleichmäßigeren Rhythmus. Die Gäste starrten fasziniert auf sein Fingerspiel und die halb geschlossenen Augen des Magiers. Imke bemerkte, dass die Diener die Kerzen im Raum auslöschten, bis nur noch die auf dem Tisch brannten. Die Gesichter der Umsitzenden wurden dadurch unheimlich erleuchtet, die Augen waren mit tiefen Schatten unterlegt, fast sahen sie aus wie Totenschädel. Die Perlenkette schnippte durch die Hand des Mentalisten. Seine Miene verzerrte sich, er atmete laut durch den offenen Mund, dann sank sein Kinn auf die Brust. Er verharrte, das Golomboy rutschte aus seiner Hand, und seine Finger fanden die der neben ihm sitzenden Gäste, der Kreis war geschlossen.

»Die Nebel lichten sich.«

Seine Stimme klang anders als bei den Zauberkunststücken, die er eben noch aufgeführt hatte, härter und tiefer.

»Ich reise durch die Dimensionen. Vergangenheit, Gegenwart und Zukunft werden eins. Da sind Männer mit Krücken und Augenbinden, bettelnde Männer.«

Das war noch keine Hellseherei, alle hatten die Kriegsheimkehrer jeden Tag vor den Augen, verkrüppelte Soldaten, zerschossene Körper, die in den Hauseingängen schliefen oder vor Kneipen herumlungerten.

»Sie werden sich erheben und wieder marschieren. Es wird eine neue Zeit kommen.«

Die anwesenden Männer raunten und nickten.

»Es wird Tote geben, Unfälle auf der neuen AVUS, die Straßen werden voller Motorräder und Automobile sein, ein Moloch aus Motorengeräuschen, und die Schnelligkeit, alles rast!«

Die junge Frau mit dem blauen Stein auf der Stirn knuffte ihren Mann wieder in die Seite und sah ihn missbilligend an.

»O Universum, zeig mir nun die Zukunft der Anwesenden, zeig mir ihr Schicksal. Verbergt nichts, ihr Nornen!«

Eine Weile sagte er nichts, sondern runzelte die Stirn, schien Stimmen zu hören, manchmal sah er aus, als wollte er etwas antworten. Die Gäste beugten sich näher, einige scharrten nervös mit den Füßen. Dann endlich sprach er weiter.

»Es werden Kinder geboren werden. Ein Erbe für ein vornehmes Haus, nein, zwei, zwei Häuser.«

Drei Damen seufzten entzückt und sahen sich dann fast feindselig an, als sie bemerkten, dass es eine zu viel war.

»Ich sehe gewaltige Summen Geld, Geld, das gewonnen wird, und anderes, das verloren geht. Hüten Sie sich vor Wetten, die Börse birgt großes Unglück. Bewahren Sie eher das Gold als die Scheine. Jetzt wechseln die Bilder. Fühlen Sie die Hitze? Ich sehe den Körper einer Göttin, nackt und bewundert.«

Imke lächelte Anita an. Die stieß mit ihrem Knie gegen Imkes.

»Ich sehe einen kometenhaften Aufstieg und ein kaltes Verlöschen, eine große Liebe und einen einsamen Tod, den einsamsten von allen, voller Leid und Schuld.«

Sein Körper verkrampfte sich.

»Zwei Tode, drei, unendlich viele, o mein Gott! Nicht das, nicht das! Zeigt mir wieder die schöne Venus!«

Tränen liefen über sein Gesicht, und die Gäste sahen sich irritiert an. Er fing sich.

»Ich sehe ein Gesicht, dass die Zeit überdauern wird, eine Berühmtheit, ich sehe einen Ort, an dem große Liebe und große Not zusammenkommt, aber nicht zur selben Zeit. Bitte macht es deutlicher, ihr Schicksalsgöttinnen, ich kann es nicht erkennen. Was ist das? Was flimmert da? Ein Aquarium? Wieso ein Aquarium? Nein, verlasst mich nicht!«

Sein Kopf fiel auf die Tischplatte, er blieb bewegungslos liegen. Die Diener zündeten die Kerzen im Raum wieder an. Zögernd lösten sich die Gäste aus ihrer Erstarrung und begannen zu klatschen.

Der Magier erhob sich, sichtlich erschöpft, bleich, mit Schweißperlen auf der Stirn.

Die Diener servierten Absinth und Champagner, Cognac und mehr Pulver. Die Gäste fingen wieder an zu lachen, etwas nervös noch und schriller als zuvor. Paare diskutierten über die Prophezeiungen und ob man selbst wohl gemeint gewesen war.

Imke beugte sich zu Anita: »Na, die Berühmtheit, die bist ja wohl du.«

Anita zog ihre aufgemalten Augenbrauen noch höher.

»Penunzen, jewonnen und verloren, Bälger, die jeboren werden, det sind ja unjlaubliche Enthüllungen. Ick gloobe jedenfalls nur an meene Haxen. Die sind meene Religion.«

Jemand schaltete im Nebenraum ein Grammophon an, und eine Stimme sang: »Komm mein Schatz, wir trinken ein Likörchen, und dann flüstre ich dir was ins Öhrchen«.

Der Magier ließ sich ein Handtuch bringen und tupfte sich die Stirn ab. Dann schlüpfte er in eine frische Smokingjacke.

»Nun haben wir die Zukunft gesehen, liebe Freunde. Zeit, die Gegenwart zu feiern!«

Er nahm wieder sein Golomboy zur Hand, sah aber diesmal nicht selbst darauf, sondern hielt es einem jungen Mann vor, bis der große Augen bekam und schielte.

Die anderen sahen gespannt und belustigt zu. Offenbar wussten einige, was nun geschehen würde, denn jemand sagte: »Er soll ein Huhn sein.«

Mit einem huldvollen Nicken nahm der Magier den Wunsch entgegen und raunte dem Mann zu: »Sie sind ein Huhn, ein Huhn, nichts als ein Huhn, und ein Huhn gackert. Gackern Sie!«

Der junge Mann fing tatsächlich an zu gackern.

Die Gäste lachten und klatschten. Die bedrückte Atmosphäre war verflogen. Der Magier ließ den Mann zurück auf den Sessel sinken, wo er bald aus dem Huhnsein erwachen sollte. Vorher brachte er eine ältere, besonders vornehme Dame mit schwerem Diamantcollier um den Hals dazu, in breitem Berlinerisch Fische anzupreisen, und ihren Gatten, sich die Lippen mit einem unsichtbaren Stift zu schminken. Schließlich wandte er sich einem Paar zu, das bisher still an der Seidentapete gelehnt hatte. Er versetzte erst die Frau und dann den Mann in Trance.

»Ihr seid Adam und Eva! Ihr seid im Paradies! Warum tragt ihr Kleider? Entledigt euch dieser Last!«

Gehorsam zogen sich beide nackt aus. Die Damen kicherten, die Männer pfiffen.

»Hinauf auf den Tisch! Ihr seid jetzt Affen!«

Beide kletterten auf den Tisch, den die Diener schon vorsorglich freigeräumt hatten.

Sie hockten da oben, stießen kehlige Laute aus, lausten sich gegenseitig und schrien schrill. Die Gäste wollten sich totlachen. Der Magier hob gebieterisch die Hand.

»Ihr seid wieder Adam und Eva. Ihr habt euch noch nie nackt gesehen. Erkundet euch ohne Scheu.«

Der Gesichtsausdruck des jungen Mannes änderte sich von stumpf zu neugierig. Er besah und betastete die Brüste der Frau, die auf der Seite lag, ihre Füße baumelten über den Tischrand. Er schob ihre Knie auseinander und steckte seinen Kopf schnuppernd zwischen ihre Schenkel. Sie hielt seinen Penis in den Händen und spielte mit seinen Hoden. Als sich sein Schwanz aufrichtete, zuckte sie erst zurück, betrachtete ihn dann aber erstaunt.

»Was sollen diese beiden unschuldigen Geschöpfe nun tun?«, fragte der Hellseher in die Runde.

»Sie soll ihm einen blasen«, schlug ein älterer Mann mit Zigarre vor.

Der Hellseher nickte. »So sei es.« Er wandte sich den beiden Nackten zu.

»Dieser Schwanz ist das Köstlichste, was du je gesehen hast. Du willst ihn unbedingt lutschen.«

Die Augen der jungen Frau wurden groß, sie leckte sich über die Lippen und züngelte. Verzückt gab sie einen genießerischen Ton von sich und stülpte ihre Lippen über die Eichel. Sie saugte den Schwanz tief in ihren Mund, gab ihn wieder frei, leckte am Schaft entlang und saugte ihn erneut ein. Der Mann sah glasig an die Zimmerdecke und atmete rasselnd, als sie mit der Zungenspitze am Fädchen spielte und den Schwanz wieder tief in ihrem Schlund verschwinden ließ und verschlucken wollte.

Der Hellseher ging um die beiden herum und zeigte auf ein Ehepaar. Die Frau trug ein langes silbernes Abendkleid voller Pailletten und besah sich das Schauspiel durch ein Lorgnon.

»Soll denn die Maid gar nichts zu genießen haben?«

»Sie soll die Kerze kriegen«, bestimmte der Mann, und seine Gattin fügte hinzu: »Sie soll sich selbst Lust bereiten.«

»Entdecke die Ekstase zwischen deinen Schenkeln, mein Kind«, rief der Gastgeber, »und zeige uns Befriedigung mit dieser Kerze.«

Er wandte sich zu einem der Kandelaber im Raum, die die Diener nach der Séance wieder entzündet hatten, und brach eine schlanke weiße Kerze ab. Der Docht rauchte noch.

Imke stellte sich ganz nah an Anita und flüsterte ihr zu: »Das macht die nicht. Das ist doch Show, so weit geht die nicht.«

Anita zog eine ihrer aufgemalten Augenbrauen hoch und nickte in Richtung des Esstisches, wo die junge Frau unbeirrt weiter an dem Schwanz saugte, aber jetzt auch mit weit gespreizten Beinen dalag und ihre Möse befingerte.

»Feucht ist sie schon«, rief einer der Gäste. Die Gesellschaft rückte näher an den Tisch heran, um nichts zu verpassen.

Ihre Finger erkundeten die Ritze zwischen ihren Schamlippen, teilten diese und drangen tiefer vor. Sie streckte ein Bein in die Luft, ihr Mösenloch lag glänzend vor den Gästen. Ihr Schamhaar schien zu knistern, als sie darüberrieb und sich dann auf die kleine Erhebung ganz oben konzentrierte.

»Na, die weiß, was gut ist«, rief die ältere Dame mit den maskulinen Gesichtszügen, die Imke das Aquarium erklärt hatte.

Der Hellseher reichte ihr nun die Kerze. Sie spielte damit in ihrer Spalte, drehte sie hin und her, dann fand das stumpfe Ende ihre Mösenöffnung, und sie steckte es sich ein kleines Stück hinein. Sie ließ die Kerze kreisen, drang tiefer vor. Als die Kerze zu zwei Dritteln in ihrer Möse verschwunden war, hielt sie einen kurzen Moment inne. Drei Männer im Publikum machten Fickbewegungen mit den Hüften. Die junge Frau ließ die Kerze aus ihrer Möse gleiten, schob sie wieder in sich hinein, wurde schneller und fickte sich schließlich mit der Kerze in einem gleichmäßigen Rhythmus. Sie stoppte und verwöhnte ihren Scheideneingang, zog sie ganz heraus, kreiste um ihren Kitzler und steckte sie sich wieder hinein.

»Eine tolle Fotze«, sagte ein Herr mit Monokel und deutlicher Beule in der Hose. Die Frauen sahen mit glühenden Wangen zu. Vielleicht fragten sie sich, ob ihre Männer das auch von ihnen sehen wollten. Ein junger Mann, der ganz hinten stand, griff seiner Freundin unter das Fransenkleid, sie sträubte sich erst, aber als sie sich umgesehen und bemerkt hatte, dass niemand auf sie achtete, spreizte sie wie zufällig die Beine und ließ sich von ihrem Freund fingern.

Imke bemerkte, dass einige Diener neben den Tisch getreten waren, sie hatten etwas in der Hand, ein dickes Seil, dachte sie zunächst, aber dann erkannte sie, dass es ein zusammengerolltes schwarzes Tuch war.

Der nackte Mann auf dem Tisch stöhnte und verdrehte die Augen. Die Füße seiner Partnerin zuckten in der Luft, sie fickte sich weiter mit der Kerze und wölbte das Kreuz. Es fehlte nicht viel, und die Gäste hätten begonnen, im Rhythmus des Saugens und Stoßens mitzuklatschen oder die beiden anzufeuern. Aber im letzten Moment, als aus der Kehle des Mannes ein tiefer Schrei heraufrollte und das Mädchen sich so verkrampfte, dass ihre Knöchel weiß wurden, warfen die Diener das große schwarze Tuch über die beiden. Gleichzeitig schrien beide im Dunkeln.

»Ein Rest Geheimnis muss bleiben«, rief der Hellseher fast schadenfroh in die Gästeschar, während die Diener die Fenster aufrissen und kalte Nachtluft in den Raum strömte. Der eisige Zug ernüchterte alle schlagartig. Verlegen lachend riss sich die Gesellschaft vom Esstisch los, man ordnete die Kleider, der junge Mann hinten nahm schnell die Hand zwischen den Schenkeln seiner Freundin weg und wischte sie an einem seidenen Tuch ab. Die Männer stürzten ihren Cognac hinunter, sprachen viel zu laut und lärmend über »die gelungene Vorführung« und griffen nach den Erfrischungen, die die Diener reichten. Das nackte Paar wurde verhüllt aus dem Zimmer geführt.

Der Hellseher verbeugte sich: »Lachen Sie nicht zu viel, meine Damen und Herren, es hätte jeden von Ihnen treffen können. Ob Sie sich vor oder auf dem Tisch wiederfinden, entscheidet Fortuna!«

Die Gäste johlten und klatschten. Das Grammophon begann wieder zu spielen.

Die Turmuhr schlug erneut, und bald standen die ersten Herrschaften auf, verabschiedeten sich von dem Spiritisten, einige Damen knicksten dabei sogar, andere wurden von ihm mit einem langen Zungenkuss bedacht, während ihre Männer verlegen danebenstanden. Auch für Imke und Anita wurde es Zeit, denn am nächsten Morgen stand eine Tanzprobe an.

In der Garderobe schnupfte Anita noch einmal Pulver von einem Tablett und schlüpfte in ihren Pelz. Während sie Imke in den Mantel half, kicherte sie: »Scheiße wa, freu dir, ick war mal nich die Nackertste!«

Dann war sie zur Tür hinaus. Imke wollte ihr gerade folgen, als der Okkultist sie am Ärmel festhielt.

»Ich möchte mich entschuldigen, liebes Mädchen, falls ich mit meinen düsteren Visionen Angst und Schrecken verbreitet habe. Die Nornen zeigen, was sie wollen.«

Imke lachte und winkte ab. »Anita freut sich über den kometenhaften Aufstieg, den Sie gesehen haben. Sie ist keine Bangbüx. So berühmt, wie sie bald ist, wird sie sicher nicht allein sterben. Und ich bin ja auch noch da.«

Lächelnd streichelte er ihr über den Bubikopf, und seine Stimme war fast mitleidig, als er sich nah zu ihr beugte.

»Ich habe in meiner Vision des einsamen Todes nicht das Fräulein Berber gesehen.«

GEORGIE, 2017:

Eins, zwei, drei, und du bist raus

7

Als Matze mich weckt, ist es draußen noch fast dunkel. Er kniet neben meinem Bett und bedeckt meinen Arm mit Küssen, bis ich ihm mit geschlossenen Augen den Kopf zudrehe, damit er auch meinen Mund küssen kann.

»Georgissima«, flüstert er, »steh auf, da wartet was auf dich.«

Schlaftrunken rapple ich mich hoch, Matze wickelt mich in eine dicke Decke. Er trägt nur seine Boxershorts, wohin also immer dieser frühmorgendliche Ausflug geht, weit kann es nicht sein. Wieso er einen Besenstiel in der Hand hat, verstehe ich nicht, aber ich bin zu müde, um zu fragen. Er nimmt mich an der Hand, ich schlurfe hinter ihm her und bin überrascht, als er nicht zur großen Treppe geht, sondern in die andere Richtung, zum Ende des Korridors. Er streckt den Besenstiel, der gar kein Besenstiel ist, sondern eine lange Stange mit einem Haken am Ende, nach oben und öffnet eine Luke in der Decke. Über meiner Etage ist nur noch der Spitzboden, in den ich ein einziges Mal kurz hineingesehen habe, als Elysia mir das Haus schenkte und mich überall herumführte. Aber damals war es Winter und stockdunkel. Es gibt kein Licht und nur rohe Holzbalken. Stehen kann man auch nicht. Ich glaube, der Inspektor für den Brandschutz sieht hier einmal im Jahr nach dem Rechten, aber ich war nie wieder oben und habe diesen Teil des Hauses völlig vergessen.

Eine schmale Leiter klappt sich quietschend aus der Decke. Matze zieht sie zu uns heran, bis sie einrastet. Ich hoffe, dass es nicht wieder irgendwas zu reparieren gibt, ein einstürzendes Dach wäre das Letzte, was ich jetzt brauche, aber Matze hat ganz rote Wangen und sieht nicht nach Hiobsbotschaft aus, eher nach Überraschung. Überraschungen sind sein Ding. Ich habe noch nie einen Mann gekannt, der sich so tolle Geschenke einfallen lässt wie er, andere können singen oder tanzen, Matzes Kunstform ist die Überraschung. Er steigt vor mir die Stiege hinauf und reicht mir die Hand, damit ich sicherer folgen kann. Oben ist es dämmrig, aber ich bin überrascht, wie groß das Dachgeschoss doch ist. Bei dem kurzen Einblick mit Elysia hatte ich es auf wenige Quadratmeter geschätzt, jetzt sehe ich, dass es die Maße eines Studios hat. Wenn man es ausbauen würde, könnte man hier sicher zwei Gästezimmer unterbringen. Aber daran ist ja gar nicht zu denken, also schiebe ich die Idee schnell beiseite, ich steigere mich immer viel zu sehr in solche Pläne hinein. Matze schiebt mich vorwärts, sieht auf die Uhr und flüstert: »Noch einen kleinen Moment, gleich darfst du dich umdrehen.« Wir stehen eng zusammen auf dem Spitzboden, er streichelt meine Arme und meinen Rücken, mein Kopf liegt an seiner Schulter, und ich frage mich, wie man so frühmorgens schon so lecker riechen kann, nach Plätzchen und Kräutern. Ich knabbere ein bisschen an seinem Hals, und er bekommt eine Gänsehaut. Dann fasst er mich an den Schultern und dreht mich um.

»Ich hab es zufällig entdeckt«, flüstert er, »als ich mit Timo durchs Haus gegangen bin, um zu sehen, wo die Stromleitungen verlaufen.«

Ich stehe da, blinzle und weiß erst gar nicht, was ich sehe. Die Dachschrägen. Rohes Holz. Staubpunkte, die in der Luft schweben. Am schmalen Ende des dreieckigen Raums ein bodentiefes, sechseckiges Fenster mit welligem, leicht trübem Glas. Ich fühle, wie Matze hinter mir atmet und seine Arme um mich schlingt.

Und dann passiert es.

Am unteren Rand des uralten Fensters breitet sich ein rötliches Strahlen aus, wird heller und gleißender. Es flutet das Fenster, dringt in den Raum ein, tastet sich vor bis in die Ecken. Ich muss blinzeln. Zentimeter um Zentimeter schiebt sich der Feuerball der Sonne höher, färbt den Himmel und unsere Gesichter, und wir stehen da, in dieses Leuchten getaucht, ein warmer Sonnenaufgang mitten in der Stadt, nur für uns, als gäbe es keine Häuser, keine Straßen, keine andere Menschen um uns herum.

»Ost-Achse«, murmelt Matze und küsst mein Haar.

Ich habe Tränen in den Augen, das kann vom Licht kommen, aber ganz sicher kommt es auch davon, dass Matze sich so etwas einfallen lässt. Andere Männer bringen ihren Freundinnen Pralinen, dieser schenkt mir einen Sonnenaufgang nur für mich.

Dann sehe ich, dass vor dem Fenster eine schmale Matratze liegt, frisch bezogen mit weißer Bettwäsche. Matze geht voran, sinkt auf die Matratze und klopft neben sich. Ich lasse mein Nachthemd von den Schultern rutschen. Die warmen Sonnenstrahlen auf der nackten Haut sind einfach zu schön. Und Matzes Blicke auf meinen Körper sind es auch.

Ich schmiege mich an ihn. Wir warten, bis die Sonne noch höher gestiegen ist. Es ist überhaupt nicht kalt, in kurzer Zeit wird sich das Dachgeschoss vor Wärme aufgeladen haben, dann wird es hier stickig und heiß sein, aber jetzt ist es einfach nur perfekt. Matze hat den Oberkörper halb aufgerichtet und stützt sich auf einem Arm ab, mein Kopf lehnt gegen seine Brust.

Mit der freien Hand streichelt er sanft meine Brust und mein Gesicht. Es ist ein perfekter Augenblick. Wir küssen uns, Matzes Vanillekipferl-Küsse. Sein Mund schmeckt so süß, wie er riecht. Er legt mich vorsichtig auf der Matratze ab und küsst meine Schläfen, meinen Hals und meine Brustspitzen. Ich fühle mich mit jedem Kuss schöner. Sein Mund zieht eine feuchte Spur aus Küssen über meinen Bauch, die Oberschenkel entlang, die Schienbeine runter bis zu den Knöcheln. Er küsst meine Fußsohlen, reibt und streichelt sie, bis sie ganz warm sind, legt sich einen Fuß auf seine Schulter und kriecht ein Stückchen höher, bis er zwischen meinen Knien hockt, die wie von selbst auseinanderscheren.

Er streichelt ausgiebig meinen Bauch, streckt sich, um die Brüste zu fassen, zwirbelt die Brustwarzen zwischen seinen Fingern und spreizt meine Beine noch weiter, bis ich mit weit geöffneten Schenkeln vor ihm liege. Sein Kopf geht tiefer, er züngelt am Rand meiner Möse entlang, die glüht und kribbelt. Mit kleinen, leichten Zungenschlägen arbeitet er sich bis zur Ritze vor, trillert ganz oben, wo der Venushügel sich teilt, und tastet dann mit der Zungenspitze zwischen meine Schamlippen. Mein Kitzler ist prall und wie unter Strom. Ich warte darauf, dass er ihn zwischen die Lippen nimmt, ich kann es kaum erwarten, aber Matze lässt sich Zeit. Er öffnet meine Möse mit seinen Fingern und spielt am Möseneingang herum, leckt höher und tiefer, mal mit breiter Zunge, als würde er ein Eis schlecken, mal tippt er nur kleine Punkte mit der Spitze. Und endlich, endlich, trifft einer dieser Punkte meine Klit. Ich atme scharf ein, und er umkreist diese kleine empfindliche Stelle, lockt sie, zieht Achten darum. Und dann setzt er seine weichen, gespitzten Lippen wie einen Kuss genau über den Kitzler, saugt ihn leicht an, und ich jaule auf, Strom fließt durch meinen Unterleib bis in die Brustspitzen. Ich will ihn in mir spüren, ich will, dass er mir seine Finger in die Möse schiebt, dass er mich fickt und gleichzeitig leckt, aber Matze hat eine andere Idee. Er ballt seine Hand zur Faust und presst sie gegen meinen Möseneingang, bewegt sie dort mit viel Druck, ohne mir einen Finger einzuführen. Ich stöhne jetzt laut und unkontrolliert, während er mit der Zunge auf meinem Kitzler herumrutscht.

Bald verliere ich die Kontrolle. Ich kann fühlen, wie sich mein Innerstes zusammenzieht und mir immer heißer wird. Matze unterbricht sein Gezüngel, schlüpft neben mich und dreht mich zur Seite, sodass er hinter mir liegt. Er streift sich ein Kondom über. Ich hebe mein oberes Bein an, damit er besser an meine Möse herankommt, und stütze mich vorn ab. Und dann dringt sein harter Schwanz in mich ein, ich schreie kurz auf, als es endlich passiert. Er schiebt ihn so weit in meine Möse, wie es geht, und wartet einen Moment, während seine Finger von oben meinen Kitzler suchen und ihn sanft drücken. Er reibt meine Möse, bis er einen Rhythmus gefunden hat, der mich so zum Stöhnen bringt, dass er weiß, es wird bei mir nicht mehr lange dauern. Als er anfängt, mich zu stoßen, habe ich die Augen verdreht und keuche bei jedem Stoß. Mein heftiger Atem vermischt sich mit seinem heiseren Stöhnen. Sein Schwanz fährt in meiner Möse vor und zurück, und ich stoße ihm meinen Hintern entgegen und hebe das Bein noch höher. Matzes Hand auf meiner Möse presst und reibt meinen Kitzler, ich bin so nass, dass es schmatzt. Wir bewegen uns beide immer heftiger, zucken und rütteln uns durch. Dann komme ich, und alle Empfindungen konzentrieren sich in meiner Möse – wie ein heißer, unter Strom stehender Ring in mir.

Ich liebe es, wenn ich etwas früher als Matze komme und er mit seinem Schwanz durch diesen Ring stößt und so meinen Orgasmus verlängert. Er presst mich so fest an sich, dass mir fast die Luft wegbleibt, er erstarrt, die Zeit steht für einen Moment still. Niemand von uns beiden atmet. Dann keucht er heiser. Unsere Körper werden ganz weich, die Spannung strömt aus uns heraus wie der Saft zwischen meinen Schamlippen. Wir sind schweißnass. Sein Schwanz schlüpft aus meiner Möse, ich drehe mich um und kuschle mich in seinen Arm. Die Sonne ist inzwischen hochgestiegen und scheint auf uns, wir brauchen nicht mal eine Decke. Nackt liegen wir da, ich kann Matzes Herzschlag hören, schnell und stark.

Das Schicksal dreht sich manchmal schneller, als ein Teebeutel zieht. Als wir noch ein bisschen geschlafen haben und ich schließlich in der Erdgeschoss-Küche meine Lieblingssorte »Grüner Tee mit Apfel- und Hibiskusblüten« ins heiße Wasser hänge, ist noch alles in Ordnung. Im Hof scheint die Sonne, und eine von Gemmas Katzen rekelt sich mit den Pfoten in der Luft auf einer Fensterbank und zeigt die Punkte auf ihrem flauschigen Bauch. Im Radio läuft leicht verdaulicher Frühstücksjazz. Meine Muschi glüht noch nach vom Morgensex mit Matze, und in mir surrt dieses tiefenentspannte Vibrieren, das ich immer nach dem Sex fühle, so als wäre jede Zelle gut gelaunt und angefüllt mit Energie. Das Wasser in der Teekanne färbt sich gelbgrün. Und dann geht plötzlich alles ganz schnell.

Das Brot springt aus dem Toaster.

Jemand schreit markerschütternd.

Und mein bisheriges Leben ist vorbei.

Ich erkenne die Stimme nicht, sie ist so hoch und sirenenartig, kaum menschlich, und sie schießt durch meinen Körper und jagt den Puls hoch, ich kann mich nicht bewegen, und gleichzeitig ist alles in mir in Aufruhr. Ich befehle mir, auf den Flur zu gehen, bewege mich aber zögernd und tastend. Einen Moment lang überlege ich, ob ich das, was immer jetzt auch kommen wird, abwenden kann, indem ich es einfach ignoriere, die Küchentür abschließe, meinen wackligen Knien nachgebe, mit dem Rücken an der Wand auf den Boden rutsche und die Augen schließe, bis das, was auf dem Flur passiert, vorbei oder noch besser nie passiert ist. Dann denke ich an Mona und Matze und dass es auch um sie gehen kann, und will nur noch raus aus dem sonnendurchfluteten Raum, in dem es nach warmem Brot und Tee duftet, und sicher sein, dass ihnen nichts passiert ist. Ich reiße die Tür auf und trete hinaus ins Dämmerlicht des Flurs.

Niemand ist da, das verwirrt mich, ich hatte Chaos erwartet, eingestürzte Wände, irgendeine Apokalypse, aber: nichts. Einen zweiten Schrei höre ich, gefolgt von Schluchzern, ein Heulen, Keuchen, Wimmern, alles zusammen. Und es kommt aus dem Gästezimmer. Jetzt bemerke ich erst, dass die Tür offen steht. Ich stürze die wenigen Schritte und schlittere auf dem glatten Boden, fast rutsche ich mit meinen nackten Füßen aus. Die Tür des Kaminzimmers steht offen. Und jetzt schaltet sich die Stimme in meinem Kopf ab, wird zu einem teilnahmslosen Kommentator, der mir wie ein Nachrichtensprecher vorliest, was ich sehe: Rix, zusammengekauert auf dem Boden, zitternd. Sein Gesicht verzerrt und mit Schleim überzogen, Mund und Augen aufgerissen. Die Knöchel seiner geballten Fäuste, die er sich an die Schläfen presst, so weiß, dass sie neben seinem roten Gesicht wie Handschuhe aussehen.

Das Schlagen seiner Füße auf dem Boden, ein Trommelwirbel aus Schock und Panik.

Und dann Elysia.

Das Erste, was mir auffällt, sind ihre roten Fußnägel, und ich überlege doch tatsächlich, ob Chanel noch diesen ganz speziellen Rotton hat und ob sich Elysia die Nägel selbst lackiert oder zur Pediküre geht. Dass ich das nicht weiß, finde ich für einen Moment so schlimm, dass ich fieberhaft nachdenke, ob sie mir wirklich nie etwas dazu erzählt hat. Ihre Füße drehen sich leicht hin und her. Ihr Körper, der immer so angespannt vor Energie war, hängt schlaff und schwer in der Luft, als hätte sie über Nacht viele Kilos zugenommen. Ihr Haar ist offen und verdeckt ihr Gesicht, das gar nicht, kein bisschen, nicht im Entferntesten wie schlafend wirkt. Wer hat nur behauptet, dass Tote aussehen, als würden sie träumen. Elysia träumt nicht und schläft nicht. Ihr Mund ist aufgerissen, ihre Augen stehen einen Spalt offen, und mich überzieht eine Gänsehaut, eiskalt und pucklig, ich will diese halb geöffneten Augen nicht sehen, nicht den Körper und nicht den Strick, mit dem er an einem meiner sorgsam restaurierten, holzwurmfreien Balken aufgeknüpft ist.

Was baumelt da am Balken oben, was hängt denn da am Strick da droben? Ich höre Gunnars Stimme, als stünde er hinter mir. Ich fahre herum, aber da ist niemand, nur der leere Flur, der mir jetzt vorkommt wie eine Filmkulisse. Die großen alten Spiegel im Treppenhaus, der Schwung der Holzverzierung des Geländers, ganz hinten die Nymphe und das friedliche Plätschern des Wassers, das ist alles nicht echt, das kann nicht echt sein, wenn in diesem Zimmer das passiert, was gerade passiert.

In meinem Mund breitet sich ein metallischer Geschmack aus, vielleicht habe ich mir auf die Zunge gebissen, ohne es zu merken. Meine Haut fühlt sich taub an, so wächsern und gummiartig, wie Elysias aussieht. Ich kann sie nicht länger anschauen und versuche, mich auf irgendetwas anderes im Raum zu konzentrieren. Eine Fensterscheibe ist eingeschlagen, Splitter liegen auf dem Parkett. Das Fenster steht einen Spalt offen. Alle Schubladen sind herausgerissen, die Schranktüren geöffnet. Elysias Kleidung liegt wild durchs Zimmer verstreut. Wie ferngesteuert starre ich auf die kalkweiße Gummihand, die vor mir im Raum schwebt. Immer, wenn sich Elysias Körper leicht dreht, blitzt sie kurz auf. Ihr Diamantarmband. Das Geschenk eines Fans. Teuer wie ein Mittelklassewagen. Auch ihr Laptop steht noch auf dem Schreibtisch. Aber der Inhalt ihres Beautycases ist auf dem Boden verteilt, und die Kleidung ist zerrissen oder zerschnitten. Das passt alles nicht.

Die Schritte hinter mir im Flur höre ich kaum. Erst als Mona mich an den Schultern fasst und Matze auf mich einspricht, wird mir klar, dass sie dazugekommen sind. Fassungslos sehen sie von Elysia zu Rix zu mir und reden die ganze Zeit. Ihre Stimmen gehen nach oben, wahrscheinlich fragen sie mich etwas, aber ich kriege nicht mit, was sie wissen wollen.

»Sie trägt noch ihr Armband«, sage ich schließlich. Und dann: »Der Tee ist jetzt kalt.« Ich bitte sie, neuen zu kochen und genau anderthalb Liter in die Kanne zu gießen und zwei Teebeutel zu nehmen und auf die Uhr zu schauen, damit er höchstens drei Minuten zieht. Ich will noch etwas von genau einem Teelöffel braunem Zucker sagen, aber Mona hält mich so fest an sich gepresst, dass ich kaum Luft kriege und erst recht nicht mehr sprechen kann.

Matze zieht Rix vom Boden hoch, und weil ihm der schmächtige Körper immer wieder wegrutscht, greift er schließlich unter seine Kniekehlen und trägt ihn aus Elysias Zimmer, das nicht mehr ihr Zimmer ist, überhaupt kein Zimmer mehr, nur noch der Ort, an dem das passiert ist, was ich nie begreifen werde, eine Leerstelle in meinem Haus, so als hätte ein Tornado einen Raum einfach weggefegt. Nach Monas Griff um meine Taille werde ich morgen blaue Flecken haben. Sie schließt die Tür hinter uns und dreht den Schlüssel im Schloss um, zieht ihn ab und lässt ihn in die Tasche ihres Morgenmantels sinken.

In der Küche sitzen Rix und ich auf einer Bank wie zwei Schüler im Büro des Direktors, zusammengesunken mit hängenden Köpfen. Ich wünschte, ich hätte diese Küche nie verlassen. Ich hätte mich um meinen Tee kümmern können, und die Sache dort draußen wäre jemand anderem passiert. Irgendjemand wäre schon gekommen und hätte die Dinge in die Hand genommen. So wie Mona jetzt die Dinge in die Hand nimmt. Sie stellt zwei Gläser Wasser vor Rix und mich hin und telefoniert mit der Polizei. Ihre Stimme ist klar und dunkel wie immer, nur ein kleines bisschen schneller als sonst und ihre Atmung etwas ruckartiger. Da fällt das Wort »Mord« zum ersten Mal.

»Wieso Mord?«, zische ich sie an, es klingt fast böse.

Sie streichelt mir über das Haar. »Kein Stuhl stand unter ihr.«

Sie macht mit der Hand eine Geste, als würde sie ein Fenster öffnen. Ich verstehe. Ich verstehe, dass es kein Albtraum ist, sondern dass all dies wirklich passiert, dass es uns passiert und dass ich nicht einfach hier sitzen und mich totstellen kann.

»Wir brauchen einen Arzt«, flüstere ich und lege Rix einen Arm um die Schulter. Mona nickt und gibt es weiter. Ich bitte

Matze, ein paar Decken aus dem Materialschrank im Flur zu holen, und bin dankbar, dass er sofort geht und ich nicht hinaus muss. Mona hat das Gespräch beendet.

»Sie kommen sofort.«

»Die ersten Kurse beginnen um elf«, überlege ich laut, und Mona nimmt sich direkt einen Zettel und sieht mich erwartungsvoll an.

»Die Trans-Selbsthilfe in der zweiten, erotisches Schreiben nebenan, die Gender-Forschungsgruppe im Salon, und das Catering für die Journalisten um zwölf.«

Mona unterstreicht den letzten Punkt und malt ein dickes Ausrufezeichen dahinter.

Wir werden das Haus heute voller Leute haben. Gut hundert Journalisten, Blogger und Fans sind angemeldet.

Matze sieht Mona über die Schulter.

»Ich lauf rüber zu Gemma und Timo, damit sie uns an der Tür helfen und niemand reinkommt. Dann telefonier ich die Kurse und die Journalisten ab.«

Ich jaule kurz auf, Matze und Mona zucken zusammen, wissen aber sofort, worum es geht. Das darf erst mal nicht öffentlich werden. Mona nickt.

»Wir sagen, es gab einen Krankheitsfall, sonst nichts. Alle, die trotzdem kommen, wimmeln wir an der Tür ab.«

Und das ist gar nicht mal gelogen: Wir haben einen Krankheitsfall. Ein Speichelfaden läuft Rix übers Kinn, und als ich seine Hand nehme, ist die eiskalt. Das Zittern schüttelt ihn so, dass seine Zähne klappern. Ich überlege, wie alt er tatsächlich ist, wahrscheinlich wirklich gerade erst achtzehn. Ich wickle ihn enger in die Decke, während sich Matze und Mona auf den Weg machen. Als es kurz darauf klingelt, bin ich einen Moment lang erleichtert. Das muss die Polizei sein. Jetzt wird sich jemand darum kümmern, der sich mit so was auskennt. Und vor allem, und bei diesem Gedanken geht auch durch mich ein heftiges Zittern und mein Hals wird eng, werden sie Elysia vom Balken schneiden. Ich lege meinen Kopf auf Rix' Schultern und lasse die Tränen einfach fließen. Kleine heiße Bäche aus Wasser und Salz, die auf die Wolldecke tropfen.

»Da war kein Fleck«, höre ich den Polizisten im Flur zu seiner Kollegin sagen. »Nichts zum Abstützen und kein Fleck.« Obwohl der Kommentar nicht für mich gedacht war und ich keine große Krimileserin bin, weiß ich sofort, was er meint. Wenn sich jemand aufhängt, entleert sich die Blase. Mindestens. Aber hier: kein Fleck auf dem Boden oder auf Elysias Negligé. Und nichts, auf das sie gestiegen sein könnte, um den Strick über den Balken zu legen.

»Und wieso auch?«

Die beiden Polizisten sehen mich verblüfft an, weil ich mich in ihr Gespräch eingemischt habe.

»Elysia ist ein Star. Sie hätte heute ihr Manifest vorgestellt. Wir hatten über zweihundert Anmeldungen. Das wäre ein Triumph geworden. Sie war noch nie so erfolgreich und berühmt wie heute.«

»*War* ein Star«, sagt die Polizistin, gar nicht mal unfreundlich, aber ich zucke trotzdem zusammen.

»Da ist noch was.«

Mona reicht mir eine Tasse Tee, auf der ein Toast liegt. Ich sehe sie dankbar an.

Ich erzähle ihnen, wie Gunnar in Elysias Zimmer stand und den Kindervers gemurmelt hat, als wir unterbrochen werden.

In der Vorhalle gibt es Tumult. Zwei Journalisten haben es geschafft, ins Haus zu kommen, und filmen die Polizisten und mich. Wir flüchten sofort in die Küche, und ich höre, wie Matze und Timo die Eindringlinge vor die Tür setzen.

»Wer war noch gestern Abend hier, als die Kurse schon beendet waren?« Der geschäftsmäßige Ton des Polizisten beruhigt und ärgert mich zugleich. Es tut mir gut, dass wenigstens er sich nicht aufregt, gleichzeitig nehme ich es ihm übel. Für ihn ist Elysias Tod nur ein Fall.

»Meine Mitarbeiter Mona Schätzling und Matthias Einer, also Matze«, zähle ich auf, »dann Rix, ich weiß nicht, wie er mit Nachnamen heißt, er ist Elysias Fan, und Gunnar natürlich. Und Timo und Gemma von gegenüber, Freunde.« Der Tee ist lauwarm, und während ich kleine Schlucke trinke, bedanke ich mich innerlich bei Mona, dass sie offenbar ein paar Löffel Zucker mehr hineingegeben hat als üblich.

»Und da war noch dieser komische Mann, der Baugutachter, den Gunnar dabeihatte. Den Namen weiß ich nicht.«

»Auf dem Schlüssel finden Sie meine Fingerabdrücke«, Mona reicht jetzt auch den beiden Polizisten eine Tasse Tee. »Ich habe eben abgeschlossen, bevor Sie gekommen sind.«

Das interessiert die Beamten.

»Steckte er von innen oder von der Flurseite?«

»Von innen.«

Die beiden werfen sich einen schnellen Blick zu.

»Gibt es hier einen Hinterausgang? Vor der Tür war eben schon ein Volksauflauf.«

Die Spurensicherung hat offenbar ihr Okay gegeben, und zwei Bestatter suchen einen Weg nach draußen.

Ich will schon abwinken, da fällt mir etwas ein. Doch, es gibt einen anderen Weg nach draußen, einen Geheimgang sogar.

Ich führe beide an der Nymphe vorbei zur Kellertreppe.

»Wenn Sie in den Keller gehen und durch den alten Schankraum durch, dann kommen Sie in einen kleinen Seitenraum mit dem Sicherungskasten, dort gibt es eine Tür zu einem engen Gang, und der führt unter dem Haus entlang bis zur Parallelstraße, da ist wieder eine Tür und eine Treppe nach oben.« Der eine Bestatter seufzt, der andere nimmt den Schlüssel, den ich ihm entgegenhalte.

»Na, dann park ich erst mal den Wagen um.«

Der Polizist blättert in seinem Notizbuch.

»Was ist mit dem großen dünnen Mann?«

Ich weiß nicht, wen er meint, und sehe ihn irritiert an, damit er ein bisschen genauer wird.

»Es war niemand sonst hier.«

»Der junge Mann«, er deutet auf Rix, der sich inzwischen mit einem Sanitäter auf die große Treppe gesetzt hat und eine Blutdruckmanschette um den Oberarm trägt, »der junge Mann hat uns gesagt, er habe spät abends einen großen dünnen Mann im Flur gesehen. Aber nur von hinten, erkannt habe er ihn nicht.«

Ich schüttle ungläubig den Kopf.

»Wir schließen immer alles ab, erst recht, wenn jemand wie Elysia im Haus ist. Schon wegen der Presse. Und auch ohne Elysia gibt es genug Spinner.«

Es passt einfach nicht zusammen. Es sieht aus wie Mord oder ein Einbruch, der außer Kontrolle geraten ist, aber Elysias Schmuck ist noch da. Das Fenster wurde eingeschlagen, aber draußen im Garten gibt es keine Fußspuren. Ich verstehe das alles nicht.

Die Polizei bittet mich, Gunnar anzurufen und ihn herzulocken, ohne ihm zu erklären, wieso. Seine Nummer muss ich erst heraussuchen, denn freiwillig habe ich ihn noch nie angerufen, normalerweise meldet er sich bei mir, wenn er jemanden zum Anbrüllen braucht. Aber erstaunlicherweise ist Gunnar sofort bereit, hier zu erscheinen, ich musste nur behaupten, es gehe um seinen Gutachter. Zwanzig Minuten später trifft er ein, grimmig wie immer.

Die Polizisten wollen mit ihm allein sprechen, also führe ich sie in die Küche und schließe die Tür fest und ein bisschen zu laut hinter mir. Was sie nicht wissen: Es gibt einen Speisenaufzug, der vom Essbereich in den Salon im ersten Stock führt, Dekadenz sei Dank. Ich warte eine Sekunde, ob die Spurensicherung in Elysias Zimmer Notiz von mir nimmt, aber die weißen Heinzelmännchen sind mit sich beschäftigt, also gehe ich möglichst ruhig zur großen Treppe und renne dann in den Salon, öffne die Schiebetüren zum Aufzug und beuge mich in das dunkle Loch, um nichts zu verpassen. Das ganze Gespräch hallt herauf. Gunnar ist ein schwieriger Gesprächspartner wie immer. Zwischen Schimpftiraden über mich und meine kriegsgewinnlerischen Machenschaften und meinen verdorbenen Lebenswandel (ja, Gunnar, Hölle, Hölle, Hölle) liegt minutenlanges Schweigen. Mein Rücken schmerzt allmählich, weil ich krumm und schief im Schacht hänge und versuche, nicht zu husten, obwohl die Luft darin trocken und staubig ist. Nach einer gefühlten Ewigkeit habe ich zumindest mitgehört, dass es hier im Haus schon mal eine Leiche gab.

Eine Leiche, die an einem Balken hing.

Ende der zwanziger Jahre soll es gewesen sein. Seine Mutter Konstanze hat Gunnar diese Geschichte offenbar als Erziehungsmethode immer dann erzählt, wenn der kleine Junge nicht so spurte, wie er sollte. Auch den Abzählvers hat er von ihr.

Gunnar tut mir leid, manche Eltern sind der reine Horror, aber da keift er schon wieder los, dass ich es nicht anders verdient habe und dass die Polizei in diesem Sündenpfuhl mal ordentlich aufräumen müsste, und mein Mitleid erledigt sich.

»Wieso glauben Sie eigentlich, dass das Haus Ihnen gehört?«, fragt die Polizistin, und ich reiße mich zusammen. Das möchte ich doch auch zu gern wissen.

Und Gunnar berichtet ihr von den zwei Familienzweigen der Feuchtwangs. Es gebe die Leute vom Prenzlauer Berg, ordentlich, hart arbeitend, zu der seine Mutter Konstanze Feuchtwang gehöre, eine ehrbare Dame Mitte neunzig, und er natürlich. Und dann den Charlottenburger Sündenpfuhl, zu dem er Elysia und mich rechnet. Wir hätten uns das Haus nach dem Krieg angeeignet. Gehört habe es ursprünglich Imke Feuchtwang, der Mutter seiner Mutter.

Ich kann mir ausmalen, wie der Polizei der Kopf schwirrt vor lauter rechtschaffenen und unsittlichen Feuchtwangs. Sie interessieren sich konkret für die Erhängte anno 1928, von der seine Mutter ihm berichtet hatte, und für den Abzählvers.

»Wussten Sie, dass hier heute ein Unglück geschehen würde? Hatten Sie eine Vorahnung? Oder haben Sie, sagen wir mal, eine Maßnahme geplant, um sich zu rächen? Kannten Sie Elysia Feuchtwang? Haben Sie sie gehasst? Hatten Sie von Ihrer Mutter den Auftrag, sie zu beseitigen? Haben Sie abends einen großen dünnen Mann im Haus gesehen? Sind Sie nachts noch mal wiedergekommen? Ist der Gutachter Ihr Komplize?«

Die Fragen prasseln auf Gunnar ein, aber er schnauft und stammelt nur noch und wiederholt das, was er schon gesagt hat. Selbst ich, die ich ja wirklich kein Fan von Gunnar bin, kann mir nicht vorstellen, dass er Elysia etwas angetan hat. Er wäre zwar durchaus verrückt genug dafür, aber so schmächtig und klapprig, wie er ist, kann er nicht mal selbst auf einen Stuhl steigen, geschweige denn eine erwachsene Frau an einem

Seil hochzerren und an einem Balken aufknüpfen. Bleibt ein Komplize. Aber der Gutachter, der aussah, als wäre er im neunten Monat schwanger, passt wieder nicht zu Rix' Aussage mit dem großen, dünnen Fremden.

Ich höre Stühle über den Boden scharren und irgendwas von »zur Verfügung halten«, das ist mein Stichwort. Ich schließe die Schiebetür des Speisenaufzugs und schleiche zur Treppe. Dann bleibe ich wie angewurzelt stehen, überlege und gehe nicht ins Erdgeschoss zurück, sondern steige möglichst leise die Treppe zu meiner Mansarde hinauf.

Als ich ins Erdgeschoss komme und endlich eine Jeans und einen Rollkragenpullover trage und nicht mehr meinen Morgenmantel, stehen Gunnar und die beiden Polizisten neben der Nymphe, als hätten sie etwas Geheimes mit ihr zu besprechen. Die drei drehen sich zu mir um. Draußen vor der Tür höre ich Timo und Matze energisch auf jemanden einreden. Monas Stimme, die aus dem Büro ins Foyer dringt, ist weicher, aber ebenso entschieden. Die drei sind toll. Die vier, korrigiere ich mich, denn durch das Treppenhaus zieht der Duft von frisch gebackenem Brot und schmelzendem Käse. Das kann nur Gemma sein, die in der Küche steht und dafür sorgt, dass wir alle in dem Chaos etwas zu essen bekommen. Gunnar zeigt mit seinem spitzen Finger auf mich. In seinem viel zu weiten Mantel erinnert er mich an einen Druiden oder einen Seher aus einem Comic. Plötzlich bin ich sehr erschöpft und wünsche mir nur noch, dass alle diese Leute mein Haus verlassen, ich ein Teelicht für Elysia anzünden und ein paar Reihen stricken kann.

»Sie hat sie gestohlen!« Gunnar scheint nur zwei Stimmlagen zu haben, das Keifen oder dieses gruselige Flüstern, mit

und müde. Ich möchte mich nur noch auf der weichen Decke zusammenrollen und schlafen.

Aber das geht nicht. Unten kümmern sich die anderen um Elysias Fans und die üblichen Schaulustigen, die sich immer zusammenrotten, sobald irgendwo ein Leichenwagen oder ein Polizeiauto steht. Man braucht mich. Es kann auch nicht mehr lange dauern, bis die Tragödie durch die Netzwerke zieht, und spätestens dann bricht die Hölle los. Weiß der Geier, wann ich wieder schlafen werde. Aber einen Augenblick nehme ich mir. Ich stehe auf und sehe aus dem Fenster auf die Straße, wo gerade die Polizei wegfährt. Ich atme tief durch. Dann lege ich mich flach vors Bett und rutsche auf dem Bauch unter das alte Metallgestell, bis ich sie fassen kann. Die alte, verbeulte Metallschatulle fest an mich gepresst, gehe ich ins Bad und schließe zweimal hinter mir ab. Über das Schlusselloch hänge ich ein Handtuch. Ich weiß, dass das paranoid ist, aber ich kann gerade nicht anders. Ich lasse mich auf den Boden gleiten und lehne mich an die antike Badewanne. Nach einem kurzen Zögern öffne ich die Schatulle, die nur eine sehr alte Keksdose ist. Wenn man die Nase hineinhält, kann man sich einbilden, noch Zucker und Schokolade zu riechen.

Es liegen keine Reichtümer in der Dose. Nichts von Wert. Nichts, wofür ich mich Gunnar oder irgendjemandem gegenüber rechtfertigen müsste. Aber es sind Schätze. Elysia hatte mir die Sachen geschenkt. Die Tante, Cousine, ich weiß es nicht, die Verwandte, von der sie das Haus hat, hatte sie in einer zerbrochenen Kommode gefunden, als sie nach dem Krieg den Schutt heraustrugen. Es sind nur wenige Dinge: ein kleiner silberner Fisch, groß wie ein Finger, mit beweglichem Schwanz, der stark nach Parfum riecht. Eine silberne Häkelnadel mit Blütenranken am Griff, die gar keine Häkelnadel ist, wie Elysia mir erklärt hat, sondern ein Korsetthaken zum Zuschnüren der Bänder. Eine zerlesene Erstausgabe von Anna Elisabet Weirauchs Roman *Der Skorpion*, eine Eintrittskarte für eine Vorstellung von Claire Waldoff im *Wintergarten* und eine kleine silberne Dose mit dem bröckeligen Rest einer weißen Schminke. Außerdem etwas, das wie ein winziger Stift aussieht und aus dessen Ende, wenn man ihn dreht, kleine Drähte herauskommen, ein Mini-Schneebesen beziehungsweise ein Champagner-Quirl für die Handtasche.

Auch das hat Elysia mir erklärt: Wenn den Damen der Champagner zu aufregend prickelte, konnten sie damit die Bläschen aus dem Getränk schlagen. Was man als empfindsame Dame halt so brauchte. Und ganz unten in einer krümeligen Ecke der Keksschatulle ein kleiner Schlüssel, knubbelig wie für eine Spielzeugeisenbahn und schwarz angelaufen. Ich nehme die Kette, die bisher auf dem Waschbecken gelegen hat, fädele den alten Safeschlüssel auf, lege sie mir um und lasse ihn unter meinen Rollkragenpullover gleiten. Hart und kalt liegt er auf meinem Herzen. Ich schlinge die Arme um die angezogenen Knie, denke an Elysia, wie sie bei der Eröffnungsfeier des Zentrums im Hof gelacht und getanzt hat, und kann endlich weinen.

IMKE, 1922:

8

»Glühwürmchen-Idyll«

»Mach ma 'ne fröhliche Visage, dit is doch 'ne jute Nachricht!« Anita war in Feierlaune und wollte die Scheidung von Nathusius mit Imke begießen. Sie stand im Hotel d'Amour am Tresen, und obwohl es erst Mittag war, schwankte sie schon.

»Und kiek ma, ick hab 'n Präsent für dir! Passt zur Tapete.«

Sie zeigte auf das Wandgemälde, das die beiden älteren Schwestern, die oft bei Imke zu Gast waren, ihr gegen eine Flasche Selbstgebrannten über die Längsseite des Kneipenraums gemalt hatten: blaue Wellen, Algen, Quallen, Seepferdchen. Genau so, wie Imke es sich am Abend bei dem Hellseher vorgestellt hatte.

Anita klopfte mit ihrem Geschenk auf die Theke, bis sie wieder Imkes Aufmerksamkeit hatte. Es war ein fingergroßer silberner Fisch mit beweglichen Gliedern. Anita schraubte den Kopf ab und zeigte Imke das Innere.

»Hier kannste dinne Geheimnisse rintun. Oder sonne Schwämme mit Parfüm.«

Imke nahm den Fisch zögernd.

»Ich bin es hier nicht, die Geheimnisse hat.«

Anita stöhnte und schenkte sich noch mal nach.

Imke hatte sich auf die Scheidung von Nathusius gefreut. Nur aus dem Grund hatte sie Anita Sebastian vorgestellt, und der schien tatsächlich auch fast nur berufliche Absichten zu haben, obwohl man nie wusste, was die beiden trieben, wenn sie nächtelang neue Choreographien probten. Zurzeit sah Imke Anita nur kurz am Mittag, wenn sie gerade wach und noch halbwegs nüchtern war. Sie und Sebastian entwickelten gerade etwas »Spektakuläres«, Tanzstücke, die die Schönheit im Hässlichen zeigen sollten, die Euphorie der Auflösung. Sie wollten sie »Tänze des Lasters, des Grauens und der Ekstase« nennen, ein Titel, den Imke nicht besonders verkaufsfördernd fand. Sie nähte einen schwarzen Umhang für Anita und eine weite Hose für Sebastian, nahm aber an, dass beide die Kleidungsstücke nicht lange tragen würden. Wahrscheinlich wären sie nach wenigen Minuten auf der Bühne wieder splitternackt. Aber nicht das hatte Imke so verstimmt.

Ihr Problem war eine Dame, die Anita einfach viel zu nahe kam, eine Baronin. Was hatte Anita nicht geschwärmt von der Zeit nach ihrer Scheidung. Sie und Imke würden wie ein richtiges Paar zusammenleben. Sie würden morgens gemeinsam aufwachen und frühstücken und am Wochenende zum Wannsee fahren. Wenn sie in Imkes Armen lag, malte sie ihr all diese schönen Szenen voller Normalität aus, und Imke hatte wirklich geglaubt, Anita wolle an ihrer Seite zur Ruhe kommen. Und dann drängte sich diese Baronin in die Idylle, Leonie von Puttkamer.

Erst war sie nur eine Verehrerin gewesen, sie hatte Anita geschrieben und ihr Gedichte geschickt, aber Anita antwortete nie auf Post, sie las sie, nahm die Huldigungen entgegen und warf die Briefe weg. Waren Geschenke dabei, überlegte sie, was sie brauchen und was sie verkaufen oder weitergeben wollte, kümmerte sich aber nie darum, von wem sie kamen. Leonie schickte nicht nur poetische Ergüsse, sondern auch intime Geständnisse. Sie sei zwar verheiratet, doch ihr Mann ermuntere sie, ihrem Herzen zu folgen, und ihr Herz sei »entflammt« für Anita. Als Anita zu Dreharbeiten nach Wien reiste und Imke einmal unaufmerksam war, trafen sich die beiden. Bis dahin hatte Imke alle Bewunderer abgeschirmt, aber in einem Café nutzte die Baronin die Gunst der Stunde.

Anita kramte dort aus ihrer großen Handtasche ein Morphiumbesteck hervor, schob ihren Rock hoch und setzte sich vor aller Augen eine Spritze in den Oberschenkel. Die umsitzenden Herrschaften lachten. Während Imke alles zurück in die Tasche packte, stand Anita auf und ging zum Büfett. Und traf dort Leonie.

Imke sagte nichts, aber sie wusste genau, dass die beiden sich danach zwischen den Dreharbeiten heimlich trafen. Und als sie Anita einmal darauf ansprach, erzählte die ihr unumwunden, sie habe neulich bei Leonie im Ehebett gelegen und ihren Mann aufgefordert dazuzukommen, was der aber abgelehnt habe. Sie fand so viel Spießigkeit einfach lächerlich.

»Kiek ma, 'n Souvenir aus der puttkamerlichen juten Stube.«

Sie gab Imke einen silbernen Stift, aus dessen Spitze kleine Drähte hervorkamen, als sie ihn aufdrehte.

»Damit kannste Champagner süffig rühren. Behalt det Ding. Ick mag's, wenn's perlt.«

Zurück in Berlin dachte Imke zuerst, die Episode mit Leonie sei vorbei, vor allem, weil die Klatschblätter plötzlich voll waren von Meldungen, die Baronin von Puttkamer habe versucht, ihren Gatten mit Arsen zu vergiften. Aber Anita traf sie weiter, und sie verließ Imke auch in der Nacht, als die das erste Mal den dunkel gekleideten großen Mann in ihrer Straße bemerkte.

Er lehnte im Schatten eines Hauseingangs. Als Imke das Hotel d'Amour aufschloss, stand er da, und als sie spätnachts den Müll hinausbrachte, stand er immer noch da. Sie berichtete Anita davon, aber die vermutete, es sei ein eifersüchtiger Gockel, der seiner damenliebenden Freundin nachschnüffele, es habe nichts mit ihnen zu tun, und verschwand zu Leonie. Imke sah den Mann wenige Tage später wieder. Leonies Baron konnte es nicht sein, seine Statur war zu hochgewachsen, seine Kleidung einfach, grobschlächtig, er hatte so gar nichts Adliges an sich.

Dann vergaß Imke ihn wieder, denn etwas anders passierte, das sie ganz und gar gefangen nahm: Ein älteres Ehepaar zog in ihr Haus ein, zusammen mit ihrem Sohn, der vielleicht Anfang zwanzig war und ein zartes Gesicht hatte, fast wie ein Mädchen. Er scherzte mit Imke auf der Treppe und blinzelte dabei mit seinen langen Wimpern, und manchmal legte er seine weiche, kleine Hand auf ihre. Und während irgendeines dieser Treppengespräche kam ihr die Idee. Als Anita bei ihr übernachtete und in besonders milder Stimmung war, was auch an der Mischung aus Absinth und Morphium liegen konnte, fragte Imke sie, was sie von einem Kind hielte. Imke redete sich in Begeisterung. Sie wären dann eine Familie. Sie drei. Und Anita hätte endlich ein richtiges Zuhause. Zu ihrem Erstaunen lehnte Anita nicht direkt ab. Sie überlegte eher praktische Dinge.

»Willste den Treppenknaben dann vor'n Altar zerren? Ohne ihn haste keene Rechte am Kind. 'ne ledije Mutter darf nüscht. Füttern und wickeln darfstes, aber dem Amt jehört's.«

Imke war das egal. Und sie bezirzte den Jungen, als sie ihn eines Nachts nach dem Absperren des Hotel d'Amour im Treppenhaus traf. Sie hatten schon öfter ein paar Sätze miteinander geredet, und Imke war aufgefallen, wie er immer möglichst unauffällig versuchte, ihre Brüste zu mustern.

»Hey, warte!«, zischte sie ihm hinterher und holte ihn im Halbdunkel ein. Das Haus lag ganz still da. Nur aus einer Wohnung drang ein Schnarchen. Sie reichte ihm einen Korb mit Obst, den eine ihrer Damen ihr mitgebracht hatte.

»Hilfste mir tragen?«

Gehorsam nahm er den Korb, der mit den paar Äpfeln und Birnen wirklich nicht schwer war, und Imke hakte sich auf der Treppe bei ihm ein, schmiegte sich an ihn und säuselte, als wäre sie angetrunken, die Nacht sei doch herrlich, und bei Vollmond würde ihr immer ganz anders, da fühle sie sich irgendwie so lebendig.

Inzwischen waren sie in der ersten Etage angekommen, in der der Junge wohnte, er stellte den Korb ab und wartete, dass Imke sich verabschieden würde, aber sie lehnte sich gegen ihn, flüsterte ihm ins Ohr.

»So lebendig, irgendwie ... aufgeregt, weißte, was ich meine?«

Er sah sie verwirrt an und wusste es offenbar nicht.

Sie biss ihm ins Ohr, er zuckte zusammen. Schon während sie an seiner Ohrmuschel entlangleckte, fühlte sie, wie es in seiner Hose hart wurde.

»Na, sei mal nicht so schüchtern, schüchtern geht's nicht«, hauchte sie und saugte sich an seinem Hals fest.

Und weil er immer noch nichts unternahm, griff sie nach seiner Hand und schob sie sich zwischen die Beine. Ihren Schlüpfer hatte sie schon auf der Kellertreppe ausgezogen, als sie die große Haustür klappern und seine Schritte gehört hatte, er lag jetzt unter den Äpfeln, glücklicherweise hatte ihr Kavalier nicht in den Korb gesehen.

Sie überlegte kurz, ob etwas mehr Romantik angebracht wäre, aber bei allem, was sie über junge Männer wusste, und das war nicht viel, ging es wohl auch ohne.

Erst lag seine Hand unentschlossen und schlaff auf ihrer Möse, dann packte er sie mit der anderen und zog sie an sich. Er küsste sie gierig, und sie dirigierte ihn so, dass sie sich an eine Wand lehnen konnte. Sie hob ein Bein und legte es ihm um die Hüften. Dann knöpfte sie sich mit fliegenden Fingern die Bluse auf. Je schneller, desto besser.

Der Junge nestelte schon an seiner Hose, kam mit einer Hand aber nicht weiter, und seine andere rieb inzwischen ihre Möse, die, wie sie hoffte, feucht genug sein würde. Imke half ihm mit den Knöpfen seiner Knickerbockers und den Hosenträgern und stammelte zwischen seinen nassen, ungeschickten Küssen Sätze, von denen sie annahm, dass sie ihn ermuntern würden.

»Oh, du bist so hart«, flüsterte sie, »ich sehne mich nach dir«, oder auch: »Mach es mir richtig, ich will es.«

Mehr Ansporn brauchte er nicht. Er hörte auf, ihre Möse zu fingern, packte sie am Hintern und zog sie näher an sich heran. Imke stellte sich auf die Zehenspitzen, damit ihre Körper besser zusammenpassten.

Seine Schwanzspitze drückte gegen ihren Möseneingang und drang in sie ein. Es war nicht schmerzhaft, nicht einmal unangenehm, sie hatte schon Männer gehabt, aber Imke fragte sich jedes Mal, warum Frauen, die kein Kind wollten, es freiwillig mit Männern taten. Wenn sie mit einer Frau vögelte, konnte sie genauso gut auch eine Möhre nehmen, um sie sich in die Möse zu stecken. Manche ihrer Freundinnen hatten sogar glatt polierte Holzschwänze gehabt. Und ein Frauenkörper war so viel weicher. Wenn man da zusammenlag, piekte und stach nichts.

Sie fühlte die Rippen des Jungen an ihrer Brust und seine Arme, die hart waren vor Muskeln. Selbst Anita mit ihrem überschlanken, trainierten Körper war anschmiegsamer und gemütlicher als dieser junge Kerl. Und sie roch nach Puder und Parfum und nicht nach Schweiß und Eisenspänen wie er. Sie stellte sich Anitas Gesicht vor, ihre kleinen Brüste, ihre rasierte Pflaume, die sie so gern leckte. Damit ging es besser. Er begann sie zu ficken, schob seinen Schwanz in ihr vor und zurück und hielt dabei ihren nackten Hintern in seinen Händen. Ihr Kopf stieß jedes Mal gegen die Wand, und sie hoffte, es würde niemand geweckt durch das Geräusch.

Sie tätschelte ihn, fuhr ihm durchs Haar und überlegte, was sie jetzt noch beitragen könnte.

»Du machst das so gut«, flüsterte sie schließlich, »ja, nimm mich richtig durch.«

Er hielt plötzlich inne.

»Ich hab keine Fromms dabei«, sagte er schuldbewusst. »Ich zieh ihn rechtzeitig raus.«

Nur das nicht!

Imke griff sich wie zufällig an die Brüste, spielte mit ihren Nippeln und schwenkte dabei den Hintern.

»Nicht nötig, Schätzchen, alles in Ordnung, alles gut.«

Sie drängte ihm ihr Becken entgegen, und alle Vorsätze waren vergessen. Er kam augenblicklich, und sie hielt ihm den Mund zu, damit sie niemand erwischte.

Geschafft. Sie klopfte ihm auf die Schultern und musste an einen Hund denken, den man fürs Stöckchenbringen lobt.

»Das war ganz toll«, raunte sie, »ich bin sehr glücklich.«

Sie schlüpfte unter ihm weg und zog sich den Rock über die Hüften.

»Ich muss weiter!« Sie warf ihm eine Kusshand zu und huschte dann hoch in ihre Mansarde, ohne sich noch einmal umzudrehen.

Sie verschloss die Tür hinter sich, warf sich aufs Bett und riss die Beine hoch. Irgendwo hatte sie gehört, dass sie nun möglichst still liegen sollte. Sie schob sich das Kissen unter den Hintern und wartete. Fast kam es ihr so vor, als könnte sie fühlen, wie etwas in ihrem Unterleib geschah, aber das war natürlich Unsinn.

Sie wurde schläfrig und zog eine Decke über sich, die Füße legte sie auf dem Bettende höher.

»Wenn das geklappt hat«, dachte sie noch, »nenn ich unser Kind Josef.«

Ihr Kopf fiel zur Seite. Die Gedanken schwammen weg ins Dunkle.

»Oder notfalls Konstanze.«

Imke konnte es kaum glauben, aber diese eine hastige Begegnung hatte genügt: Sie war schwanger. Erst reagierte Anita begeistert, ihr Interesse an der Baronin ließ nach, sie überhäufte Imke mit Gemüse, Milch und allem, was sie organisieren konnte. Einmal trieb sie sogar einen dieser Bären aus süßer Gelatine auf, die es neuerdings gab und den sie sich nachts im Bett teilten, bis ihre Finger klebten.

Aber dann gab es auch wieder Morgen, an denen Anita mit irrem Blick völlig abwesend im Hotel d'Amour stand und Imkes dicker werdenden Bauch ignorierte, sie schwere Kisten schleppen ließ oder ellenlang von ihren Choreographien erzählte. Als Imke ihr Kind im Entbindungsheim für ledige Mütter bekam, war Anita gar nicht in Berlin. Imke sprach nie über die drei Tage, die sie dort verbracht hatte. Nicht über die Schreie der Frauen und den Geruch nach Karbol. Nicht darüber, wie verächtlich die Krankenschwestern sie behandelt hatten, nicht von der Oberin, die ihr ihre Schande vorgehalten hatte. Nicht von den demütigenden Prozeduren, die sie über sich ergehen lassen musste, und vor allem nichts von den fast zwanzigstündigen Schmerzen, die sie größtenteils völlig allein zu bewältigen hatte und bei denen sie an den »einsamsten Tod« dachte, den der Hellseher ihr prophezeit hatte. Sie schloss das alles in sich ein, ein kalter Klumpen in ihrer Brust, den sie nur ganz kurz fühlte, wenn sie ihre Tochter ansah. Sie nannte sie Konstanze, weil ihr der Name gefiel, vor allem aber, weil keine andere Frau aus ihrer Familie so hieß.

Anita lernte das Kind erst später kennen. Sie hatte sich bei Filmaufnahmen eine Bauchfellentzündung geholt und musste in ein Sanatorium. Bis sie nach Hause kam, war Konstanze schon einige Wochen wieder in der Mansardenwohnung und Imke immer noch fremd. Sie fragte sich, ob das eine gute Idee gewesen war.

Aber dann kam Anita zurück, geschwächt, und Imke hatte zwei Kinder, um die sie sich kümmern musste. Und obwohl die Belastung gewaltig war, Krankenschwester tagsüber und Barkeeperin nachts, fand Imke es wunderbar. Anita trank seit dem Sanatorium keinen Tropfen, ihr Spritzbesteck war nicht in ihrem Gepäck gewesen, und den letzten Rest des weißen Pulvers hatte Imke in die Toilette gespült, ohne dass Anita jemals danach gefragt hatte. Die Baronin von Puttkamer war kein Thema mehr. Auch als sich herausstellte, dass ihr Mann sich die Arsenvergiftung nur ausgedacht hatte, kümmerte es Anita kaum. Sie lag in Imkes Mansarde, war freundlich, sang sogar manchmal Konstanze etwas mit ihrer rostigen Stimme vor. Imke erkannte das alte Lied aus ihrer eigenen Kindheit wieder: »Wenn die Nacht sich niedersenkt auf Flur und Halde, manch ein Liebespärchen lenkt den Schritt zum Walde. Doch man kann im Wald zu zwein sich leicht verirren.« Den Refrain sagen sie an besonders glücklichen Abenden gemeinsam: »Glühwürmchen, Glühwürmchen flimmre, flimmre, Glühwürmchen, Glühwürmchen schimmre, schimmre, führe uns auf rechten Wegen, führe uns dem Glück entgegen. Gib uns schützend dein Geleit zur Liebesseligkeit.«

Dass Anita sich den Namen des Kindes nicht merken konnte und es immer »Würmchen« nannte, ignorierte Imke und beschloss, es sei halt Anitas Kosename für ihre gemeinsame Tochter. Alles war gut.

Nur wenn sie die Bar schloss und kurz auf die nächtliche Straße trat und den merkwürdigen großen dünnen Mann immer noch an einer Hecke oder in einem Hausflur herumstreichen sah, überlegte sie, ob ihr Idyll irgendwann enden würde. Aber dann verscheuchte sie diese Gedanken. Es war bestimmt ein eifersüchtiger Verehrer einer ihrer Damen, oder vielleicht hatte er Anita kommen oder gehen sehen. Er würde sicher bald aufgeben und verschwinden, das taten sie doch immer. Auch der Junge von der Treppe war plötzlich weg gewesen, sobald Imkes Bauch dicker geworden war, angeblich »in Stellung« auf einem Gut in Böhmen. Der fremde Lungerer würde eines Tages ebenfalls einfach weg sein. Niemand würde sie und Anita stören. Jetzt, wo Anita so reizend war und sie das Würmchen hatten. Jetzt würde alles für immer gut werden.

GEORGIE, 2017:

9

Elysische Erlösung

Mehrere Wochen lang haben sie uns immer wieder befragt, Timo sogar mehrfach. Und Rix sollte ein Phantombild seines großen dünnen Unbekannten zusammenstellen, den er im Flur gesehen hat, aber herausgekommen ist nur etwas, das Freddy Krüger ähnelt. Die Polizei hat mich um eine Kopie von Elysias Manifest und einige ihrer Bücher gebeten und wollte wissen, wie besessen Rix von Elysia war (sehr), wie glücklich die Ehe zwischen Timo und Gemma ist (auch sehr), für wie verrückt ich Gunnar halte (total durchgeknallt). Auch der Baugutachter wurde wohl vernommen. Geführt hat all das zu nichts. Falls sie inzwischen, zwei Wochen nach dem grauenhaften Morgen, eine heiße Spur haben oder auch nur eine Idee, dann sagen sie es mir nicht, obwohl ich alle zwei Tage anrufe, nachfrage und dem ganzen Büro auf den Nerv gehe. Immerhin hat die Gerichtsmedizin die Leiche freigegeben. Bis zur Beerdigung haben wir alle Kurse abgesagt und versuchen uns abzulenken.

Es riecht nach Farbe, frischem Holz und Leim, ein Geruch, den ich sehr mag. Er hat mit Neuanfang zu tun und auch mit Hoffnung. Ich stehe auf der wackligen Leiter und kratze mit einem Spachtel alte Tapete hinter dem Paravent von meiner Schlafzimmerwand. Es ist schade, dass die silbrigen Farnwedel auf dunkelgrünem Grund runtermüssen, aber dahinter ist irgendetwas feucht. Wenn ich im Bett liege und tief einatme, schmecke ich fast den Moder, gesund ist das bestimmt nicht.

Bisher habe ich es ignoriert, aber jetzt passt es, sich darüber herzumachen. Diese Stelle klang immer hohl. Was zum Teufel sucht Gunnar? Dass er die Wände abgeklopft hat, in allen Räumen außer diesem hier, hat mich auf die Idee gebracht. Morgen ist erst mal die Beerdigung. Und danach fangen die Kurse und Vermietungen wieder an. Wir waren in diesen zwei Wochen wie in Schockstarre. Bis auf die Polizei, Gemma und Timo war niemand außer uns hier. Es ist ein riesiges Haus, wenn man allein darin herumwandert. Ich musste irgendwas tun. Anfangs habe ich tagelang gestrickt, doch das half nicht. Entspannt hat es mich schon, aber ich fabriziere auch mit all der Übung immer noch krumme und schiefe Schwanzkinis. Und das Herumsitzen machte es mir nicht leichter. Also fing ich an, die Mansarde aufzuräumen, hier und da etwas zu streichen und auszusortieren, und schließlich stand die Leiter im Raum, und ich war mitten in der Renovierung. Besser als Traurigsein ist Renovieren allemal. Zeit für etwas Neues. Und außerdem kann ich so das große Geschenk, das Elysia mir gemacht hat, das Haus, noch einmal würdigen, wenn ich es repariere und verschönere. Und ich habe fest vor, endlich den Keller in Angriff zu nehmen, wenn ich hier oben fertig bin.

Die Metallklinge gleitet unter dem dicken Blätterteig aus Papierschichten entlang. Manchmal finde ich noch Bahnen alter Zeitungen, leider müssen auch die runter. Aber immer wenn ich eine Stelle freigelegt habe, die mir gut gefällt, schieße ich ein Foto vom Tapetenmuster oder dem Artikel, vielleicht lasse ich diese Aufnahmen später für den Flur rahmen. Die halbwegs gut erhaltenen Möbelstücke sind mit Folien und Laken bedeckt. Von einem Regal musste ich mich leider trennen, der Holzwurm aus Elysias Zimmer ist nach seiner Vertreibung offenbar hier eingezogen und hat eine neue Kolonie von Supermutant-Holzwürmern gegründet. Timo hat einen Blick darauf geworfen und es direkt auf den Sperrmüll getragen. Dabei liebt er Holz und versucht zu retten, was zu retten ist, und wenn es nur ein einzelnes Schmuckelement oder ein halbes Brett ist. Auch das Bett werden wir wohl rausräumen. Daran hängen viele schöne Erinnerungen.

Ich liebe es ja, wenn beim Sex die Sprungfedern quietschen und das ganze Gestell ächzt und stöhnt, als würde man schwere Arbeit verrichten und kein lustvolles Herumtoben, aber ich hänge darin so durch, dass ich jeden einzelnen Draht spüre und morgens verspannt bin vor Muskelkater. Gut ein Drittel der Wand ist schon freigelegt, jeder Zipfel, den ich abziehe wie ein Pflaster von einer Wunde, segelt zu Boden. Glücklicherweise kann ich wenigstens die andere Tapete an der Wand gegenüber retten, da reihen sich üppige violette Blumen aneinander, und bis auf die Ecken, die sich oben herunterrollen, ist sie noch ziemlich gut erhalten. Die lassen sich sicher wieder ankleben. Mona ist zum Baumarkt gefahren, um sich beraten zu lassen, welchen Kleber wir bei so einer antiken Textiltapete am besten nehmen. Sie hat sich für diese Besorgung angeboten, wir sind alle froh, wenn wir eine Weile aus diesen stillen leeren Räumen raus- und unter Menschen kommen. Und wie toll, wenn einem im Baumarkt vor den Seilen höchstens Bondage-Spiele einfallen und keine baumelnden Leichen.

Glücklicherweise kommt Matze herein und bringt neue Müllsäcke. Das lenkt mich ab. Er fegt die Fitzel unter der Leiter zusammen. Ich schnurre kurz, als er mir im Vorbeigehen über den Hintern streichelt. Der Sack ist noch lange nicht voll, er wird sich jetzt etwas anderes suchen, das er tun kann, denn rumsitzen und zugucken liegt ihm nicht. Mit langsamen Schritten geht er durch den Raum.

»Ist die andere Wand auch feucht?«

Gut, da wären wir also beim Thema.

Ich schüttle den Kopf und warte. Keine Ahnung, warum ich will, dass er es selbst findet.

Er nähert sich dem Paravent. Hat er jemals dahinter gestanden? Normalerweise wartet er im Bett, während ich mich dort ausziehe.

Mit einem Knirschen schiebt er die drei Bambustüren zusammen und lehnt das Gestell gegen einen Schrank.

Und jetzt sieht er es.

»Wieso ist da ein Loch unten in der Wand?«

Wieso habe ich ihm nicht davon erzählt, wäre wohl eher die Frage, aber ich hoffe, dass seine für ihn dringlicher ist.

Langsam, Fuß für Fuß, steige ich von der Leiter.

»Als Gunnar die Wände abgeklopft hat, ist mir eingefallen, dass es hier unten in der gemauerten Wand eine Stelle gibt, die schon immer hohl klang. Ich habe die Tapete nie runtergekratzt, weil sie so schön ist und mir zu schade war.«

»Aber dann?«

»Dann musste ich doch mal genauer hinfühlen, und da war eine leichte Einbuchtung. Also habe ich die Tapete entfernt, und dahinter lag eine Schicht Gips. Die hab ich aufgeklopft.«

»Wer bist du? Howardine Carter auf der Suche nach neuen Königsgräbern? Warum sagst du nichts?«

Ich lenke ihn hoffentlich ab mit der großen Enthüllung.

»Da ist ein Safe, eingemauert in die Wand.«

Matze pfeift und zeigt wie ein Koberer auf mich.

»Und du hast sogar den Schlüssel.« Das sagt er nur so, er glaubt es nicht wirklich.

»Hab ich. Seit Jahren. War bei den alten Sachen, die ich von Elysia hatte, dem Toilettenkram und dem Buch.«

Er zieht die Augenbrauen hoch.

»Und was lag drin? Schätze, Skandale, Enthüllungen? Nazizeug? Goldbarren?«

»So was in der Art.«

Er wartet und sieht mich zunehmend fassungslos an.

»Du sagst es mir nicht? Wer bin ich? Der Knecht von Howardine Carter? Ihr Zeltboy? Ihr Sandschaufler? Der Mumienauswickler?«

Ich gehe zu ihm und schlinge die Arme um ihn.

»Ich will es dir ja sagen. Nach der Beerdigung. Vorher hab ich keinen Nerv, mich damit zu beschäftigen. Und Mona soll dabei sein.«

Dass ihn das trifft, ist unübersehbar.

»Weil es dich und mich ohne Mona nicht gibt?«

Ich küsse ihn lang und mit ganz weichem Mund, erst lässt er es einfach geschehen, aber dann zieht er mich doch an sich und erwidert den Druck meiner Lippen. Ich lege den Kopf an seine Schulter.

»Weil es mich ohne dich und Mona nicht gibt.«

Elysias Beerdigung ist kurz, aber nicht schmerzlos. Die kleine Schublade im Kolumbarium, in die ihre Urne geschoben wird, erinnert mich an ein Postschließfach. Elysia ist nicht dabei. Sie schwebt nicht über uns, sie wispert nicht aus den Bäumen, und sie schickt uns kein Zeichen. Wir müssen ohne sie auskommen. Mona wäre eine gute Geheimagentin, sie hat es geschafft, die Beisetzung zu organisieren, ohne dass die Presse oder Elysias Fans etwas mitbekommen hätten.

Wir sind ein kleiner Kreis. Mona, Matze und ich. Gemma und Timo. Der immer noch verstört wirkende Rix und die beiden Polizisten. Ich lade sie anschließend ein, aber sie wollen uns nicht stören und fahren den bleichen Rix nach Hause. Also sitzen wir zu fünft in der Küche, vor uns Elysias Lieblingsgerichte. Ich habe die ganze Nacht gekocht und gebacken, an Schlaf war nicht zu denken. Fischauflauf und mallorquinischer Kuchen, arabische Süßigkeiten, Käsespätzle, Penne all' arrabbiata und frische Feigen mit Walnusseis, Schwarzbrot und Landleberwurst, alles durcheinander.

Wir essen, aber so richtig Appetit hat niemand von uns. Elysia fehlt, ihre Geschichten, ihre Gelassenheit, ihre Art, aus jedem Glas Wein eine Party zu machen und aus einem Sommergespräch unterm Baum einen ganz besonderen Anlass. Seit sie weg ist, gibt es einen Menschen weniger, der mich liebt, und obwohl die anderen sie nicht so gut gekannt haben, glaube ich, dass sie ähnlich fühlen. Elysia hatte etwas gefunden, ob man es nun Erleuchtung nennen will oder Weisheit oder einfach ihren persönlichen Weg zum Glück, der auf uns abstrahlte. Es machte unglaublichen Spaß, in ihrer Nähe zu sein, sie war ein lebendiges Happening, ein Feuerwerk und immer eine Überraschung. Gemma löffelt Eis auf eine halbe Feige.

»Was glaubt ihr, hätte sie das gut gefunden, so einen Leichenschmaus am Küchentisch? Was hätte sie sich gewünscht?«

Die anderen sehen mich an. Ich zucke mit den Schultern.

»Wahrscheinlich hätte sie gewollt, dass wir alles Negative herausschreien und nackt im Kreis tanzen, irgendwas Elysisches halt. Dass die Lust die Trauer besiegt und die Liebe das Leben feiert.«

»Find ich gut.«

Gemma sieht uns der Reihe nach an. Timo und Matze nicken. Mona knöpft sich das Kleid auf und lässt es über ihre weißen Schultern gleiten. Barbusig beißt sie in ein Stück Kuchen.

Mit einem Ruck stehe ich auf.

»Jeder nimmt einen Teller mit«, kommandiere ich. »Getränke auch. Ich besorge Kissen und Decken. Mona, welcher Raum wäre geeignet für eine elysische Gedächtnisorgie?«

Wir einigen uns auf den Eckraum im zweiten Stock, der ist nicht zu groß und hat sowohl eine Musik- als auch eine Lichtanlage. Außerdem stapeln wir da die dicken Matten vom Yoni-Yoga, perfekt.

Wir tragen alles hoch, stellen die Leckereien auf die Fensterbank, schalten ein schönes rotes Flimmerlicht an und wählen die merkwürdige Musik vom Yoni-Yoga, eine Mischung aus Smoothie-Jazz und Walgesängen, schräg, aber welche andere Musik passt schon wirklich zu einer Gedächtnisorgie.

Wir stehen eine Weile unschlüssig herum, nicht nur der Anlass ist neu, die Besetzung auch. Mona, Matze und ich sind schon oft zu dritt im Bett gewesen, aber mit Gemma und Timo hat noch niemand von uns gevögelt, unser kurzes Intermezzo in der Wäschekammer mal ausgenommen.

»Du wolltest schreien und im Kreis tanzen«, souffliert Mona, und weil mir nichts Besseres einfällt, mache ich genau das. Ich drehe mich, hüpfe im Kreis, lasse die Hüften kreisen, hebe die Hände über den Kopf, ziehe dabei mein T-Shirt aus und twerke, tue alles, was mir einfällt. Die anderen schließen sich an, Kleidung fliegt durch die Luft, wir fassen uns an den Händen, haken uns ein, trennen uns wieder, tanzen uns an wie beim Lapdance, schlängeln uns oder verrenken uns in wilden Zuckungen. Es tut gut, sich zu bewegen und nicht immer nur nachzudenken, den Körper die Oberhand gewinnen zu lassen, soll der mal machen, er wird wissen, was gut für mich ist. Timo und Gemma, die beide schon völlig nackt sind, haben mit einer Art Tango angefangen, eng aneinandergepresst schieben sie sich durch den Raum, dann trennen sie sich und suchen neue Partner. Timo greift nach Matze, der sich überrascht, aber willig an Timos Brust schmiegt und sich von ihm führen lässt und die Augen schließt.

Der Anblick dieser beiden schönen und maskulinen Männer, die so innig ineinander verschlungen sind, macht mich an, und ich werde neugierig auf das, was hier noch passieren kann. Zwei schlanke, muskulöse Arme umfassen mich von hinten, fast dominant halten sie mich fest, und ich wiege mich mit diesem Körper hinter mir, der bestimmt, wohin wir uns drehen und der gleichzeitig auf jede winzige Regung von mir achtet. Ich schließe die Augen, weil ich sicher bin, dass ich nicht stolpern werde, solange diese Arme mich umschließen und sich der magere Oberkörper an mich presst. Ich war Gemma noch nie so nah und fühle mich sehr jung in ihrer Nähe, unwissend fast, aber ganz aufgehoben. Wir kreiseln durch den Raum, mir wird schwindlig, und ich weiß nicht, ob es von der Bewegung kommt oder von ihrem Duft, einem schweren, orientalischen Parfum, das mehr nach Gewürz als nach Blumen riecht und mir so fremd und gleichzeitig so vertraut ist. Obwohl ich mich Ewigkeiten herumwirbeln lassen möchte, öffne ich die Augen, um zu sehen, ob Mona allein ist. Das würde ich nicht zulassen. Aber Matze und Timo haben sie zwischen sich genommen, und während Timo hinter ihr tanzt und ihre Brüste in den Händen hält, liegen Matzes Hände auf ihrer Hüfte, und die beiden küssen sich. Als ich gerade wieder die Augen schließen will, sehe ich, wie sich Matzes

Mund von Monas löst und Timo küsst. Das ist neu für mich. Dass Timo Nähe zu Männern genießt, wusste ich nicht, und ich muss lächeln und beschließe, dass ich auch irgendwann heute Abend Timo küssen möchte, er hat so einen schönen, geschwungenen Mund, und ich glaube, dass er selbst beim leidenschaftlichen Züngeln noch lächelt, das werde ich mir nicht entgehen lassen. Um die Sache in Fahrt zu bringen, drehe ich mich um und schlinge meine Arme um Gemmas Taille. Ihre Zunge streicht über meinen Hals. Ihre Hände fahren über meinen Körper, als wollte sie keinen Zentimeter Haut auslassen, als müsste sie mich dringend überall einmal berühren, und ich lasse es gern zu, mit jedem Streicheln fühle ich mich weniger verletzlich und ein wenig lebendiger.

»Lass uns zu den anderen gehen«, flüstert sie mir ins Ohr, und ja, das will ich auch, aber einen Moment brauche ich noch mit ihr allein, ein Kuss soll nur uns gehören. Ich neige den Kopf und nähere mich ihren Lippen, und als wir uns endlich treffen, zerspringt etwas in mir, die Eisschicht, die während der letzten Zeit in meinem Brustkorb geknirscht hat, bekommt Risse, und mir wird warm, meine Haut kribbelt, als würde heißes Wasser über sie laufen, und auch innen wird mir ganz schwül zumute, eine Art Fieber taut alles weg, was mich so versteinert hat, ich werde weich und glühe. Die drei anderen sind auf den Boden gesunken. Timo rollt Mona die langen Strümpfe von den Beinen und küsst ehrfürchtig ihre Tänzerinnenfesseln. Matze kniet hinter ihm und reibt seinen Rücken, fährt die Linien der Muskeln ab und massiert seine Schultern. Ich liege mit dem Kopf auf Gemmas Schoß und pelle mich aus meiner Unterwäsche. Sie fährt wieder meinen ganzen Körper ab, ohne sich einer Stelle besonders zu widmen, so als wäre ich ein Architekturmodell für Blinde, das sie erst komplett ertasten muss, um zu wissen, was sie vor sich hat.

Ich fasse hoch und streiche mit den Fingerspitzen durch ihr Gesicht, über ihre Ohren und ihren kahl rasierten Schädel. Ich ertaste Narben, nicht nur am Hals, sondern auch am Oberkörper, und frage mich, wer sie in ihrem früheren Leben war und was sie erlebt hat. Vielleicht kann ich sie das irgendwann mal fragen, aber jetzt zählt nur, dass sie hier ist, dass ich mich aufrichte und sie wieder küsse. Etwas kitzelt mich am Fuß, ich sehe kurz hin. Matze hat sich zu uns gebeugt und leckt mir die Zehen. Er presst sein Gesicht an meine Fußsohle und massiert meinen Spann, ich könnte schnurren vor Behaglichkeit. Mona und Timo sind schon einen Schritt weiter. Sie kniet auf allen vieren vor ihm, und er streicht ihr über den Rücken und die Hinterbacken. Immer wenn er die Rückseite ihrer Oberschenkel berührt, zuckt sie zusammen, ich weiß, wie kitzlig sie dort ist. Gemma biegt sich zurück und tastet nach ihrer Kleidung, zieht sie zu sich heran, fingert in einer Tasche herum und wirft Timo ein Kondom zu, ich bewundere sie für ihren Überblick und ihn für seine Reaktion, denn er schnappt es direkt und ohne sich anzustrengen.

Das machen die beiden nicht zum ersten Mal. Matze leckt sich meinen Fuß zur Wade hinauf. Meine Beine scheren auseinander. Er erreicht die Innenseiten der Oberschenkel. Ich reibe Gemmas Brust und küsse sie wieder, während sie mir zwischen die Beine langt und mit zwei Fingern meine Mösenlippen für Matzes Zunge öffnet. Gemmas Finger und Matzes Zunge gleichzeitig in meiner Fotzpflaume, ich kann es kaum glauben. Seine Zunge trillert auf meinem Kitzler, und so gern ich dieses Gefühl einfach genießen und dabei Gemma küssen würde, ich will auch sehen, was mit Mona passiert. Sie hat den Oberkörper gestreckt, sodass sie fast auf dem Boden liegt. Ihren weißen, perfekten Hintern reckt sie ganz hoch, Timo hat sich inzwischen das Kondom übergepellt und reibt seinen steifen Schwanz an ihr.

Obwohl mich gerade eine Welle Geilheit überflutet, möchte ich keinesfalls verpassen, wie Timo seinen Schwanz in Monas Fötzchen schiebt. Er lässt sich Zeit, spielt am Eingang herum, knetet ihre Arschbacken, rückt sogar ein Stückchen von ihr ab, um ihr die Kimme zu lecken und an ihrem Loch herumzuzüngeln. Und Mona liegt mit geschlossenen Augen und leicht geöffnetem Mund auf dem Boden, stöhnt leise und genießt es sichtlich. Dann setzt Timo seinen Schwanz an ihrer Möse an und dringt langsam ein. Ich weiß genau, wie sich das anfühlt, wenn ein Schwanz einen ausfüllt, und kann ihren verzückten Gesichtsausdruck nachvollziehen. Ich will das auch und ziehe Matze zu mir heran und flüstere ihm »Fick mich auch in die Fotze« zu. Gemma gibt ihm ein Kondom und hält mir das Knie, sodass ich mit weit gespreizten Beinen vor Matze liege, der mir seinen Schwanz hineinschiebt. Als hätte sie es geahnt, öffnet Mona genau in dem Moment die Augen, und wir lächeln uns an, während wir gefickt werden.

Timo stößt sie schneller, Mona langt sich zwischen die Beine, reibt sich selbst die Klit, und er hat ihren Hintern gepackt und fährt in ihrer Möse raus und rein und kommt bald mit einem tiefen, lauten Stöhnen. Er wartet nur einen kurzen Moment, dann zieht er seinen Schwanz heraus, dreht sich auf den Rücken und rutscht unter sie. Er zieht sie tiefer, bis ihre Möse genau auf seinem Gesicht ist, und leckt sie fertig. Während Mona heftiger atmet und das Becken im Rhythmus seiner Zunge vor- und zurückschiebt, fingert er zwischen ihren Hinterbacken und dringt mit einem Finger in ihr Arschloch ein. Sie schreit leicht, als er ihr den Finger ganz einführt, und ich fühle, wie es mir kommt.

Matze fickt mich und küsst gleichzeitig Gemma, die ihre Finger zwischen meinen Fotzlippen hin und her rutschen lässt und meine Klit reizt. Matze und ich kommen gleichzeitig. Auch Mona höre ich leise schluchzen. Ich richte mich auf und presse Gemma auf den Boden, jetzt ist sie dran. Matze hält ihr Bein in der Luft fest und leckt ihr die Kniekehle. Timo kommt zu uns, schmiegt sich neben Gemma, streichelt ihr Haar und küsst ihren Hals, und ich tauche hinab in die Geheimnisse ihrer blank rasierten Möse.

Ich habe schon mit Frauen gevögelt, die beim Sex sehr nass geworden sind, aber das ist kein Vergleich zu Gemmas Wunderfotze. Sie ist regelrecht überschwemmt. Zwischen den Lippen quillt die seimige Feuchtigkeit hervor, sie fließt über, sie ergießt sich bis zu den Oberschenkeln und hinunter zu ihrer Arschritze.

Auch Mona ist zu uns gekommen und streichelt Gemmas anderes Bein. Wir sind alle verschwitzt und atmen schwer. Ich fahre mit zwei Fingern in Gemmas Möse, nehme einen dritten Finger dazu und führe sie ihr wieder ein. Ich wünschte, ich hätte jetzt einen Dildo, um sie richtig durchzuficken, aber vielleicht ist es gefingert sogar intimer. Ich drehe meine Hand beim Eindringen leicht in einer Art Schraubbewegung, und wenn ich ganz tief in ihrer Möse stecke, lasse ich die Finger pulsieren, bevor ich sie wieder ein Stück herausziehe. Langsam werden meine Stöße fester, bis ich sie richtig ficke, und jedes Mal, wenn meine Hand an ihren Möseneingang stößt, stöhnt sie auf. Mona schiebt einen Finger auf ihre Klit, wie Gemma es eben bei mir gemacht hat. Sie ist so klitschnass, dass Mona fester reiben kann, als sie es bei mir immer tut.

Gemmas Möse schmatzt, während wir sie verwöhnen, und unsere Hände glänzen vor Saft. Als sie mit einem lang gezogenen Ton, fast einem Singen kommt, küsst mich Mona gerade, und Matze streichelt meine Schulter.

Ineinander verknäuelt liegen wir da. Wir atmen tief, wir räuspern uns, manchmal müssen wir kichern. Uns ist ganz leicht ums Herz. Timo ist der Erste, der etwas sagt.

»Ich weiß ja nicht, wie's euch geht, aber ich hätte Hunger.«

Wie aufs Stichwort springen wir auf, holen die Köstlichkeiten vom Fensterbrett, breiten sie zwischen uns aus und beginnen, nackt und klebrig, wie wir sind, Elysias Lieblingsspeisen zu essen, und alles schmeckt unglaublich gut. Wir liegen, essen und reden bis spät in die Nacht. Wir erzählen uns Geschichten von Elysia und überlegen, was wir in ein Elysisches Manifest schreiben würden, wenn es unsere Idee gewesen wäre. Wir lachen viel, und als Gemma sagt: »Das hier ist viel elysischer als eine traurige Runde am Küchentisch«, nicken wir alle und stoßen ein letztes Mal auf die große, legendäre, unwiederbringliche, einmalige Elysia an. Mögest du, wo immer du auch bist, in ewiger orgiastischer Erfüllung schweben und lächelnd auf uns Suchende herabsehen.

IMKE, 1923:

»Da gehen die Mädchen hin« 10

An einem Abend im April rettete einer von Anitas Wutausbrüchen Imke das Leben. Sie hatte ein Gastspiel ohne Sebastian in einem Kabarett, in dem sie öfter auftrat. Mit einigen anderen Mädchen zeigte sie dort ihre Tänze, die Imke spöttisch »das Depressiven-Theater« nannte: »Syphilis«, »Selbstmord«, »Panik«, »Halluzinationen«, Anita dachte sich immer solche Themen und Titel aus. Imke wusste nie so recht, wo all die Düsternis herkam, denn bei ihr war Anita fröhlich und machte derbe Scherze, sie lachte dröhnend und zeigte ihre weit auseinanderstehenden Zähne. Sie vergnügte sich mit den Männern, die nach ihren Engagements zu ihr in die Garderobe kamen und die Imke zu dulden gelernt hatte. Da war einer wie der andere, und sie brachten immer Lebensmittel, Parfum und Schmuck mit. Oder Anita lamentierte stundenlang über die Bedeutung des Tanzes für die Gesellschaft und den wahren Ausdruck dieser Zeit. Dabei trank sie alles, was in Reichweite war, vom teuren französischen Cognac bis zu Imkes nach wie vor grauenhaftem Selbstgebrannten.

Ihre Enthaltsamkeit hatte nicht lange gedauert. Keine zwei Proben mit Sebastian oder diesem neuen Tänzer Henri hatte es gebraucht, und schon schnupfte sie wieder und trug ihr Spritzbesteck in der Handtasche herum. Imke begleitete sie, wann immer sie ihre Tochter bei der Nachbarin abgeben konnte, und das war praktisch jede Nacht. Manchmal vergaß Imke, sie anschließend abzuholen, und klopfte erst am nächsten Vormittag bei der älteren Frau. Aber die störte es offenbar nicht, denn sie hatte sechs eigene Kinder, da fiel Konstanze nicht weiter auf.

An dem Abend, an dem Anita so wütend wurde, wartete Imke ausnahmsweise nicht in der Garderobe, um ihr beim Umkleiden zu helfen, sondern stand im Schankraum des Kabaretts. Sie hatte Anitas neueste Kreation »Verzweiflung« bisher noch nicht gesehen. Das Kostüm der Tänzerinnen bestand nur aus dünnen Schleiern. Um ihre Körper hatten sie kreuz und quer dünne Lederriemen geknotet und die Brustwarzen schwarz bemalt. Anita hatte ihr erklärt, das zeige den Zwang, den ein solches Gefühl auslöse, und die Durchsichtigkeit der Schleier solle vermitteln, wie dünn die Sicherheit und das Wohlbefinden sei, wie leicht es verwehen und das Schreckliche darunter zum Vorschein kommen könne.

Die ersten Männer pfiffen schon, als die Tänzerinnen im Halbdunkel auf die Bühne huschten. Imke sah missbilligend zu ihnen hinüber, das würde Anita nicht gefallen. Sie zeigte gern ihren nackten Körper und hielt Huldigungen jeder Art für unvermeidlich, aber die Hauptsache war doch die Choreographie, der Ausdruck, die Kunst, sie war keine Revuemaus, die außer Zittertitten und Wackelarsch nichts zu bieten hatte. Das Licht ging an, und Imke sah auf einer Uhr an der Wand, dass es schon halb elf war. Sie hatte nicht gedacht, dass Anitas Auftritt so spät beginnen würde. Eigentlich müsste sie jetzt los, wenn sie das Hotel d'Amour rechtzeitig öffnen und vorher noch einmal durchwischen wollte. Spätestens in einer Stunde würden die ersten Damen erscheinen. Sie überlegte, ob sie gehen und es Anita später erklären sollte, aber die würde verärgert sein, wenn Imke nicht bis zum Schluss ihrer Darbietung blieb, und Imke hatte keine Lust auf Gezänk, also blieb sie.

Anitas Tänzerinnen fingen an sich zu drehen, torkelnd auf der Stelle, die Schleier wehten hoch, und die Männer nahe der Bühne beugten sich weit vor, um jedes Stückchen nackte Brust genau mitzubekommen. Imke sah es Anitas Gesicht an, wie ekelhaft sie das fand, aber noch tanzte sie weiter. Sie fiel zu Boden, rappelte sich schwer auf, schleppte sich auf allen vieren vorwärts, drehte sich in einer Rolle rückwärts über den Nacken ab und sprang mit einem Satz hoch. Ihre Körperbeherrschung war die einer Turnerin, Imke fragte sich immer, wo dieser dünne Körper so viel Kraft hernahm. Die Mädchen zerrissen sich gegenseitig die Schleier, kämpften darum, deuteten einen Revuetanz in einer Reihe an und fielen wieder auseinander. Die Männer klatschten und johlten, zeigten sich gegenseitig, welche Brüste sie am besten fanden, und riefen den Tänzerinnen zu, sie sollten mal einfach so die Beine hochwerfen. Da reichte es Anita. Ohne ein Zögern unterbrach sie ihre Darbietung, und noch bevor die anderen Mädchen gemerkt hatten, dass etwas schieflief, sprang sie so nackt, wie sie war, von der Bühne, griff sich eine leere Champagnerflasche und zertrümmerte sie auf dem Kopf des lautesten Schreihalses.

Seine Begleitung, eine blonde winzige Frau, schrie hysterisch. Seine Freunde versuchten, Anita abzudrängen, und mussten den einen oder anderen Fausthieb einstecken. Das Saallicht ging an, die Ordner bekamen die um sich schlagende Anita zu fassen und zerrten sie zum Bühneneingang. Der Mann, der mit einer blutenden Kopfwunde zusammengebrochen war, saß schon wieder aufrecht, aber das Blut strömte trotz der Tischdecke, die die winzige Frau auf seine Wunde presste, über seinen Smoking. Imke sah mit einem Seufzer auf die Uhr: Die Damen würden ungehalten sein, aber jetzt konnte sie hier einfach nicht weg. Sie kämpfte sich durch den Tumult, der zwischen Anitas Verehrern und den Freunden des Verwundeten entstand, und lief hinter der Bühne zur Garderobe. Es dauerte eine Weile, bis sie vorgelassen wurde. Die anderen Tänzerinnen standen im Gang herum und rauchten. Hinter der Tür hörte man eine Männerstimme schreien. Irgendwann stürmte der Besitzer des Kabaretts hinaus, brüllte Anita noch an, sie sei sofort und natürlich ohne Gage entlassen, solle sich hier nie mehr blicken lassen und froh sein, wenn die Polizei nicht eingeschaltet würde.

Anita saß vor ihrem Spiegel, schnupfte seelenruhig ihr Pulver von einem Zigarettenetui und sagte zu Imke nur: »Ja nu, mein Mäuseken, da müssen wa mal den Kladderadatsch hier rinpacken.«

Anitas Kostüme zusammenzufalten dauerte eine Weile, vor allem, weil immer wieder der Besitzer in die Garderobe stürmte und erneut anfing zu schreien. Zumindest schien Anita glimpflich davonzukommen, denn der Gast wollte gegen einige Flaschen Champagner auf eine Anzeige verzichten.

Imke und Anita stiegen viel zu spät vor dem Hotel d'Amour aus dem Taxi, und das war ihr Glück, denn schon auf der Straße konnten sie den Lärm hören. Imke sah zwei Damen um die nächste Ecke flüchten, vielleicht die älteren Schwestern, die ihre Wand bemalt hatten. Imke wollte sofort in ihre Bar stürmen, aber Anita hielt sie davon ab.

»Stell doch mal die Lauscher auf, dit ist ne janze Horde.« Sie warf den Koffer mit den Kostümen einfach neben einen Baum. »Ick renn und hol die Polente, und du: Jeh da bloß nich rein!« Sie packte Imke fest an den Schultern, bis die es versprochen hatte.

Aber als Anita weg war, konnte sie nicht anders. Sie lief um den Block herum und betrat das Haus von der anderen Seite durch den geheimen Eingang. Hier in dem engen Korridor klangen die Geräusche, die aus der Bar kamen, noch bedrohlicher. Wieso hatte nicht längst einer der Nachbarn die Polizei gerufen? Aber nicht alle im Haus waren mit dem Hotel d'Amour einverstanden. Imke fand öfter Drohbriefe im Briefkasten, als ihr lieb war: Die perversen Weibsbilder sollten sich fortscheren, sie seien eine Schande und eine Gefahr für die Kinder, man solle sie alle erschießen. Sie hatte sich daran gewöhnt. Auch, dass Nachttöpfe vor dem Eingang geleert oder Fischreste auf die Treppe gekippt wurden, kam vor. Sie hatte alle Mühe, ihre Familie, der das Haus gehörte, immer wieder zu beschwichtigen. Aber diese rohe Gewalt hier war etwas anderes. Imke schlich mit klopfendem Herzen durch den Gang. Sie wusste, dass die Stahltür, die zur Bar führte, verschlossen war, aber sie würde vielleicht durch das kleine Fenster sehen können. Wenn Anita nicht in Schwierigkeiten geraten wäre, wenn sie früher gegangen und die Bar pünktlich geöffnet hätte, dann hätten die Randalierer sie überrascht, und wer weiß, was sie mit ihr und ihren Gästen angestellt hätten. Sie bekreuzigte sich und schlich an der Wand entlang vorwärts. Wenn die nur kein Feuer legten! Bitte alles, alles, aber kein Feuer! Der Alkohol würde explodieren, ihre Bar wäre verloren, und wer weiß, ob jemand zu Schaden kam. Sie schwitzte und zitterte und wusste nicht recht, ob sie wirklich sehen wollte, was dort drinnen vor sich ging.

Auf Zehenspitzen lugte sie durch das kleine Fenster in der Stahltür neben dem Sicherungskasten.

Im Hotel d'Amour wüteten weniger Männer, als sie nach dem Lärm gedacht hatte. Vielleicht sechs oder sieben Kerle, teilweise in Lederhosen. Sie erkannte den großen dünnen Mann wieder, der nächtelang vor dem Haus herumgelungert hatte. Mit derben Stiefeln traten sie gegen alles, was man mit purer Körperkraft zerstören konnte. Stühle, Tische, das Akkordeon. Sie rissen die Lampen von den Wänden und zerschlugen die Flaschen und Gläser. Einer zertrümmerte mit einem Barhocker den Spiegel hinter der Bar und die schwarze Glasscheibe, die auf dem Tresen lag. Sie riefen sich grölend in bayrischem Dialekt Sachen zu, die Imke kaum verstehen konnte. »Vaterland« kam öfter vor, auch »Saupreußen«, »Perverse« und »Fotzenleckerinnen«. Einer stand auf der Theke und urinierte in hohem Strahl mitten in den Raum. Ein anderer verschmierte irgendwas an den Wänden, auch ihr schönes Seepferdchenbild hielt ihn nicht ab. Der Pinkler knotete eine rotweiße Flagge an den Ventilator. Sie warfen Müll durch den Raum und rissen Kabel von der Wand. Dann pfiff jemand gellend, Schreie ertönten. Die Männer lachten weiter, rannten aber endlich die schmale Treppe zum Erdgeschoss hoch.

Dann war es vorbei.

Imke versuchte, das alles in ihrem Kopf zu sortieren. Was hatte das Vaterland mit ihrer kleinen Bar zu tun? Wieso kamen diese Männer extra aus Bayern, um ihr Leben zu zerstören? Imke traute sich erst, die Stahltür aufzuschließen, als zwei Polizisten in den Raum stürmten, angeführt von Anita.

Stolpernd betrat sie das Schlachtfeld. Wenn man mitten in den Trümmern stand, sah alles noch viel schlimmer aus. Der Geruch nach Urin war so durchdringend, dass sie sich fast übergeben hätten. »Fotzschlampen« stand an der Wand. Der Polizist stieß seinen Kollegen an und grinste.

»Nun, die Damen«, sagte er süffisant, »ich denke, da Sie ja offenbar gern auf Männer verzichten, kommen Sie jetzt auch gut ohne welche klar.«

Sie drehten sich um und ignorierten Imke, die zu weinen begonnen hatte, und Anita, die ihnen Beschimpfungen nachschrie, gleichermaßen. Sie würden nichts tun, keine Anzeige aufnehmen und sie sicher nicht vor weiteren Angriffen beschützen.

Anita fand hinter der Bar in den Scherben eine Flasche, die nicht zerbrochen war, halb voll mit Imkes Fusel. Sie kramte nach einem Glas und nahm, als sie keines fand, den dicken Becher, der eigentlich für das Trinkgeld auf der Theke stand. Sie kippte ihn aus, pustete hinein und füllte ihn randvoll.

Imke trank einen Schluck, aber Anita bestand darauf, dass sie ihn komplett leerte.

»Morgen räumste hier auf, und denn jeht's weiter. Ick such mir 'ne neue Verlustierstätte, und du brennst neuet Gesöff zum Erblinden.«

»Nein!«

Imke sah sie mit tränennassen, fiebrigen Augen an.

»Wir machen alles noch viel besser. Phönix aus der Asche. Das ist die Lösung für uns beide. Das wird unsere Zukunft!«

Anita schwieg und zog nur ihre Augenbrauenbögen hoch.

»Ein erotisches Theater! Ich denke schon länger darüber nach. Für Frauen und Männer, Damen und Herren, für alle, ein freies, wunderbares, grandioses Theater für Sehnsüchte und Kunst aller Art.«

Sie strahlte jetzt so, als würde sie jeden Moment den Verstand verlieren.

»Du und ich. Wir machen hier etwas ganz Großes. Das neue Hotel d'Amour wird deine Bühne. Hier werden die Menschen verstehen, was du tanzt.«

Sie schüttelte Anita an den Schultern und schrie schrill:

»Du wirst mein Star!«

GEORGIE, 2017:

11 Bananen-Tanz

»Den Keller? Im Ernst?«

Ich versuche, die Masche aufzuheben, die ich mal wieder fallen gelassen habe, warte darauf, dass Gemma lacht und mir sagt, dass es ein Scherz war und dass sie natürlich nicht plant, Timos Geburtstag in einem unrenovierten, düsteren Loch zu feiern, aber Gemma hat offenbar genau das vor. Wir sitzen im Hof in der Sonne, essen halb aufgetauten Cheesecake aus der Papierschachtel und stricken. Also, ich stricke, Gemma wickelt meine Wolle vom Knäuel ab und wieder auf, und manchmal, wie jetzt, nimmt sie mir die Nadeln ab und fabriziert in einer unglaublichen Geschwindigkeit eine Reihe perfekter, runder, gleichmäßiger Maschen. Zwei ihrer Katzen liegen zu unseren Füßen und schlafen. Sie erheben sich nicht mal, wenn Gemma ihnen ein Knäuel hinwirft, sondern drehen nur träge den Kopf und sehen sie an, als erwarteten sie, dass Gemma sie der Beute hinterherträgt.

»Ich kann es ja absolut verstehen, wenn du hier und vor allem jetzt keine Feier möchtest.« Gemma zieht ihr Oberteil aus und hält die blanke Brust in die Sonne. Das Pfauen-Tattoo auf ihrem Oberkörper leuchtet, und die kleinen silbernen Ringe blinken an ihren Nippeln.

»Immerhin ist das mit Elysia erst ein paar Wochen her.«

Ich schüttle den Kopf.

»Elysia würde sich im Grab rumdrehen, wenn ich wegen ihr eine Party absage. Sie war die Königin der Partys.«

Gemma lächelt. »Die Päpstin.«

Einen Moment lang denken wir beide an Elysia, wie sie tanzt und lacht und jeden Körper so genießt, als wäre das Leben ein einziger Rausch.

»Ich habe kein Problem mit einer Feier. Aber der Keller? Echt?«

»Du könntest einen Teil des Geldes, das Elysia dir vermacht hat, für die Renovierung nutzen.«

Ich wickle den Wollfaden um meinen Finger und lasse mich von Gemma mit einer Gabel Cheesecake füttern, und so langsam ahne ich, was wirklich hinter ihrer Bitte steckt.

»Du versuchst aber nicht zufällig, mir ein neues Projekt aufzuschwatzen, damit ich beschäftigt bin? Danke, ich bin beschäftigt, keine Sorge, das Haus ist voll.«

Das stimmt. Ein paar Wochen lang war es sehr ruhig hier. Teilweise haben wir Veranstaltungen abgesagt, andere, wie die Nackt-Tango-Tänzer, haben von sich aus pausiert. Aber nach und nach haben sich die Räume wieder gefüllt. Oben im zweiten arbeiten gerade zwei Videokünstlerinnen an einer Installation, in der es um Erotik und altägyptische Mythen gehen soll. Viel ist noch nicht zu sehen, aber in der Mitte des großen Saals soll ein Bad aus Milch stehen, und es wird eine Wickel-Performance mit weißen Bandagen geben. In der Bibliothek tagt eine Arbeitsgruppe aus gehörlosen Wissenschaftlern, die eine Studie zur Übersetzung von obszönen Begriffen in Gebärdensprache auswertet. Und selbst die Küche ist belegt. Da hält eine italienische Starköchin einen Kochkurs mit aphrodisierenden Rezepten ab. Das Lokalfernsehen wird heute Abend vorbeikommen und sich das fünfgängige stimulierende Dinner der Teilnehmer ansehen und probeessen. Ich bin froh, dass die Presse wieder aus schönen Gründen herkommt und nicht mehr nur auf der Suche nach Elend und Skandalen ist –, wir kamen uns schon vor wie im Horror-Zirkus. Leichen! Tränen! Sensationen!

Gemma hat sich eine der Katzen auf den Schoß gehoben, dort liegt sie auf dem Rücken, schlaff wie ein nasses Handtuch, und lässt sich den Bauch kraulen.

»Ehrlich gesagt, hat meine Bitte zwei Gründe.«

Ich ziehe die Augenbraue hoch und sehe sie scharf an.

»Ja, gut, drei. Ich finde es tatsächlich sinnvoll, wenn du Elysias Geld ausgibst, bevor Gunnar etwas davon mitbekommt. Es hat schon einen Grund, dass du nicht im offiziellen Testament stehst. Stattdessen schickt Elysia einen ihrer Jünger mit einer Kiste voller Scheine zu dir – eindeutig wollte sie das irgendwie unter der Hand regeln.«

Ich erinnere mich an den Tag, an dem dieser Mann am Zentrum klingelte. Es war kurz nach der Beerdigung, wir hatten noch geschlossen, und ich war genervt, weil ich dachte, es sei wieder ein Reporter oder ein Jünger, der zum Ort des Unglücks pilgern wollte, aber draußen stand ein älterer Mann mit einer hölzernen Weinkiste. Er stellte sie ab, fasste mich an den Schultern, sah mir tief in die Augen, sagte »Möge dein Leben von Licht und Lust erfüllt sein«, küsste mich auf die Stirn, kniete sich hin wie zum Ritterschlag und führte meine Hand an seine Stirn. Ich weiß nicht, ob Elysia selbst diesen Gruß bei ihren Jüngern eingeführt hat, aber er hat sich offenbar durchgesetzt, in einem Fernsehbeitrag über ihr Zentrum auf Ibiza habe ich ihn auch schon gesehen. Er gab mir die Kiste und verschwand. Und als wir sie öffneten, fanden wir bündelweise Geldscheine, Zwanziger und Fünfziger, dreißigtausend Euro.

Ich muss direkt an Gunnar denken und dass er darauf Anspruch erheben würde wie auf alles, was in meinem Leben gut ist, und ich wedle mit der Hand vor meinen Augen, als flöge ein Mückenschwarm um meinen Kopf, verscheuche die Gedanken an ihn. Er hat sich merkwürdig ruhig verhalten in den letzten Wochen. Alle paar Tage kommt ein Brief, in dem er mir abwechselnd seinen Anwalt, seinen Besuch oder das Jüngste Gericht androht, aber bisher ist nichts weiter passiert.

»Du hast von drei Gründen gesprochen. Ich soll das Geld wegschaffen, und Timo hat Geburtstag. Was ist der dritte?«

»Er wird vierzig.«

»Vierzig ist das neue zwanzig.«

Gemma seufzt. Timo ist jünger als sie. Ich kann mir beim besten Willen nicht vorstellen, womit dieser scharfe Mann ein Problem haben könnte. Seine Designer-Kratzbäume laufen super, alle paar Tage hält ein Transporter in der Straße, um seine neuesten Kreationen einzuladen und zu Kunden zu bringen. Ein Paar im Grunewald hat eine ganze Villa mit seinen Bäumen, Laufstegen, Hochsitzen und Deckentunneln ausstatten lassen für sechs riesige Maine-Coone-Kater. Damit war er sogar in der *Wohnen Deluxe*, meines Wissens das erste Mal, dass es jemand mit Tiermöbeln in eine Designerzeitschrift geschafft hat.

»Wir sind neulich seiner Ex-Freundin begegnet. Er war ja früher extrem durchtrainiert. Ein echter Meister Proper.«

Ich erinnere mich. Als Gemma ihn kennenlernte, lief er in unseren Gesprächen zunächst unter dem Decknamen »der Muskelberg«.

»Sie hat ihn also von oben bis unten gemustert. Und dann hat sie laut zu mir gesagt: ›So hab ich ihn aber nicht abgegeben.‹«

Ich starre Gemma an, die Augen groß wie Murmeln.

»Autsch!«

Sie nickt.

»Er muss mal wieder richtig gefeiert werden. Und ich denke, eine Kostümparty ist genau das Richtige. Da kam ich auf deinen Keller. Du hast doch dieses Wandgemälde unten entdeckt. Also, wie wäre eine Zwanziger-Jahre-Party? Mit Charleston, Fransenkleidchen, Absinth, das ganze Programm.«

Ich hätte auch einer Pony-Party zugestimmt, wo wir uns alle Trensen anlegen und im Kreis galoppieren. Was immer sich Gemma wünscht, ich bin dabei. Aber die Roaring Twenties finde ich toll.

»Das scheint da unten ja eh eine Wirtschaft gewesen zu sein«, überlege ich, »also machen wir doch wieder eine Flüsterkneipe daraus.«

Mal sehen, was wir in zwei Wochen schaffen. Aufräumen können wir selbst. Die Partyvorbereitungen übernimmt Gemma. Den Auftrag für den neuen Schanktisch bekommt natürlich der Schreiner unseres Vertrauens, das wird Timo wunderbar hinkriegen. Und mit Elysias Geld lasse ich das Wandgemälde restaurieren und den Rest streichen. Das ist zu packen.

Dass das richtige Licht so viel ausmacht, erstaunt mich immer wieder.

Heute Nachmittag hatte ich noch meine Zweifel, ob aus dem Keller jemals eine stimmungsvolle Partylocation werden würde. Timo hat über dem Torso der Bar bereits eine traumhafte, geschwungene Theke gezimmert, die morgen mit grünlichen Glasbausteinen verkleidet werden und eine Platte aus schwarzem Glas bekommen soll. Die Musikanlage ist noch nicht eingebaut, die Lautsprecher stehen einfach auf Stühlen, und die Kabel knäueln sich in den Ecken. Als ich in der Mitte des Raums unter der Diskokugel stehe und mich um mich selbst drehe, kommen Erinnerungen hoch an klemmige, schwüle Feiern im Partykeller, an Flaschendrehen und nasse Kussversuche im Putzschrank, schlabberig, als würde einen ein Bernhardiner ablecken. Jung sein ist wirklich nicht immer schön.

Aber dann schaltet Mona das Licht aus. Einen Moment lang ist es stockduster. Und dann, mit einem leisen Klacken, fängt der Zauber an.

Klack.

Auf die Längsseite des Raums werden Quallen unter Wasser projiziert. Majestätisch aufsteigende, schwebende Gelatinekörper, Nesselfäden wie Fransen, ein Ballett aus Wasserspiegelungen, Bläschen und diesen geheimnisvollen Geschöpfen, die wie durchsichtige Blumen im glitzernden Blau und Grün treiben.

Klack.

Die Discokugel beginnt sich zu drehen, und ihre silbrigen Punkte verbinden das virtuelle Quallenaquarium mit dem Rest des Raums, eine Unterwasserwunderwelt.

Klack.

Ein altmodischer Röhrenfernseher, der in einer Ecke auf dem Boden steht, springt an und zeigt ein grobkörniges Bild. Ein Zusammenschnitt aus historischen Schwarz-Weiß-Filmen flimmert in dem klobigen Kasten. Der stumme Golem, die diabolische Tänzerin aus *Metropolis*, die irre aufgerissenen Augen des Dr. Caligari, der weibliche Roboter, der zum Leben erweckt wird. Dazwischen ganz frühe Pornoszenen, Männer mit gezwirbelten Schnurrbärten, die hektisch an Mädchen in weiten langen Beinkleidern herumrubbeln. Trippelnd tanzende Frauen, die sich die Unterwäsche aufknöpfen und die Beine spreizen. Rammelnde pomadige Herrschaften auf plüschigen Sofas.

Klack.

Ein weiterer Spot geht an und taucht die gegenüberliegende Wand in ein grünliches Licht. Das Wandgemälde ist noch nicht fertig restauriert, so was dauert, aber gereinigt ist es schon, und die Farben strahlen, als wäre es gerade erst gemalt worden.

Eine Unterwasserlandschaft. Pflanzen, die sich in den Algen bewegen, ein Quallenschwarm, zwischendrin überall Seepferdchen, grünliche s-förmige Geschöpfe, genauso groß wie die Quallen mit ihren Tentakelfäden. Am Rand fehlt ein Stück, da ist der Putz von der Wand gefallen oder rausgebrochen worden.

Klack.

Auch die Bar ist nun erleuchtet. Die Spots, die Timo eingebaut hat, werfen lange Schatten nach oben, sodass unsere Gesichter bleich und die Augen schwarz umrandet aussehen. Sexy Gespenster wie aus einer anderen Zeit, und ich kann nicht anders, ich stürme zu Mona, die am Trafo steht, packe sie, lasse sie in meinen Armen nach hinten sinken, als wären wir ein Brautpaar nach dem Ja-Wort, und küsse sie, dass uns beiden die Luft wegbleibt. Dieser Moment gehört nur uns, wir sind hier genau richtig, wir beide, in diesem Keller, der jetzt eine provisorische Bar ist und bald die offizielle Bar unseres Zentrums sein wird, und ich weiß jetzt schon, dass ich irgendwann sehen möchte, wie Mona auf diesem Tresen tanzt, mit schwarzen Hotpants aus Satin und einem bauchfreien Oberteil mit Fransen, mit einer langen Perlenkette, die genau zwischen ihren Beinen endet, und langen schwarzen Nylons, die mit Strapsen befestigt sind. Ich verliere mich in dieser Fantasie, bis es oben klingelt und Mona unter mir japst und »Catering« sagt.

Schnittchen kommen immer im falschen Moment.

Obwohl wir in Berlin sind und Verkleidungen hier keine große Tradition haben, haben sich alle Gäste an das Zwanzigerjahre-Motto gehalten. Oder es zumindest versucht. Ich habe im Secondhand-Laden ein altmodisches Brautkleid gefunden, ein weißes Hängerchen aus Spitze mit tiefer Taille, und trage dazu einen bodenlangen Schleier mit Myrtenkranz auf dem Kopf, den ich mir über einen Unterarm gewickelt habe, damit mir die Gäste nicht ständig darauf treten.

Eine Frau, die nach lateinamerikanischen Wurzeln aussieht, hat sich eine Dienstmädchenuniform angezogen und die Haare mit Pomade eng an den Kopf gekämmt. Sie steigt sofort auf das kleine Podest in der Ecke und schwenkt die Hüften. Lauter und leicht jazziger Elektroswing wummert durch den Raum. Einige Bewegungen kenne ich aus dem Zumbakurs, aber auch wenn das vielleicht nicht der originale Shimmy ist, macht sie es doch toll, ihre Hinterbacken zittern und wackeln, ihre kleinen Brüste hüpfen. Die Gäste lachen und applaudieren, viele tanzen ähnlich zuckend und zappelnd und werfen die Füße x-beinig zur Seite. Andere stoßen mit den Hinterteilen zusammen und versuchen sich am Black Bottom. Mona hat sich tatsächlich ein ähnliches Kostüm angezogen wie in meiner Theken-Vision, einen schwarzen Satin-Teddy mit Strapsen darunter, Federn im Haar und schwarz geschminkten Lippen. Sie verteilt Gläschen mit Absinth, der grün im Glas leuchtet, weil wir blinkende Eiswürfel hineingegeben haben. Matze, der in Knickerbockern und Schiebermütze unterwegs ist und sehr fesch aussieht, trägt ein Tablett mit dampfenden Cocktails. Trockeneis ist vielleicht nicht original, macht aber einiges her. Ein Mann im Tweedanzug mit Vatermörderkragen weissagt wahlweise aus einer kleinen Kristallkugel oder aus der Hand. Als ich an ihm vorbeigehe, greift er nach meinem Arm, und ich bleibe stehen, um mir seine Prophezeiung anzuhören. Die anderen Gäste haben gelacht und applaudiert, als sie um ihn herumstanden. Ich lächle ihn aufmunternd an. Aber er lässt meine Hand los, beugt sich zu mir und flüstert: »Sie werden alles verlieren. Nichts wird bleiben, wie es ist. Sie werden schwere Entscheidungen treffen und die Konsequenzen tragen. Und Sie werden ein Haus verlieren, aber eine Heimat gewinnen.«

Ich starre ihn an. Eine Gänsehaut läuft mir von den Schultern bis zu den Waden. Mit einem Ruck reiße ich mich los, so heftig, dass ich fast Mona mit dem Absinth-Tablett umgeworfen hätte, und taumle durch die dichte Menge an Gästen, Hauptsache weit weg von diesem unheimlichen Typen. Eine Gruppe Mädchen, die wie Revuegirls zurechtgemacht sind, drängt sich eng in einer Ecke zusammen und schießen ein Foto mit einem Selfiestick. Sie halten die Hände mit gespreizten Fingern hoch und lächeln breit. Und natürlich sind auch die Herren Damen da: Frauen in Smoking, ein Monokel über einem Auge und Zylinder auf dem Kopf. Männer mit geschminkten Gesichtern, Paillettenoberteile über der haarigen Brust. Überall sieht man Fransenkleidchen, lange Perlenketten, Stirnbänder und Feder-Boas. Ein kleiner dicker Mann trägt einen rot-weiß geringelten Badeanzug und einen aufblasbaren Schwimmreifen mit Entenkopf um den Bauch. Auch Timo ist schon da, wobei ich sein Kostüm nicht so richtig einordnen kann. Er hat die Augen schwarz geschminkt, sein

Oberkörper ist nackt, und er trägt weite Pluderhosen aus weißem Leinen. Ich greife eins der dampfenden Gläser und reiche es ihm. Mit zwei dicken Schmatzern gratuliere ich ihm zum Geburtstag. Er strahlt. Ich freue mich, dass ihm seine Party gefällt.

»Gehst du als Lebensreform-Anhänger?«

Er schüttelt den Kopf, beugt sich zu mir und brüllt mir einen Namen ins Ohr, ich verstehe aber nur »Sebastian« und zucke die Schultern.

»Warte, bis du Gemma siehst. Wir sind ein Doppelkostüm.«

Darauf muss ich nicht lange warten, denn hinter einem Rennfahrer und einem Flieger mit Brillen und Sportjacken kommt sie schon die Treppe hinunter. Mir bleibt die Luft weg.

Natürlich wusste ich, dass Gemma groß und dünn ist, aber ich habe sie immer nur in Jeans oder Lederhosen erlebt. Heute Abend ist sie kaum wiederzuerkennen. Sie trägt ein langärmeliges, hochgeschlossenes und bodenlanges knallrotes Kleid aus Samt, das sie trotz des vielen Stoffs irgendwie nackt aussehen lässt. Es betont jede Kurve ihres Körpers, sogar ihre Nippel und die Beckenknochen. Ihr Gesicht ist dick mit einer weißen Paste geschminkt, und um die Augen trägt sie Unmengen an schwarzem Kajal und Lidschatten. Die falschen Wimpern sind so lang, dass man glaubt, einen Luftzug zu spüren, wenn sie blinzelt. Der Mund ist rot und wie bei einer Geisha angemalt mit herzförmig überzeichneter Oberlippe. Merkwürdigerweise sind auch ihre Nasenlöcher rot geschminkt, das gibt ihr einen entzündeten und fiebrigen Ausdruck. Auf ihrem rasierten Schädel trägt sie eine Perücke, ein roter Pagenkopf mit Pony. Sie bewegt sich schlangenartig durch den Raum. Ich kann den Blick nicht von ihr wenden. Noch bevor sie Gelegenheit findet, ihre Gäste zu begrüßen, ziehe ich sie hinter den Vorhang in die Kammer, wo sich der launische Sicherungskasten verbirgt.

»Wer bist du?«

Sie lacht und denkt, ich mache ein Kompliment über ihr Kostüm.

»Gemma, ich meine: Wer soll das sein?«

Irritiert sieht sie mich an, weil meine Stimme so dringlich klingt. Sie hat ja keine Ahnung, wie unbedingt ich das wissen muss.

Timo kommt zu uns und legt seinen Arm um ihre Taille.

»Wir sind Anita Berber und Sebastian Droste.«

Das sagt mir gar nichts.

»Berühmtes Tanzpaar. Tänze der Ekstase und des Lasters. Nie gehört?«

Ich schüttle den Kopf.

»Heroin, Koks und Schnaps, Skandale, bisexuell, Nackttanz …«

»Aufklärungsfilme, Knast, Tuberkulose«, wirft Timo dazwischen.

Gemma winkt ab: »Musst du nicht kennen, Georgie, ist lange her. Wir führen gleich was auf, dann weißt du, wie es gemeint ist.«

Sie schieben sich durch den Vorhang zurück in die Menge.

Ich bleibe ratlos zurück und muss mich erst mal sammeln.

Als die Gäste zu klatschen beginnen und ein einzelner schräger Akkordeonton einsetzt, gehe ich zu den anderen und sehe, dass sich ein Kreis gebildet hat, sodass auf der Tanzfläche ein paar Quadratmeter frei sind. Der ganze Raum ist jetzt in absinthgrünes Licht getaucht. Matze winkt mich zu sich und setzt mich mit einem Ruck auf die Theke, damit ich alles überblicken kann. Mona steht hinter dem Tresen und lehnt sich an mich. Ich spüre ihren Atem auf meinem Hals und rieche den pudrigen Maiglöckchenduft ihres Parfums.

Eine ältere Frau, die kaum über ihr riesiges Akkordeon hinweg sehen kann, steht auf einem Barhocker und spielt erneut diesen ersten Ton. Laut ruft sie: »Camille Saint-Saëns! Danse macabre! Gemma und Timo tanzen Anita Berbers Choreografie ›Kokain‹ aus dem Jahr 1922.«

Dann beginnt sie mit rhythmischen Tönen, die ab und zu von einem einzelnen höheren unterbrochen werden.

Gemma und Timo stehen sich gegenüber, schwanken aufeinander zu und stoßen sich wieder ab, ihre Schritte werden mit der Musik schneller, und als eine Walzermelodie einsetzt, drehen sie sich mal umeinander, mal um sich selbst. Dann stockt Gemma, taumelt, scheint in sich zusammenzufallen, während Timo mit schwereren Schritten in die Gegenrichtung marschiert. Sie trippelt ihm nach, läuft dabei aber rückwärts und kämpft mit den Armen, als würde sie von unsichtbaren Gummibändern gehalten. Es ist eine Art Menuette zwischen den beiden, ein gezierter und affektierter Totentanz, die Augen weit aufgerissen wie im Delirium. Die kleine Frau auf dem Barhocker presst hohe, schrille Töne aus dem Akkordeon, Timo und Gemma nehmen das auf und zucken, als wollten sich ihre Körper selbst zerreißen. Ihre Köpfe kreisen, während die Musik gewalttätiger und derber wirkt, bis sie wieder von einer hellen, spitzen Notenfolge abgelöst wird, woraufhin Timo und Gemma aufeinander zutrippeln, sich an den Händen fassen und sich im Kreis herumschwenken, die Richtung ändern, sich mitreißen, stolpern und einander in die Arme fallen, nur um sich gleich wieder wegzustoßen, zwei Schlenkerpuppen, deren Arme und Beine herumwirbeln wie losgelöst. Der Ausdruck in ihren Gesichtern ist dabei unbewegt und entrückt, tranceartig. Während Gemma bebt und zuckt, bewegt sich Timo eckig und steif, fast maschinenartig. Und als erneut die langsameren, tieferen Töne einsetzen, verdrehen sie die Augen so, dass man nur das Weiße sieht, Gemma hat ein irres Grinsen im Gesicht, und Timos Mund ist weit aufgerissen in einem unhörbaren Schrei. Dann zwinkern sie sich plötzlich wieder zu oder schlagen sich, ich weiß nie, ob das eine Verführung ist oder ein Kampf, ob sie gemeinsam tanzen oder gegeneinander. Keiner von beiden scheint zu wissen, was er tut, sie stampfen und springen wie ferngesteuert, schreiten majestätisch, stolpern, rennen auf der Stelle, kreiseln und stürzen. Manche Körperteile schlenkern und zappeln, andere hängen wie gelähmt herab. In einem Moment wirkt das Ganze unkoordiniert und zufällig und dann wieder ganz präzise – ein Sturz, der abgefangen, oder ein Sprung, der sauber aufgesetzt wird. Ihr Aufraffen und Niedersinken wird langsamer, als beide, ineinander verkeilt, schwer atmend auf dem Boden liegen und die Musik melancholisch und tief wird, immer langsamer, und so schläft ihr merkwürdig ekstatischer Tanz ein, wie in Zeitlupe, als würde das letzte bisschen Energie aus ihren Körpern ausgehaucht.

Es ist vorbei.

Keine zehn Minuten hat es gedauert, und wir stehen alle wie angewurzelt da und starren das Knäuel aus Gemmas und Timos Körper auf dem Boden an. Dann setzen leise die stampfenden Bässe leiser Technomusik ein, und einige von uns fangen an zu klatschen. Je lauter die Musik wird, desto lauter klatschen wir, wir johlen und rufen. Niemand von uns wusste, dass die beiden so was können. Sie rappeln sich auf und hüpfen im Takt der modernen Musik, die Gäste springen zu ihnen, und in kürzester Zeit bebt der Kellerraum, ein Gewoge aus zappelnden Körpern. Das ist keine normale Partystimmung wie vorher, das ist ein Rausch, und wir saugen ihn alle auf und atmen ihn ein und lassen uns von ihm wegtragen. Erste Kleidungsstücke fliegen durch die Luft, ein Zigarettenmädchen reitet barbusig auf dem Rücken eines Herrn mit Vatermörderkragen. Hier und da fallen die kurzen, sackartigen Charlestonkleider, Hosenträger werden von Knickerbockerhosen gerissen, Hüte fliegen und prallen an der Kellerdecke ab.

Es bildet sich eine Schlange aus Gästen, die sich von der Mitte her aufrollt und bald den ganzen Raum einnimmt. Wie bei einer Polonaise packt sich jeder den Vordermann oder die Vorderfrau und schiebt sich im Rhythmus der Musik durch die Bar. Es braucht einen Moment, bis ich das Lied erkenne, der Technobeat verfremdet es so, dass ich eine Weile hinhören muss, aber es ist der alte Gassenhauer »Ausgerechnet Bananen«. Ich muss grinsen und bin sicher, dass Gemma es ausgesucht und vielleicht sogar selbst gesampelt hat.

Zwei Mädchen steigen auf den Tresen und beginnen zu tanzen, und, mich wundert es nicht, die eine hat ein Bananenröckchen an, und die andere hält eine Banane in der Hand, die sich bei genauerem Hinsehen als Vibrator in Obstform entpuppt.

Ich hab Salat, Pflaumen und Spargel …

Die im Bananenröckchen schüttelt ihren Hintern so heftig, dass die Plastikbananen hochfliegen und den Blick freigeben auf ihre Muschi mit einem quietschgelb gefärbten Landing Strip. Auch ihre blanken Nippel hat sie gelb bemalt, und in dem schummrigen Licht hier unten sieht man jetzt, dass ihre Schamhaare und die Brustwarzen im Dunkeln leuchten. Die andere fährt mit dem Vibrator über ihren Körper, die Menge jubelt.

Doch ausgerechnet Bananen, Bananen verlangt sie von mir!

Die Polonaise zieht inzwischen weiter ihre Bahnen, eine endlose Spirale, und die Gäste werden immer nackter. Längst fassen sie sich nicht mehr nur an den Schultern, Männer und Frauen drängen sich in Trippelschrittchen aneinander und langen hin, wo sie etwas zu fassen kriegen. Ein älterer Mann wird an mir vorbeigeschoben, hinter dem ein schlaksiger Junge zuckt, der nichts als Sneaker und ein Monokel trägt. Seine Hand ist bei dem Mann vor ihm in den Hosenschlitz gerutscht. Zwei Frauen mit Kontaktlinsen, die ihre Pupillen schlitzförmig wie Katzenaugen wirken lassen, tanzen dahinter, die erste hat ihre Hände in die Arschbacken des Sneakerjungen gekrallt, die zweite hält ihre Brüste. Es ist eine endlose Reihe, Hände an Schwänzen, an Mösen, Brüsten. Und wenn die Karawane sich staut und die Gäste noch enger aneinandergedrängt werden, flutscht wohl auch mal ein Finger in ein Fötzchen oder in ein Arschloch, je nachdem, wo man gerade hinkommt. Die Leute reiben sich aneinander, Schwänze werden gewichst, einige Männer drehen sich in der Schlange herum, um die Muschi hinter sich besser zu erreichen.

Auf der Theke hat sich das Mädchen im Bananenrock inzwischen hingesetzt, die Knie weit gespreizt, und besorgt es sich mit einer ihrer Plastikbananen. Ihre Kollegin hat den Vibrator offenbar eingeschaltet und reibt sich damit im Stehen den Kitzler.

Das Stöhnen und Juchzen im Keller wird immer lauter.

Ich schnappe mir Mona und, als ich an ihm vorbeikomme, auch Matze, und wir reihen uns ein. Bald werden wir getrennt und sind eingequetscht in einer Menge, die nur aus Händen zu bestehen scheint. Hände, die meine Brüste betasten, Hände an meinem Arsch, Hände, die nach meinem Fötzchen suchen, und manchmal schlüpft auch ein Finger in meine Pflaume, aber bevor ich ausmachen kann, ob sie der Frau vor mir gehört, die nur noch ein Männerjackett trägt, oder dem Mann neben mir, der hingebungsvoll einen Schwanz wichst, rutscht er auch schon wieder aus mir heraus, und neue Hände betasten mich. Schließlich bin ich eingekeilt zwischen zwei größeren Frauen, die sich über meine Schulter hinweg küssen und mich gleichzeitig befingern.

Eine Hand reibt vorn meine Muschi, die Hand der Frau hinter mir knetet meinen Arsch. Ich schließe die Augen und lasse selbst meine Hände wandern, durch feuchte Spalten und an steifen Schwänzen vorbei, finde muskulöse Pobacken und weiche Bäuche, baumelnde Hoden und wieder nasse Fötzchen, und meine Finger rutschen hinein, und wir stampfen und schunkeln, trippeln und marschieren weiter in dieser Polonaise, in der niemand mehr weiß, welche Fotze er gerade reibt oder wessen Finger ihm am Arschloch kitzelt.

Irgendwann, als ich erschöpft gekommen bin, bahne ich mir einen Weg hinaus aus der Menge und lehne mich an die Kellerwand. Direkt vor dem Tresen, auf dem das Mädchen mit dem Vibrator nun ihre Kollegin, die auf allen vieren kniet, mit dem Spielzeug beglückt, entdecke ich Mona, die ihre Beine um die Hüften eines Mannes mit Federkopfschmuck geschlungen hat, er trägt sie auf seinen Händen, und ich nehme an, dass ein Schwanz in ihr steckt und er sie in der Polonaise durch den Raum fickt.

Matze sehe ich an der Bar. Er kniet vor einer masturbierenden jungen Frau, die Gemma als Cakepops-Kellnerin engagiert hatte. Sie hat sich das Kleid hochgeschoben, und ihre

Finger fliegen über ihren Kitzler, während sie das Treiben in der Mitte beobachtet und Matze gar nicht weiter wahrnimmt. Er fasst sie nicht an, aber seine Nase ist nur eine Handbreit von ihrer Muschi entfernt, sodass er die Finger auf dem Kitzler ganz genau betrachten kann. Seine Hand steckt in seiner Hose und reibt seinen Schwanz. Ich weiß, wie gern er zusieht, er wird bald abspritzen. Dann ist sie fertig, streicht ihr Kleid glatt und geht sich die Hände waschen. Wenige Minuten später hat sie wieder ein Tablett in der Hand.

Die Musik wird unmerklich leiser, die Gäste beruhigen sich allmählich. Hier und da ordnen welche ihre Kleidung oder beginnen wieder zu tanzen. Die Polonaise löst sich auf, der Bananentanz ist zu Ende.

Als die letzten Gäste gehen, wird es draußen schon hell. Gemma und Timo haben sich untergehakt und schwanken absinthselig über die Straße. Der dicke Mann in dem gestreiften Badeanzug zieht zwei Mädchen in Frack und Zylinder hinter sich her und winkt einem Taxi. Ich wette, der Fahrer wundert sich nicht mal. Morgens halb fünf in Berlin. Alles normal.

Matze, Mona und ich schließen die Eingangstür ab und schleppen uns auf Strümpfen zu meiner Wohnung hoch, die Schuhe in der Hand. Im Halbdunkel des Treppenhauses sehen wir etwas vor meiner Tür stehen, das sich beim Näherkommen als Korb entpuppt. Darin finden wir eine Thermoskanne mit Kakao, Tassen und einige süße Brötchen, außerdem Kopfschmerztabletten und Mandarinen. Und ein Zettel von Gemma: *Danke für die wundervolle Nacht!*

Ich seufze. So ist sie.

Ohne uns großartig auszuziehen, legen wir uns ins Bett, rollen uns zusammen und wickeln uns in die Decken. Der Kakao ist noch heiß und sehr süß. Wir sind alle drei zu aufgekratzt zum Schlafen. Das Echo der Bässe wummert mir noch in den Ohren, und ich kann die vielen fremden Hände auf meinem Körper noch fühlen. Das ist der erste ruhige Moment, den wir drei seit einer Ewigkeit haben, jetzt passt es.

»Ich wollte euch etwas zeigen.« Die Bettfedern ächzen, als ich mich hinauslehne und unter den Lattenrost lange, eine Papprolle hervorziehe und den Deckel öffne. Matze und Mona sehen gespannt zu.

»Ich dachte, du hast vielleicht was Unangenehmes im Safe gefunden, und wollte deshalb nicht fragen«, sagt Mona und stopft sich ein Kissen in den Rücken.

»Nichts Unangenehmes.« Ich weiß auch nicht, wieso ich damit gewartet habe. Vielleicht weil es das letzte Geheimnis ist, das Elysias Haus für mich bereithält, und ich es möglichst lange für mich allein haben wollte.

Die Papierrolle liegt leicht und trocken in meiner Hand. Ich breite sie zwischen uns aus. Matze sieht mich irritiert an, Mona pfeift durch die Zähne.

Eine Weile sagt niemand etwas.

»Wieso ist Gemma auf der Zeichnung?«

Sobald er es gesagt hat, wird ihm klar, was für ein Unsinn dieser Gedanke ist, denn der Safe war jahrzehntelang verschlossen, das Papier selbst ist sichtlich noch älter, und die Frau auf dem Bild ist halb so alt wie Gemma. Aber es ist gar kein Wunder, dass ihm diese Idee gekommen ist.

Zwischen uns liegt eine Kohlezeichnung. Eine große, sehr dünne und nackte Frau, die schlangenartig gewunden aus dem Bild heraussieht. Eine Hand in die knochige Seite gestützt, das Gesicht halb im Profil. Ein Pagenkopf mit Pony, darunter stark geschminkte schwarze Augen wie zwei Höhlen unter den geschwungenen Brauen. Hohe, betonte Wangenknochen. Eine Nase mit auffällig großen Nasenlöchern – und dann vor allem der Mund. Eine herzförmig überzeichnete Oberlippe. Genau so sah Gemma heute Nacht aus.

»Steht irgendwo was?« Mona ist glücklicherweise praktisch wie immer.

Vorsichtig drehe ich das Blatt um und lese vor.

»Meiner süßen Imke. Verzeih mir, dass ich so entsetzlich bin, verzeih mir alles! In Liebe, Anita.«

Nachdem beide die Schrift gesehen haben, wende ich das Blatt wieder.

»Und hier unten in der Kleidfalte steht noch ›Dix‹.«

Matze tippt in sein Smartphone »Dix« und »Anita« ein und bekommt sofort ein Gemälde. Er hält uns das Display entgegen. Die gleiche Frau, das gleiche maskenartige Gesicht, die gleiche Pose – nur diesmal in Öl und flammend rot.

»Dix ist total berühmt«, flüstert Mona andächtig. »Kann das denn sein, dass die Skizze wirklich von ihm ist? Vielleicht hat nur jemand das Gemälde abgezeichnet?«

Das werden wir heute Nacht nicht mehr klären, aber genau das hab ich mich auch gefragt. Vielleicht hätte ich damals nicht die Schule abbrechen und doch Kunstgeschichte studieren sollen, wie ich es eigentlich vorgehabt hatte. Vielleicht wüsste ich dann heute, wie man so einen Wert ermittelt.

»War noch was in dem Safe?«

Ich hole tief Luft.

»Familiengeschichte. Offenbar hat das Haus Imke Feuchtwang gehört, das war Gunnars Großmutter. Dann hat es im Krieg eine Cousine gehabt, die hier ein Bordell geführt hat. Was aus Imke geworden ist, weiß ich nicht, aber diese Cousine hat das Haus behalten und nach ihrem Tod Elysias Mutter vererbt.«

»Geht es Gunnar also darum?«

Ich nicke.

»Das nehme ich an. Bei der Übertragung des Hauses unter den Alliierten kam es wohl zu Ungereimtheiten. Und wahrscheinlich will Gunnar nicht nur das, sondern auch diese Zeichnung. Wieso sollte er sonst hier herumschleichen und Wände abklopfen?«

»Wirst du sie ihm zeigen?« Monas Stimme klingt ganz sanft, sie weiß genau, dass sie einen wunden Punkt berührt.

Trotzig schlürfe ich den letzten Rest Kakao aus der Tasse und verstaue die Zeichnung wieder in der Papphülle. Mit dem Fuß schiebe ich sie unters Bett zurück.

»Auf keinen Fall. Nicht in diesem Leben.«

Ich rolle mich zwischen Matze und Mona zusammen und höre zu, wie ihr Atem tiefer und gleichmäßiger wird. Ich selbst liege noch wach, als draußen schon die Müllabfuhr vorbeifährt und die Tonnen mit lautem Geschepper einsammelt.

IMKE, 1924:

»Warte, warte nur ein Weilchen« 12

»Alles, was dir dazu einfällt, ist der Affe?«

Imke konnte es nicht fassen. Sie duldete Anitas Affären mit zusammengebissenen Zähnen und machte nur eine Szene, wenn Anita sie anlog, um mit irgendeinem Herrmann oder einer Suse die Nacht zu verbringen. Und natürlich hatte sie gemerkt, dass die Beziehung zwischen Anita und ihrem neuen Tanzpartner Henri enger geworden war. Aber jetzt hatte Anita ihn, ohne vorher ein Wort zu Imke zu sagen, geheiratet. Geheiratet! Und selbst jetzt erklärte und entschuldigte Anita nichts. Sie hatte es Imke mitgeteilt, als wäre die Ehe ein neues Engagement in irgendeinem Kabarett. Und auch Anitas heiße Krokodilstränen galten nicht etwa ihr oder dem Verrat, sondern dem Affen.

Seit einiger Zeit hatte Anita ein winziges Äffchen, kaum größer als eine Faust, das sie in ihrem Ausschnitt trug. Ein Verehrer hatte es ihr geschenkt, und sie kümmerte sich mehr darum, als sie es um Imkes Tochter Konstanze je getan hatte. Sie fütterte es mit Nüssen und Obst und bettete es in ihrer Garderobe auf einem großen Samtkissen. Vor allem aber ging sie mit ihm spazieren, und die Leute auf dem Ku'damm blieben stehen und zeigten auf sie, wenn der Affe auf ihre Schulter kletterte und sie ihm kleine Küsse gab. Aber dann, an einem besonders windigen, kalten Herbsttag, hatte sie ihren

Pelzmantel bis oben hin zugeknöpft und ihren kleinen Gefährten wahrscheinlich einfach für eine Stunde vergessen. Als sie das nächste Mal nach ihm sah, war er schon erstickt, und sie war außer sich und weigerte sich tagelang, ihn zu begraben.

Imke wusste, dass Anita, wenn sie in einen Ausnahmezustand geriet, Dinge tat, die man kaum nachvollziehen konnte. Sie wurde aggressiv, trank unglaubliche Mengen oder schnupfte so lange, bis sie im Delirium war. Manchmal musste sie vom Chauffeur zu ihren Auftritten getragen werden. Dort flößte ihr ein Mitarbeiter starken schwarzen Kaffee ein und spritzte ihr irgendetwas, bis sie wieder stehen konnte. Auf der Bühne merkte man oft nichts, aber nach ihrem Auftritt brach sie in der Garderobe zusammen, redete wirr von Tourneen, auf denen sie den ganzen Orient bereisen würde, oder war nicht mehr aufzuwecken.

Aber aus Trauer heiraten, das war selbst für Anita zu absurd.

»Kiek ma, Mädel, ick benötige uff den Brettern 'nen Partner, der janz meins is. Da musste dir druff verlassen können. Sebastian is ma hier und ma da, aber ein Göttergatte, der kann nich wech, der muss.«

Sie schüttete sich noch einen Cognac ein und stocherte in dem Essen herum, das Imke ihr hergerichtet hatte, bevor es zu der großen Enthüllung gekommen war. Endlich gab es wieder Dinge in den Läden, aber Anita hatte keine Freude am Essen, obwohl Imke sogar Fleisch organisiert hatte. Sie trank lieber. Wehmütig betastete Anita die Stelle zwischen ihren Brüsten, an der das Äffchen gesteckt hatte, und begann wieder zu weinen. Imke fragte sich, in welchem Irrenhaus sie gelandet war.

»Bist du völlig wahnsinnig? Du hast ihn geheiratet, du Irre! Was ist mit mir?«

Anita sah sie verständnislos an.

»Du bist meene Kleene, warste immer, wirste immer. Außerdem«, sie trank einen Schluck, und Imke fragte sich, was jetzt noch kommen würde.

»Außerdem kann ick dir ja wohl schlecht ehelichen.« Ihr Ton wurde gestelzt und pathetisch.

»Hörmöt erklöre öch Sö zo Öhöweib ond Öhöweib.«

Imke fand das nicht komisch. Sie ließ Anita stehen, packte oben in der Mansarde die wenigen Kleidungsstücke zusammen, die Anita bei ihr aufbewahrte, warf das Schminkzeug und ihren Schmuck dazu und stellte ihr den Koffer unten im Hotel d'Amour vor die Füße. Anita trank ihren Cognac weiter. Und als Imke einige Stunden später wiederkam, war Anita gegangen, der Koffer aber stand immer noch neben der Theke. Also trug sie ihn wieder nach oben und überlegte, wo das alles enden würde und wie viel sie ertragen konnte. Es war genau wie in dem Schlager, den gerade alle sangen: »Mädel, ich kenn dich, du bist doch verständig, so fängst du dein Glück dir nicht ein. Bau nicht auf Schlösser, dort träumt sich's nicht besser als in deiner kleinen Mansarde, drum warte! Warte, warte nur ein Weilchen, bald kommt auch das Glück zu dir, mit den ersten blauen Veilchen klopft es leis an deine Tür.«

Sie schnaubte, wann bitte sollte bald sein? Wie lange sollte sie noch warten und worauf? Auf wen?

Sie sah Anita einige Tage nicht. Aber dann stand das große »Fest in Weiß« der Akademie der Farbe an. Anita saß mit anderen berühmten Tänzerinnen und Theaterleuten im Komitee und würde auf jeden Fall dort sein. Imke hatte schon vor Wochen ihr Kostüm genäht, eine Art Nymphengewand. Anita war auf die Idee gekommen, nachdem sie sich vor der Nymphe im Erdgeschoss-Foyer geküsst hatten. Eine römische Toga aus fast durchsichtigen Schleiern und ein Kopfputz mit weißem Blütenkranz.

Und obwohl Imke das Kleid selbst zugeschnitten hatte, war sie nicht auf das vorbereitet, was sie auf dem Ball sah.

Anita und Henri schritten an der Spitze des Komitees in den vollen Saal, die Menschen applaudierten, und Anita, die auch noch ein Blumenbukett in der Hand trug, sah an Henris Seite aus wie eine Braut. Das Gewand, der Schleier, nichts erinnerte Imke mehr an die Wassernymphe, und sie überlegte, ob Anita das vielleicht von langer Hand geplant hatte, ob die Hochzeit mit Henri gar keine spontane Entscheidung gewesen war, immerhin mussten sie ja das Aufgebot bestellt haben, das ging nicht über Nacht. Konnte sie so grausam sein und ihre nichts ahnende Geliebte dazu gebracht haben, ihr ein Hochzeitskleid zu schneidern?

Die anderen Gäste waren ebenfalls komplett in Weiß erschienen, viele als griechische Göttinnen oder Harlekine, einige kamen als ägyptische Pharaonen. In Berlin war die Ägypten-Begeisterung ausgebrochen, seit das Grab des jungen Pharao entdeckt und die Nofretete-Büste ausgestellt worden war. Von der Decke hingen weiße Lampions, und die Tische waren mit weißem Papier eingedeckt. Es war wunderschön geworden, aber Imke konnte die Dekoration nicht genießen.

Sie hielt sich in der Masse verborgen. Sie konnte jetzt nicht mit Anita sprechen. Aber die Augen abwenden konnte sie auch nicht. Sie sah, wie Anita mit allen umstehenden Männern tanzte. Wie sie sich zwischendurch aus ihren Armen löste und allein ein paar Drehungen vollführte, bis sie sich einem anderen Tänzer an den Hals warf. Die Umstehenden musterten sie ganz offen, ihr straffer, schmaler Körper war unter den durchsichtigen Schleiern gut zu erkennen.

Imke ertrug es nicht mehr. Sie zog sich zurück und ging durch die dunklen Gänge hinter dem Ballsaal. In einem kleinen Raum fand sie die Garderobe, Dutzende Mäntel stapelten sich hier auf einem Sofa und hingen an langen Stangen. Anitas dunkelblauen Pelz mit der großen Scarabäus-Brosche sah sie sofort und auch ihre große Handtasche. Sie kramte darin, fand die Spritze und ihr weißes Pulver und warf beides weg. Anitas silbernen Korsettstab und ihre Puderdose mit der weißen Paste behielt sie. Sie wusste selbst nicht so recht, was sie damit tun wollte, sie hatte einfach das Gefühl, sie müsse von ihrer Freundin retten, was immer sie in die Finger kriegte.

Schritte schreckten sie auf. Ihr wurde heiß und kalt. Beim Diebstahl erwischt zu werden wäre mehr Demütigung, als sie heute aushalten könnte. Sie schlüpfte hinter eine Garderobenstange, die voller Mäntel hing und sie verbergen würde. Hoffentlich gingen diese Leute bald wieder, und dann wollte sie nur noch weg und nach Hause. Sie musste eh bald das Hotel d'Amour öffnen, das den Betrieb nach den gröbsten Aufräumarbeiten notdürftig wiederaufgenommen hatte. Die Möblierung war nun äußerst spärlich, für ein kostspieligeres Interieur fehlte das Geld. Die Gläser waren in der Nachbarschaft zusammengekauft oder von ihren Damen mitgebracht worden. Eigentlich war es keine wirkliche Bar mehr, sondern ein Kellerraum, in dem sich allabendlich die treuesten Kundinnen Berlins versammelten und vorgaben, es mache ihnen nichts aus, auf Sperrholzkisten zu sitzen.

Die Tür der Garderobe fiel wieder zu, und Imke hörte Gelächter. Sie spähte durch zwei Pelzmäntel hindurch und sah drei junge Männer, einer von ihnen war Henri.

Sie zerrten schon auf dem Weg zu dem großen Tisch an ihren Smokings und ließen Fliegen und Hemden einfach auf den Boden fallen. Henri zog sich so schnell aus, dass er bereits nackt auf dem Tisch saß und mit den Beinen baumelte, während der ältere Mann noch sein weißes Pulver vom Monokelglas schnupfte und der andere sich mit seinen Gamaschen abplagte.

»Bedient mich, Freunde!«, rief Henri und sprang vom Tisch.

Mit weit geöffneten Armen und geschlossenen Augen stand er da, als wäre das die Auftaktposition für eine seiner Choreographien.

Seine Muskeln waren selbst im fahlen Licht der Garderobe beeindruckend bei einem so schmalen Mann, und sein harter Schwanz hatte eine erstaunliche Größe.

»Huldigt diesem göttlichen Kunstwerk!«

Die Männer stellten sich nah neben ihn und bedeckten seinen Hals und seine Arme mit Küssen. Der Ältere kniff und rieb Henris Brustwarzen, und der Jüngere tastete sich zwischen seine Schenkel vor, wo Henris Schwanz sich aus einem dichten Schamhaarbüschel emporrichtete. Der Ältere griff nach den Hoden und knetete sie leicht in einer Hand. Henri lachte heiser, langte hinter sich, kramte in seinen Sachen herum und steckte sich eine Zigarette an.

»Huldigen, Freunde! Ich bin doch keine keusche Internatstochter!«

Mit einem Ruck packten ihn die Männer und hoben ihn wieder auf den Tisch, wo er sich einen Pelzmantel unter den Kopf schob.

Der Jüngere nahm Henris rechten Fuß, bis der vor seinem Gesicht schwebte, und begann, seine Zehen zu lutschen. Er leckte seine Fußsohle, saugte sich am Knöchel fest und nahm dann wieder einen Zeh nach dem anderen in den Mund. Henri kicherte. Imke konnte seinen Gesichtsausdruck, so wie er auf den Mänteln lag, nicht sehen, aber sein harter Schwanz, dessen Spitze dunkelrot glänzte, zeigte deutlich, dass es ihm gefiel. Der ältere Mann massierte wieder mit der einen Hand Henris Hoden, mit der anderen umfasste er den Schaft und begann, den Schwanz zu reiben.

»Knie dich hin«, wies er den Älteren an und trat mit seinem freien Fuß spielerisch nach ihm. Der gehorchte und ließ sich auf den Boden nieder, sodass er genau unter Henri hockte. Er reckte den Kopf und nahm Henris Eier in den Mund. Der Jüngere legte sich Henris Bein auf die Schultern, beugte sich herab und lutschte den Schwanz.

»Jawoll, ihr Brüder!«, rief Henri, »so huldigt man dem heiligen Gemächt.«

Die beiden Männer fanden einen gemeinsamen Takt, und ihre Köpfe bewegten sich rhythmisch zwischen Henris Beinen.

»Wenn mir wohl auch noch einer das Arschloch poussieren würde«, befahl Henri in einem halb genießerischen, halb gelangweilten Tonfall. Der Ältere lutschte einen Finger nass und machte sich zwischen Henris Pobacken zu schaffen. Eine Weile hörte Imke nur das Schmatzen und Saugen und Henris immer lauter werdendes Stöhnen. Dann brach sein Keuchen plötzlich ab, und er kam lautlos im Mund des jüngeren Mannes.

Henri richtete sich auf und tupfte ihm mit einem Stofftaschentuch aus Spitze, das er wohl in dem Pelzmantel gefunden hatte, die Mundwinkel ab.

»So viel Einsatz gehört belohnt!«, rief er und zeigte auf den Älteren: »Mach er den Buckling.«

Bereitwillig ließ der Mann die Hosen herunter, bückte sich tief und stützte sich mit gestreckten Armen auf dem Tisch ab.

Henri reichte dem anderen ein kleines Behältnis, das so ähnlich aussah wie Anitas silberne Puderdose. Der Jüngere steckte zwei Finger hinein und verrieb eine glänzende Paste auf seinem Schwanz. Inzwischen hatte Henri einen Fuß auf die Schultern des Älteren gestellt und trommelte mit den Händen auf seinem Rücken.

»Der Höhepunkt der Kunst«, kündigte er im Ton eines Zirkusansagers an.

»Meine Damen und Herrinnen, ich präsentiere Ihnen: auf der einen Seite Los Schwanzos, der Gigant aus dem Wedding, hart und unbeugsam!«

Der junge Mann verneigte sich zu beiden Seiten und applaudierte seinem Ständer.

»Auf der anderen Seite, in der Bückstückecke, Los Analos, der schärfste Arsch Charlottenburgs, der sein gewaltiges Kunstwerk vorführen wird, er wird Los Schwanzos verschlingen bis zur Gänze.«

Er trommelte wieder, diesmal auf den nackten Hintern, dass es klatschte und die Haut sich rot färbte. Der ältere Mann stöhnte und wackelte mit der Hüfte, als wollte er einen Stier reizen.

Der jüngere Mann zog die Arschbacken seines Partners auseinander, verteilte noch eine Fingerkuppe von der Paste in der Kimme, setzte seinen Schwanz an und schob ihn ohne weitere Vorbereitungen zur Hälfte hinein. Der ältere Mann jaulte auf. Sein Partner krallte sich an seinem Hintern fest und drang weiter ein, holt seinen Schwanz wieder ein Stück hervor und stieß erneut zu. Henri nahm seinen Fuß von den Schultern des Älteren, setzte sich im Schneidersitz auf die Tischkante und verteilte Küsschen vom einen zum anderen.

»Sehr schön gevögelt, liebe Brüder«, schnaubte er, während er eine Linie vom Monokel zog.

»Immer rein und raus, so mögen wir das, fiedelt den Pöter, ihr Abschmorer.«

Der junge Mann stieß ein letztes Mal zu und ergoss sich mit einem spitzen Schrei, der Imke durch Mark und Bein fuhr.

Henri schwang die Beine über ihn und glitt neben den Beinen lässig vom Tisch. Er ging neben dem Älteren in die Hocke, griff nach dessen Schwanz und wichste ihn einige Male, bis auch er sich entladen hatte, was Imke ein bisschen an das Melken einer Ziege erinnerte. Henri klatschte dem Älteren ein letztes Mal so heftig auf den nackten Hintern, dass der fast vornüberfiel und sich gerade noch am Tisch festhalten konnte.

Imke merkte erschrocken, dass sie niesen musste. Die Garderobe war staubig, als läge Kreidedunst in der Luft, sie hatte das Kribbeln schon länger bemerkt und sich die Nase zugehalten, aber jetzt wurde es übermächtig.

Kaum war er aufgestanden, reichte Henri den beiden ihre Kleidung, die sie sofort anzogen und sich gegenseitig die Fliegen richteten.

»Husch«, machte Henri und scheuchte sie aus dem Raum, während er selbst weiterhin splitternackt am Tisch lehnte und sich noch eine Zigarette anzündete.

Imke konnte den Niesreiz nicht mehr unterdrücken, sosehr sie sich auch Mühe gab. Aber Henri erschrak nicht und bedeckte auch seine Blöße nicht. Er richtete sich nur halb auf und sagte: »Komm raus. Ich weiß schon die ganze Zeit, dass da jemand ist.«

Als Imke zwischen den Mänteln hervorkam, pfiff er leise durch die Zähne.

»Du bist das. Hat die kleine Lesbierin außer Mösenlecken noch andere Vorlieben? Guckt sie gern Männern zu?«

Imke wusste nicht, was sie sagen sollte. Sie schämte sich, dass er sie ertappt hatte, war aber auch wütend, dass er so mit ihr redete.

»Na, komm mal her, Kind.«

Er winkte sie zu sich und rutschte auf dem Tisch nach vorn, bis er auf der Kante saß und mit den Beinen baumelte. Widerstrebend folgte sie.

»Nicht leicht für dich, was? Anita: heiratet mich. Dein Lokal: von Vandalen zerstört. Armut: ständig.« Er zündete sich eine neue Zigarette an und blies ihr den Rauch ins Gesicht.

»Aber das Leben muss nicht so schrecklich sein, du liebes kleines Ding. Es gibt Annehmlichkeiten. Du brauchst bloß zuzugreifen.«

Er langte hinter sich und zog seine Hose zu sich.

Imke fragte sich, ob er ihr Pulver geben wollte. Als würde das irgendetwas lösen. Sie hatte seit der spiritistischen Sitzung nichts mehr genommen und würde es auch nicht tun.

Henri holte ein Bündel Geldscheine hervor. Ihr stockte der Atem. Er zählte zwölfhundert Reichsmark ab. Das war mehr, als der Lehrer vom Nachbarhaus in vier Monaten verdiente, und sie selbst hatte noch nie so viel Geld in der Hand gehabt. Henri hielt ihr den Packen unter die Nase.

»Kannste alles haben. Kannst dir deinen Lesbenkeller hübsch herrichten. Gescheiten Alkohol kaufen und Profit damit machen. Eine kleine Bühne bauen. Und es ist hier direkt vor deiner Nase.«

Imkes Herz raste. Das Geld würde reichen für ein Podest im Hotel d'Amour. Anita könnte dort auftreten. Ohne Henri natürlich. Sie hätte ihr endlich etwas zu bieten, nicht nur einen muffigen Keller und eine zugige Mansarde. Vielleicht war das hier das Glück aus dem Lied, das mit den ersten blauen Veilchen kommt.

Sie schluckte trocken.

»Was soll ich dafür tun?«

Henri lachte und winkte ab.

»Ach meine Kleine, 'ne famose Kleinigkeit. Erst mal hältst du den Mund über unser Stelldichein hier. Das braucht die junge Braut nicht zu wissen. Sie ist ja selbst keine Kostverächterin, aber so genau muss man das nicht aufs Tapet bringen.«

Imke nickte.

»Ich sag nichts.«

»Und ...«, Henri ließ seine Stimme in der Luft schweben, »und du hältst dich von meiner Ehefrau fern. Sie gehört dir nicht mehr. Natürlich kannst du dich nicht trennen. Da würde sie ja Fragen stellen. Und sie würde es auch nicht dulden, dass du es bist, die sich trennt. La Berber verlässt man nicht.«

Er lachte wieder und sog an seiner Zigarette.

»Aber du kannst dich rarmachen und keine Ansprüche stellen. Frag nicht, bettel nicht, mach dich einfach unsichtbar. Lass Anita herausfinden, dass die Abende bei ihrem Ehemann viel erfreulicher sind als bei der Fotzenleckerin im Keller.«

Imke dachte wieder an das kleine Theater. Und Anita hatte sie doch bei allen ihren Affären und auch während ihrer Ehe mit Nathusius nie völlig aufgegeben. Sie würde sich sicher nicht ganz von ihr abwenden. Der Vorschlag bedeutete also eigentlich keine Gefahr. Sie konnten alle nur gewinnen.

Sie nickte. »In Ordnung. Ich nehme das Geld, sage nichts und halte mich von Anita fern.«

Er steckte ihr das Bündel Geldscheine in den Ausschnitt und streichelte ihr die Wange.

»Was für ein kluges kleines Mädchen.«

»So klug isse nun auch wieder nich.«

Beide fuhren herum. Anita stand in der Tür. Eine Braut im durchsichtigen Gewand. Ihr wie üblich weiß geschminktes Gesicht zeigte keine Färbung, aber ihre Augen blitzten so böse, wie Imke es noch nie bei ihr gesehen hatte.

»Du verkoofst mich einfach?«

»Du hast geheiratet, ihn geheiratet«, stammelte Imke.

»Du willst dir wegen een paar Piepen dünne machen? Na los«, sie zerrte Imke an den Haaren von Henri weg und schubste sie hart Richtung Tür.

»Verpiss dir! Glotz nich und mach dir dünne!«

Imke begriff nicht, was gerade passierte.

»Verstehste det nich? Ick kann deine Visage nich mehr ausstehn. Kriech wech! Wir beide sind fertig! Ick will dir und deine Mischpoke nie wieder nich sehn!«

Mit einem Rums warf sie die Garderobentür hinter Imke zu. Das Bündel Geldscheine drückte zwischen ihren Brüsten, und Imke musste daran denken, dass das genau die Stelle war, wo das Äffchen erstickt war.

GEORGIE, 2017:

13

Pornopolis

»Was genau ist ein Sex-Zirkus?«

Ich sitze drüben bei Gemma in Timos Werkstatt. Es duftet nach frisch gehobeltem Holz, und das Sägemehl unter meinen nackten Füßen fühlt sich weich wie ein Teppich an. Timo liegt halb unter einem hüfthohen Laufrad und schraubt die Nabe in der Mitte fest, ein Sportgerät für besonders aktive Katzen wie Abessinier und Bengalen.

»Die zerlegen dir die Bude, wenn du die nicht auspowerst«, hat Timo geschnauft und sich von mir den Akkuschrauber reichen lassen.

»Ich hab schon Wohnungen gesehen, da waren halbe Sofas weggefräst. Nicht zerkratzt, sondern quasi atomisiert.«

Bei den flauschigen Faultieren, die in Timos Werkstatt herumliegen und sich höchstens mal gähnend auf die andere Seite rollen, kann ich mir das kaum vorstellen.

»Nichts für uns«, murmelt Gemma in dem gurrenden Singsang, in dem sie immer mit ihren Katzen spricht, und legt mir Marshmallow, eine cremefarbene mit schwarzem Gesicht und leuchtend blauen Augen, in den Schoß.

»Wir waren bei eurem Sex-Zirkus«, erinnere ich die beiden. Katzenhalter haben Gesprächs-ADHS, die muss man immer wieder aufs Thema zurücklenken.

»Ach ja.« Gemma setzt sich zu mir.

»So haben wir uns kennengelernt. Timo war mein Schreiner für die besonders diffizilen Aufbauten.«

Und sie erzählt mir von ihrem früheren Leben vor diesem bürgerlichen, das sie jetzt führt. Sie hatte eine Agentur für erotische Wünsche.

»Die Kunden hatten ganz spezielle Phantasien, teilweise waren das sehr komplexe Inszenierungen. Ich hab die Location gesucht und ausgestattet, Personal gebucht und gebrieft und dafür gesorgt, dass alles genau so ablief, wie der Kunde sich das vorgestellt hat.«

»Das war teilweise ein ziemlicher Zirkus«, murmelt Timo und dreht das große Holzrad probeweise, irgendwo hakt es noch.

»Deshalb haben wir es unter uns Sex-Zirkus genannt, wegen des Aufwands und der Freakigkeit der Kunden.«

Timo hat die Stelle gefunden, löst eine Schraube und schleift eine Kante glatt.

»Einmal hab ich ein halbes Piratenschiff für dich gebaut.«

Gemma nickt. »O ja, die Freibeuter-Sache. Wir hatten auch Kerker und so gruseliges Zeugs dabei. Und dann wieder richtig poetische Sachen mit nackten Mädchen auf Schaukeln, Spiegellabyrinthen oder Karussells. Na ja, und eben die Maschinen.«

Timo robbt unter dem Rad hervor, dreht es und ist zufrieden, es läuft rund und gleichmäßig und ist so stabil, dass sich auch ausgewachsene Abessinier darin austoben können.

»Die Maschinen waren toll. Besonders die, wo der Kunde durch große Walzen gedreht und dann einer Art Melkvorrichtung zugeführt wurde. Die hat mich auf die Idee mit den Luxus-Kratzbäumen gebracht.«

Ich versuche mir vorzustellen, wie man ein Gerät baut, das nackte Kunden zur Ekstase melkt, aber für mich ist das nichts.

Ich bin sexuell offenbar eher simpel gestrickt, ich finde immer noch, dass Haut und Atem, also einfach andere Körper, sensationell genug sind. Mich muss keiner an Haken von der Decke hängen und einen Fledermaus-Paarungstanz um mich herum aufführen. Da fällt mir ein, dass wir nächste Woche die Vampirfraktion zu Gast haben, und ich stöhne innerlich. Dass die in Särgen Sex haben und sich mit Schweineblut einschmieren wollen, ist mir noch egal, für so was haben wir einen komplett gefliesten Raum im zweiten, den kärchert man später durch und fertig, aber die Buchung bedeutet für mich Nachtschicht, denn bevor nicht der Vollmond am Himmel steht, sind die Vampiristen nicht libidinös, da feilen sie wahrscheinlich nur ihre Zähne spitz und kommen sich gruselig vor.

Ich schreibe mir ein innerliches Post-it, dass ich noch beim Metzger anrufen muss, wegen der Wanne und des Schweinebluts. Der wird sich wieder amüsieren und seinen Uralt-Witz machen: »Halal ist das nicht«, sagt er immer, wenn ich zweimal jährlich Blut bei ihm bestelle, und lacht dann einmal laut und bellend, als hätte ihn mittendrin ein Bolzenschuss erwischt.

»Okay, also Timo war dein Schreiner für sexuelle Melkapparate, ihr habt euch verliebt, und Timo hat die Luxus-Kratzbäume entdeckt, und jetzt lebt ihr hier glücklich mit sehr plüschigen Faulbären. Was hat das mit meiner Zeichnung zu tun?«

Deshalb war ich rübergekommen. Da Gemma offenbar mehr über Anita Berber weiß als ich, dachte ich, dass sie mir mit der Skizze helfen kann.

»Einer meiner Kunden und, nein, das war nicht der Pirat, der von jungen Männern in Papageienkostümen geschnäbelt und gehakt werden wollte, einer dieser Kunden also arbeitet bei einem Auktionshaus. Und das ist auf klassische Moderne spezialisiert.«

Klassische Moderne sagt mir auch nichts, ich gebe mir Mühe, so auszusehen, als wüsste ich, wovon sie spricht, aber Gemma kennt mich gut.

»Otto Dix, Maler der Neuen Sachlichkeit, gehört im weiteren Sinne zur klassischen Moderne. Wenn jemand die Echtheit des Bildes bestätigen kann, dann dieser Mann.«

»Und ihr meint, er wird mir helfen?«

Timo und Gemma grinsen sich an.

»Wird er wohl«, Timo klopft sich Sägemehl von der Latzhose, »und er wird dir sogar eine professionelle Expertise schreiben – jedenfalls wenn Gemma ihn mit einem neuen Sex-Diorama überrascht. Ich organisier schon mal ein Programm, das aus Digitalbildern die Illusion einer möglichst alten Filmkamera zaubert.«

Gemma lacht, ich sehe sie verständnislos an.

»Der Mann ist verrückt nach alten Schwarz-Weiß-Stummfilmen. Ich könnte mir vorstellen, das Größte für ihn wäre, in einem mitzuspielen. Da muss ich mir was ausdenken. Vielleicht drehen wir ein pornöses Remake von Fritz Langs ›Metropolis‹? Sehr vereinfacht natürlich, ein oder zwei Szenen und ohne Sozialdrama.«

Sie geht ein paar Schritte wie ein Roboter, mit abgehackten Bewegungen. Timo reißt dazu theatralisch Augen und Mund auf und fuchtelt mit den Armen. Er ähnelt dabei eher Nosferatu als den geknechteten Arbeitern in Langs Großstadtapokalypse.

Ich setze Marshmallow auf die Werkbank, wo er ungerührt leise schnarchend weiterschläft. Gemma zeigt mit einem hölzernen Ruck auf mich: »Du kannst dich bei deinen Leuten schon mal umhören, ob jemand Lust hat, bei ›Pornopolis – auch Roboter brauchen Liebe‹ mitzuspielen.«

Als ich eine Woche später die Halle betrete, in der unsere Filmproduktion stattfinden soll, kann ich kaum glauben, was Gemma und Timo auf die Beine gestellt haben. Aus Spanplatten ist die Kulisse eines Nachtclubs entstanden. Am Rand stehen Tische und Stühle in kleinen Nischen, in der Mitte gibt es eine runde Tanzfläche mit einer kleinen Bühne, und über allem hängen Kronleuchter. Ich brauche eine Weile, bis ich verstehe, wieso die Szenerie so traumartig und surreal aussieht. Es liegt am Hintergrund, denn dort haben sie keine tapezierten Wände aufgestellt oder Mauern angedeutet, sondern der Club wird begrenzt durch gezackte abstrakte Formen in unterschiedlichen Grautönen. Ein großes Durcheinander aus Flächen, schwarzen Blitzen, hellen Vierecken und Schatten, Türen, Fenster und Paternoster, die ins Nichts führen, und dazwischen unbestimmte Lichtkegel wie von Laternen oder Sternen. Je nachdem, von welchem Standort man es betrachtet, glaubt man, angedeutete Straßenpanoramen zu erkennen oder Zeitungsseiten. Eine wilde Collage aus allem, was man in den pixeligen, heute immer zu schnell laufenden Schwarz-Weiß-Filmen kennt.

Der Kunsthistoriker, der einfach nur »Freder« genannt werden will, ist ein hagerer Mann mit Glatze und spitzen Eckzähnen. Auch er ist begeistert und huldigt Gemma minutenlang wegen der »expressionistischen Attitüde dieser Kulisse« und der »cineastischen Anmutung zwischen Hagiografie und Subversion«. Ich habe keine Ahnung, was er damit sagen will, aber bin froh, dass er sich freut, außerdem war er von vornherein bereit, die Unkosten zu tragen, und betrachtet nur den

Film am Ende als Preis für seine Expertise. Ich führe ihn herum, damit Gemma und Timo die letzten Bretter andübeln und die Statisten einweisen können. Einer davon kommt uns gerade entgegen, er ist als Marsweibchen ausstaffiert, einer beliebten Kuriosität schon in uralten Varietés und Freakshows: Die linke Seite ist eine Dame mit Wasserwelle, Schminke und glitzerndem Fransenkleid, und von rechts gesehen ist es ein Herr mit Monokel, kurz geschorenem Haar, Schnurrbart und Frack. Dreht der Statist einem nur eine Seite zu, ist die Illusion verblüffend, aber wenn er frontal vor mir steht wie jetzt, weiß ich gar nicht, wo ich hinsehen soll, so irritierend wirkt es. Was der Kunsthistoriker nicht weiß: Auch in unkostümiertem Zustand weiß ich nicht, ob dieser Darsteller Männlein oder Weiblein ist. Er oder sie besucht manchmal Kurse im Zentrum, ich habe ihn im Flur getroffen und spontan engagiert. Die Stimme ist abwechselnd tief und fistelnd, sein Gesicht und die Figur würde sowohl zu einer sehr maskulinen Frau als auch zu einem sehr femininen Mann passen, und die Kleidung, die er trägt, ist immer so neutral und weit, dass sich weder unter dem Pulli noch in der Hose etwas abzeichnet. Ich weiß es einfach nicht, und vielleicht ist das genau die Wahrheit: Nicht alles lässt sich in Schwarz oder Weiß aufteilen, vielleicht ist er von beidem etwas wie die grauen Kulissen oder unterwegs von einem Geschlecht zum anderen. Die Kostümierung macht ihm jedenfalls sichtlich Spaß, er dreht und wendet sich, wirft uns Kusshändchen als Frau zu und klimpert kokett mit den falschen Wimpern, und dann dreht er sich ruckartig herum und zaubert eine Zigarre hervor, die er pafft, während er über »das Automobil, die wahre Liebe eines Herrn« referiert.

»Wird sie ... äh ... er, also das Marsweibchen, wird es mitmachen, später, wenn es zur Sache geht?«, fragt mich der Kunsthistoriker, und ich kann hören, dass er das hofft. Ich zucke mit den Schultern. Keine Ahnung, was Gemma geplant hat. Ob sie überhaupt alles durchgeplant hat oder ob sie den Film irgendwann ins erotische Chaos entlassen wird, wenn sie merkt, dass die Dynamik stimmt. So wie ich sie kenne, wird sie eine Orgie jedenfalls nicht aufhalten, sollte sich eine entwickeln.

Wir kommen in einen dunkleren Bereich abseits des Nachtclubs. Hier wartet der Roboteranzug auf seinen Auftritt. Anders als beim Original aus *Metropolis*, der so schwer war, dass die Darstellerin mehrfach während der Dreharbeiten kollabierte, besteht dieser aus Stoff und ganz dünnen Metallplatten. Außerdem sind bei diesem Brüste und Vulva ausgespart. Entzückt registriert der Kunsthistoriker, dass über dem Arm des Roboters ein Umschnalldildo aus Metall hängt. Und ganz aus dem Häuschen gerät er, als er die andere Maschine sieht. Jetzt wird mir auch klar, was Gemma mit »Lust-Apparat« meinte, als sie mir gestern davon erzählt hat. Es ist eine Vorrichtung, in der man einen Menschen festzurren kann, damit er von einem Schwanz an einer Stange penetriert werden kann. Damit sie möglichst altertümlich wirkt, muss man sie mit einem Fußhebel bedienen wie eine historische Nähmaschine. Mit offenem Mund bestaunt der Kunsthistoriker das Gerät, das wirklich aussieht, als hätten wir es in einem Museum geklaut, tatsächlich ist es aber von der Sexmöbelfirma Pleasure Treasure, die im Zentrum am Tag des Stromausfalls ihre Kollektion präsentiert hat. Wir haben es nur ein bisschen antiker gestylt, damit es zum Look des Films passt.

Ich nehme ihn am Ärmel und streichle fast fürsorglich seine Hand.

»Wollen wir Sie mal einkleiden? Sobald Sie angezogen sind, erklärt Gemma uns den Ablauf und die Handlung.«

Wir gehen zusammen zur Garderobe, wo sich schon einige Frauen mit Bubiköpfen und Rüschen-Unterhosen schminken. Statt Oberteilen haben sie Metallsterne um die Brustwarzen geklemmt. Einige tragen Rennfahrerbrillen im Haar oder Schnürstiefel bis übers Knie. Viele haben großflächige Tattoos und malen denen, die keine haben, schwarze Zeichen und bunte Bilder auf die Haut. Bewundernd sehe ich, wie innerhalb kurzer Zeit japanische Szenen auf einem Rücken entstehen, eine Nixe vom Ellenbogen bis zur Schulter wächst oder sich Blumenranken vom Oberschenkel bis zur Hüfte hochwinden.

Gemma zeigt gerade zwei Mädchen, die mit nichts als Unmengen dünner Metallketten bekleidet sind, wie man die großen Federfächer auf- und zuklappt und sich hinter ihnen verbirgt. Die beiden sollen einen Schönheitstanz aufführen, also eine Nackt-Darbietung, und sich gegenseitig mit den Federn verhüllen. Nach einer Weile sind sie schon ziemlich synchron und lassen ihre Brüste sehr professionell wackeln, sodass die Tassels mit den Ketten, die sie auf die Nippel geklebt haben, im Kreis rotieren. Der Kunsthistoriker und ich klatschen.

Gemma kommt zu uns und reicht ihm einen Kleiderhaken von einer Stange. Er verschwindet hinter einem Paravent, und als er wieder hervorkommt, applaudieren wir alle. Er trägt eine kurze Anzugjacke, einen Spencer, und darunter nur eine Fliege. Sein Gesicht verbirgt eine schwarze Zorromaske. Sein Penis steckt in einem winzigen Futteral, das auch die Hoden bedeckt. Seine Beine wirken durch die schwarzen oberschenkellangen Nylons, die mit Strapsen an einem Hüfthalter befestigt sind, noch schlanker. Und so sicher, wie er auf den hohen knallroten Lackpumps steht, trägt er die nicht zum ersten Mal. Er bewegt sich locker auf den Zehn-Zentimeter-Absätzen und kann damit sogar Steppschritte tanzen.

Gemma klatscht laut in die Hände. Alle sind augenblicklich still. Ich bewundere sie für dieses Talent. Sobald sie das Wort ergreift, hat sie die volle Aufmerksamkeit von jedem. Eine echte Königin. Sie nimmt mich bei den Schultern.

»Georgie kennt ihr ja. Wegen ihr haben wir heute alle Spaß hier!«

Jetzt klatschen sie für mich, mein Gesicht brennt. Auch in dem Punkt ist Gemma eine Königin: teilen und herrschen, sie kann gönnen wie keine zweite, dafür liebe ich sie.

Sie kommt auf unser Projekt zurück.

»Unser ›Pornopolis‹ wird ein Schwarz-Weiß-Film mit allem, was dazugehört. Denkt daran, eure Gestik und Mimik ordentlich zu übertreiben, denn wir haben keinen Ton. Sobald der Film geschnitten ist, unterlegen wir die Bilder mit schräger Klaviermusik. Ihr kennt ja alle ›Metropolis‹. Davon sind wir natürlich weit entfernt. Wir haben uns die Roboterfigur und die Nachtclubszene herausgesucht und beides kombiniert. Und das ist unsere Handlung: Freder«, sie zeigt auf den Kunsthistoriker, »liebt die Ausschweifungen im Nachtclub und verguckt sich dort in die schüchterne Angestellte Maria.«

Eine junge Frau in einem biederen schwarzen Kleid mit Spitzenkragen ruft: »Hello, hello, that's me, darling!«

»Aber Freder findet Maria bei aller Liebe zu artig. Er beschließt also, ihren Geist auf den bis dahin unbelebten erotischen Roboter zu übertragen, um sich die perfekte Gespielin zu basteln, Heilige tagsüber, Hure nachts, der übliche Chauvie-Quatsch, aber Freder kommt halt aus dem letzten Jahrhundert. Als die Übertragung fertig ist, zeigt sich schnell, dass die Elektro-Maria nicht so gefügig ist, wie er gedacht hatte, sondern die Kontrolle übernimmt. Der Roboter dominiert Freder und macht mit ihm, was sie will. Hier kommt dann unsere Fick-Maschine zum Einsatz. Wir machen das als Improvisation, bis jemand oder etwas einen Kurzschluss hat und die Lichter im Club ausgehen.«

»Der Teil mit dem Dominieren gefällt mir«, lacht der Kunsthistoriker, und die Darstellerin der Maria schwingt eine unsichtbare Peitsche durch die Luft.

»Alles auf Position, wir führen eine kurze Lichtprobe durch. Mit euch Statisten hab ich ja eben schon alles abgesprochen, ihr macht das ekstatische Partyvolk, tanzt, trinkt, lacht, vögelt euch über die Tische, was immer ihr wollt. Dazwischen gibt es Strip- und Tanz-Acts unserer wunderbaren Showgirls. Und weil wir keinen Ton haben, kann ich Anweisungen auch reinrufen, dann dürft ihr nur nicht zu mir sehen, sondern spielt einfach weiter. Nicht in die Kamera gucken, das ist das Wichtigste! – Ach, und noch eins: Schwarz-Weiß-Stummfilm hin oder her, bei uns läuft alles safe, also benutzt die Kondome, die überall rumliegen. Hat das jeder verstanden?«

Die Statisten rufen: »Jawoll!«

Pornopolis, Klappe die erste. Ich stehe mit schwitzigen Händen am Rand.

Timo schaltet Musik an, Elektroswing, damit alle in Stimmung kommen. »Charleston Butterfly« von Parov Stelar dröhnt durch die Halle, ich liebe dieses Lied und wippe mit.

Die beiden Mädels mit den großen Federfächern beginnen ihre Nummer in der Mitte der Tanzfläche. Sie wiegen sich vor und zurück, kreisen mit den Hüften und schlängeln sich. Ich hätte es nicht gedacht, aber dadurch, dass man sie nie ganz nackt sieht und sie sich immer wieder gegenseitig mit den Fächern verdecken, ist ihr Tanz viel aufregender. Mal sieht man nur die Beine, mal eine Brust, mal den Po, man weiß nie, was als Nächstes hervorguckt. Die tätowierten Frauen gehen mit Bauchläden und Tabletts voller Getränke herum. An manchen Tischen bleiben sie stehen und lassen sich die Strapse lösen und Salz vom Oberschenkel lecken. Zwei Männer tanzen miteinander, eine Mischung aus Tango und Schieber, ein Hüne trägt ein nacktes Mädchen auf seinen Händen übers Parkett, die Beine hat sie um seinen kolossartigen Oberkörper geschlungen. Mir wird erst klar, dass es zwei Artisten sind, als sie, ohne die Füße auf dem Boden abzusetzen, an seiner Brust entlangläuft, ihm die Beine um den Hals legt und kopfüber vor ihm hängt. Ein weiterer Ruck, und er balanciert ihren zierlichen Körper auf einer Hand. Ich kann gar nicht so schnell hinsehen, wie sie die Positionen wechseln. Einige der Sitzenden klatschen. Auf einem Tisch geht die Sache schon weiter, da liegt ein nackter Mann in der Mitte, und die Umstehenden befingern und lecken ihn, er ist bedeckt von Händen und Mündern.

Jetzt kommt Freder ins Bild. Ohne zu schwanken, stolziert er auf den High Heels übers Parkett, küsst eine Tätowierte, klatscht den Federtänzerinnen auf den herausgereckten Po und reibt sich am Hünen. Er genießt die Aufmerksamkeit und lässt es gern zu, dass die kleine Frau, die auf dem Hünen herumturnt und sich jetzt um seine Schultern gewickelt hat wie eine Stola, ihm über die Wange leckt.

Da erscheint Maria mit einer Wasserkaraffe. Sie fällt sofort auf, weil sie die Einzige ist, die sittsam gekleidet durch den Raum geht und immer zu Boden schaut.

Freder macht sich an sie heran, stellt ihre Karaffe auf einen Tisch und wirbelt sie über die Tanzfläche. Er fasst sie um die Taille, seine Hand gleitet tiefer, bis sie auf ihren Hintern rutscht, aber Maria windet sich immer wieder aus seinem Arm und zieht die Hand weg, als er versucht, sie sich zwischen seine Beine zu schieben. Er sieht in die Kamera, legt die Stirn in Falten und reißt dann die Augen auf, als er den entscheidenden Einfall hat: Er wird den Roboter hereinbringen. Schade, ich hätte dem bunten Treiben gern noch länger zugesehen, vor allem eine Gruppe weiter hinten macht mich scharf, da küssen sich zwei der Mädchen mit den Sternen um die Brustwarzen, und die eine drängt die andere gerade gegen eine Tischkante und wird sich sicher gleich vor sie hinknien. Ich liebe das sehr, zuzusehen, wie Frauen geleckt werden. Vielleicht hätte ich mir doch besser auch ein Kostüm besorgt und mich dazugeschlichen, aber jetzt wird es bei den Tischen dunkler, und Gemma richtet einen Spot auf die Mitte, wo Freder den Roboter dem Publikum präsentiert. Alle kommen näher heran, um nichts zu verpassen.

Gemmas Stimme dringt durch die Musik: »Action, bitte nicht steif am Rand rumstehen, knutscht, befummelt euch selbst oder jemanden, der neben euch steht. Ich möchte Finger und Zungen in allen Körperöffnungen sehen.«

Die Statisten halten sich an die Anweisungen, niemand dreht den Kopf zu Gemma, aber lachen müssen einige schon.

»Genau so. Jeder, der einen Schwanz zu fassen kriegt, tut das jetzt bitte auch, und Mädels, lasst euch die Fötzchen verwöhnen. Nur ein bespieltes Fötzchen ist ein glückliches Fötzchen. Oben knutschen, unten wichsen. Das gibt ein wunderbares Ekstase-Panorama. Wer kommt, darf gern schreien. Und bitte!«

Pornopolis, Klappe die zweite.

Während die Umstehenden sich aneinander reiben, sich lecken und sich Finger hineinstecken, reißt Freder Maria das

Kleid vom Leib und schiebt ihre altmodische Unterwäsche herunter, bis sie nur noch in ihren wollenen Overknee-Strümpfen dasteht. Sie verbirgt ihr Gesicht schüchtern hinter dem angewinkelten Arm, während seine Hände gierig über ihren nackten Körper fahren, ihre Brüste betasten und zwischen ihre Beine langen. Maria stellt ihre Füße etwas weiter auseinander, Freder greift sich den metallenen Umschnalldildo vom Arm des Roboters und reibt ihre Möse damit. Timo fährt mit der Kamera näher heran, sodass ich auf dem kleinen Bildschirm sehe, wie der Dildo zwischen ihren Oberschenkeln verschwindet. Dann setzt Freder Maria neben den Roboter und wartet einen Moment. Timos Kamera schwenkt hin und her zwischen Mensch und Maschine, Gemma wird das hinterher im Schneideraum übereinanderblenden. Gemma ruft »Cut!«, und die Darstellerin schlüpft in das Roboterkostüm, was einige Minuten dauert. Statisten, die gerade nicht mit den Körperöffnungen ihrer Kollegen zugange sind, rollen die Fick-Maschine in die Mitte des Nachtclubs auf die Tanzfläche. Ein junger Mann in Frauenkleidung nähert sich währenddessen dem Kunsthistoriker, fasst ihm an die Hoden und fragt, ob er ihn inzwischen schon mal ein bisschen in Stimmung bringen darf. Er darf. Während der Kunsthistoriker seinen Penis aus dem Futteral befreit, sinkt der junge Mann auf die Knie und streicht mit seinen Fingernägeln an den nylonbestrumpften Beinen des Kunsthistorikers auf und ab. Das gefällt ihm offensichtlich sehr, denn als der Penis entkleidet ist, steht er schon stramm, und der junge Mann beginnt, die Eichel zu lecken, seine Hände widmen sich weiter den Beinen. Timo filmt die ganze Zeit mit. Gemma wird das alles später montieren.

Die Darstellerin ist nun fertig angezogen. Sie steckt nackt im Kostüm, und wenn sie die Beine öffnet, schimmert ihre Möse feucht und rötlich in der Öffnung des metallenen Stoffs. Marias Geist und der Roboterkörper sind verschmolzen, und Freder glaubt, sich auf eine perfekte Gespielin freuen zu können.

Pornopolis, Klappe die dritte.

Freder stellt seine neue Maschinenbraut auf die Füße und dreht einen überdimensionierten Zündschlüssel an ihrer Hüfte, bis sie zum Leben erwacht. Sie braucht ein paar Momente, um sich hochzufahren, öffnet zuerst nur Augen und Mund, und die Zeit nutzt Freder, um sich mit ihren Funktionen vertraut zu machen. Er legt sie auf die Fickmaschine, die eine Bank hat, Marias Beine gehen steif und mechanisch nach oben. Er spreizt sie weiter, ihre glitzernde Möse liegt völlig offen vor ihm. Freder nimmt sich den Dildo und streicht damit über ihre Klitoris. Er winkt den jungen Mann wieder zu sich, damit der ihm weiter den Schwanz lutscht, während er Maria die Spitze des Dildos in die Möse schiebt.

Gerade als er tiefer eindringen will, erhebt sich die aktivierte Robomaria, stellt sich auf die Füße, greift sich einen großen bemalten Karton, der auf dem pixeligen Film aussehen wird wie eine schwere Truhe, und stemmt sie einige Male über dem Kopf. Freder taumelt zurück, denn er hat nun verstanden, dass Maria unglaublich stark ist und er tun muss, was sie will. Gegenwehr wäre zwecklos. Er gibt sich für die Kamera Mühe, entsetzt auszusehen, aber er muss dabei so lächeln, dass er den Kopf von der Kamera wegdreht. Maria reißt ihm den Rest des winzigen Slips vom Körper und zwingt ihn auf die Bank der Maschine, sodass er auf dem Bauch liegt.

Sein Penis verschwindet in einer Öffnung in der Bank, darunter befindet sich eine Art Blasebalg, der mit Gleitgel gefüllt ist, auf Knopfdruck sich zusammenziehen und dann auf und ab bewegen wird – eine mechanische Muschi. Robomaria schließt seine Handgelenke in einer Metallvorrichtung ein, sodass sich Freder nicht mehr bewegen kann. Sie winkt eckig ein Statistenpaar heran, die sich so nah vor ihn stellen, dass Freder abwechselnd die Möse der Frau und den Schwanz des Mannes lecken kann. Mit einem lauten Klatschen schlägt die Maria-Maschine ihm auf den nackten Hintern. Gehorsam reckt er den Unterleib hoch. Sie winkt wieder einen Statisten heran, dem sie den Umschnalldildo in die Hand gibt. Den lässt er auf Freders Arschbacken hinabsausen. Er stöhnt jedes Mal, wenn das Metall ihn trifft. Maria greift sich den Gummischwanz, der an der Stange befestigt ist, tropft Gleitgel aus einer Tube, die in ihrem Kostüm versteckt war, darauf und setzt ihn an Freders Rosette.

Langsam lässt sie den Schwanz in seinen Arsch eindringen. Als er fast ganz dort verschwunden ist, wartet sie einen Moment, zwinkert übertrieben mit aufgerissenen Augen und animiert die Umstehenden, die sich nun näher herandrängen. Die Männer lassen sich die Schwänze wichsen, damit sie auf Freder abspritzen können, und fingern den Frauen die Mösen. Ich weiß gar nicht mehr, wo ich hinsehen soll, und schiebe gedankenverloren meine Hand ins Höschen. Ich bin klitschnass und weiß, ich muss jetzt gar nicht viel reiben, der Druck der Finger auf meiner Klit reicht, damit ich gleich komme. Aber ich zögere es hinaus, ich will noch genau sehen, was passiert. Robomaria betätigt das Pedal der Maschine, und der Stab beginnt sich zu bewegen, stößt in und aus Freders Arsch. Er ist bewegungsunfähig in diesen Apparat eingespannt, der ihn fickt und melkt gleichzeitig, sein Gesichtsausdruck ist völlig weggetreten, und Schweiß überzieht seinen ganzen Körper, dass er glänzt.

Ein Gürtel saust auf Freders Arsch herab, während er gefickt wird. Frauen spreizen ihre Schamlippen genau vor ihm und drücken ihre Mösen auf sein Gesicht. Der erste Statist kommt und spritzt auf seinen Rücken. Ein anderer bearbeitet seine Beine in den Nylonstrümpfen und zerreißt den dünnen Stoff schließlich mit seinen Fingernägeln, als er Freder kratzt. Die Umstehenden stoßen ihre Schwänze in Mösen oder Ärsche, in wen auch immer sie gerade vor sich haben, eine Frau, die sich von einem Paar die Möse reiben lässt, schreit schrill, selbst im Stummfilm wird es nachher wie laut wirken. Weitere Spermaströme ergießen sich auf Freder. Die Maschine pumpt den Metallstab in seinem Arsch raus und rein. Robomaria hat nun doch den Dildo für sich selbst entdeckt, sitzt neben Freder auf dem Boden und verwöhnt sich damit. Mit der anderen Hand drückt sie noch einmal auf den Schalter, und der Schwengel in Freders Arsch fickt ihn härter.

»Konzentriert euch jetzt auf die Fötzchen«, ruft Gemma in das Chaos aus nackten Körpern. »Leckt und fingert, bis alle Damen gekommen sind. Und dann spritzt ihr fertig auf Freder, und die Lichter gehen aus.«

Die Herren wenden sich wie befohlen den Frauen zu. Ein älterer Mann assistiert Robomaria mit dem Dildo. Ringsum werden Mösen geleckt und Kitzler betrillert. Mir kommt es fast allein vom Zusehen, und ich ziehe meine klebrige Hand aus dem Slip. Überall juchzt und stöhnt es, dann drehen sich die Männer wieder Freder zu und besamen ihn von allen Seiten.

Timo fährt näher an Freders Gesicht heran, das nur noch eine Maske ist. Er lutscht einen Schwanz, seine Augen sind geschlossen. Dann erstarrt er, der Mann vor ihm spritzt ihm als Letzter ins Gesicht. Freder schreit markerschütternd. Gemma steht mit erhobenem Arm da, und als sie ihn fallen lässt, geht auf einen Schlag das Licht in der ganzen Halle aus, es ist zappenduster.

Pornopolis Ende.

Ich höre, wie sich die Statisten entfernen. Auch das ist typisch für Gemma, sie hat sie vorher instruiert, dass die Öffentlichkeit mit dem Orgasmus des Kunsthistorikers vorbei ist. Jetzt ist Privatsphäre angesagt. Sie schaltet eine kleine Taschenlampe an, wir gehen zusammen zu ihm, Gemma schaltet die Maschine aus, wir ziehen den Dildo aus seinem Arsch, lösen die Kunstmuschi von seinem Schwanz und öffnen die Handschellen. Ich habe einen großen Bademantel dabei, in den ich ihn einwickle. Er liegt schlaff und fast bewusstlos in meinem Arm und atmet rasselnd. Leicht wiege ich ihn hin und her und streiche die verklebten Haare aus der Stirn, während Gemma die High Heels von seinen Füßen zieht. Es ist ganz still. In der Garderobe und hinter den Kulissen ziehen sich fast dreißig Menschen um und verlassen die Halle. Seine Atmung wird langsamer, manchmal hustet er. Ich streiche immer wieder über seine Seite und halte ihn, bis das Zittern abebbt. Irgendwann hebt er den Kopf, noch benommen. Gemma hat einige kleinere Lampen eingeschaltet.

»Wollen Sie aufstehen und duschen gehen?«, flüstere ich, und er nickt, bleibt aber in meinem Arm liegen. Ich warte, wir haben alle Zeit der Welt. Die Stille nach der Lust ist so kostbar, man ist selten so sehr bei sich und so wunschlos, das soll er genießen.

Irgendwann rappelt er sich auf, ich helfe ihm, bis er sicher steht, und stütze ihn auf dem Weg zur Dusche. Als er die Tür hinter sich schließt, fangen wir an, die Kulissen zusammenzuräumen, und packen die Technik ein. Der Kunsthistoriker verabschiedet sich nicht, das war abgesprochen. Was soll man auch sagen nach so einem Erlebnis. Aus dem Augenwinkel sehe ich, wie er wieder völlig korrekt gekleidet und etwas steif die Halle verlässt.

Wir sind alle erschöpft, als wir endlich im Van sitzen und nach Hause fahren. Timo murmelt: »Glücklicherweise haben wir nicht den ›Golem‹ verfilmt, da hätten wir im Schlamm baden müssen.«

Während der Fahrt hat keiner von uns Lust zu reden. Aber als wir fast zu Hause sind, nutze ich doch noch die Gelegenheit, die beiden nach dem komischen Gast von Timos Party zu fragen, der mich mit seiner Hellseherei verschreckt hat. Sie wissen aber nicht viel über ihn. Timo kennt ihn vom Sport, und Gemma erinnert sich nur, dass er eine gute Lasagne macht und sie im Sommer mal auf sein kleines Boot eingeladen hatte.

»Der betreibt so krude Esoterikwebseiten«, erzählt sie und steuert den Wagen in unsere Straße.

»Engel-Heilung, Gummibärchenorakel, Runen werfen, Tier-Reiki, so 'n Zeug. Nimmst du den wirklich ernst?«

Ich überlege.

»Na ja, es hat halt gepasst.«

Der Van piept schrill, als Gemma schwungvoll einparkt.

»Dieses ›Sie werden Entscheidungen treffen und die Konsequenzen tragen‹ passt immer.«

Das ist es aber gar nicht, was mich an ihm beunruhigt.

»Ich glaube nicht, dass er hellsehen kann, ich überlege nur, ob er vielleicht meine Situation kennt. Ob er Gunnar kennt und mehr von mir weiß, als ich gut finde.«

Gemma hat den Motor ausgeschaltet, bleibt aber noch einen Moment sitzen.

»Halte ich für ausgeschlossen. Er kommt nicht aus Berlin. Ich wüsste nicht, woher er Gunnar kennen sollte.«

Egal, ob er über meinen Familienstress Bescheid weiß, ob er wirklich hellsehen kann oder ob er es nur dahingesagt hat, um mir Angst zu machen: Ich finde alle drei Varianten beunruhigend.

Eigentlich wollte ich mich direkt an den Laptop setzen und mir die Esoterik-Seiten ansehen, von denen Gemma erzählt hat, aber als ich ins Zentrum komme, wartet die Polizei auf mich und bittet mich, Timo zu holen. Rix und Gunnar sitzen schon in der Küche und warten. Der Polizist will uns alle noch einmal genau nachstellen lassen, wo wir waren und was wir gesehen haben. Gunnar ist zuerst dran, die Polizistin schließt die Küchentür, sodass wir nicht hören, was er ihnen sagt. Dass er nicht zurückkommt, irritiert mich zwar, aber ich kann hier ja nicht weg, und außerdem hoffe ich, dass er einfach gegangen ist, ohne einen weiteren Akt in seinem Stück »Wut tut gut« aufzuführen. Wir warten in der Küche. Mona bringt mich auf den neuesten Stand, dass die Nackt-Tangotänzer oben wieder den großen Saal gebucht haben, dass es eine Anfrage gibt von einer Arbeitsgruppe, die sich für Prostitution auf Krankenschein für Behinderte einsetzt und hier eine Petition ausarbeiten will. Dass zwei der Duschen im ersten Stock nicht funktionieren und dass es im nächsten Monat noch Lücken bei der Belegung gibt und wir vielleicht aktiv Gruppen ansprechen müssen, die schon mal bei uns waren.

Wir sprechen auch über den mysteriösen großen dünnen Fremden, den Rix gesehen hat, gehen anhand der Teilnehmer- und Buchungslisten alle Namen durch und versuchen uns zu erinnern, wie die Männer ausgesehen haben. Natürlich sind auch große dünne Männer dabei, aber entweder waren sie schon Ewigkeiten nicht mehr im Zentrum, oder sie haben mit Elysia gar nichts zu tun. Es ergibt einfach keinen Sinn.

Ich bin als Letzte dran und erlebe unter den Augen der Polizei den Albtraum noch einmal, stehe am Herd, höre wieder Rix hysterisch schreien, stürze auf den Flur und stehe vor der geöffneten Tür zu Elysias Zimmer, wo ich heute noch Gänsehaut bekomme, wenn ich den Balken ansehe.

Als ich endlich entlassen bin, finde ich eine Nachricht von dem Kunsthistoriker auf dem Handy. Er ist davon überzeugt, dass die Skizze wirklich von Dix stammt. Zur Sicherheit hat er einen Mitarbeiter des Museums in Stuttgart, wo das berühmte Gemälde zu der Skizze hängt, kontaktiert. Die Betreffzeile seiner Mail lautet: »Sensation!« Einen Moment lang bin ich sehr aufgeregt und möchte es sofort Mona und Matze erzählen und eine Flasche Prosecco öffnen. Vielleicht liegt auch noch Käsekuchen im Tiefkühler.

Aber Gunnars keifende Stimme holt mich schnell aus meiner Euphorie zurück. Er ist nach seiner Befragung also nicht einfach gegangen, sondern muss mich vorher noch quälen. Vielleicht ist das eine Art von Tourette, er kann einfach nicht anders, als immer zu schreien, wenn er mich sieht.

Die beiden Polizisten, die schon halb aus der Tür waren, drehen sich noch einmal um, auch sie wirken genervt.

»Sie hat den Safe leer geräumt!«

Zeternd stolpert Gunnar die Treppen runter.

»Ich wusste, dass hier etwas versteckt war, und sie hat es sich geschnappt!«

Siedend heiß fällt mir ein, dass ich heute Morgen vor lauter Aufregung über den Termin mit dem Kunsthistoriker vielleicht vergessen habe, meine Mansarde abzuschließen.

»Du warst in meiner Wohnung?«, brülle ich zurück. »Bist du irre?«

Ich versuche jetzt mal die gleiche Taktik wie Gunnar, gehe offensiv nach vorn und schreie ihm alles entgegen, was mir einfällt, Einbruch und Privatsphäre, Anzeige, einstweilige Verfügung, geisteskrank, gemeingefährlich, Anwalt und dass die beiden Polizisten ihn bitte direkt verhaften sollen.

Das tun sie zwar nicht, aber immerhin führen sie ihn nach draußen.

Der ältere Polizist beruhigt mich, ich solle mir überlegen, ob ich auf dem Revier vorbeikommen und Anzeige erstatten will. Ich nicke und bin froh, dass jetzt alle weg sind. Hoffentlich hat kein Teilnehmer der Transgender-Tagung im Erdgeschoss irgendwas mitgekriegt, von Gunnar nicht, der Polizei nicht und meinem Gebrüll hoffentlich auch nicht. Das ist mir jetzt schon peinlich, dass ich so ausfallend geworden bin. Schaum vorm Mund ist nicht souverän. Aber ich wollte unbedingt vermeiden, dass mich jemand nach dem Safe fragt, obwohl es ja meine Sache ist, was ich in meinem Haus aus meinen Wänden hole.

Ich winke Mona und Matze, die in die Halle gekommen sind, ins Büro, um ihnen von der Sensations-Mail zu erzählen.

Die Esoterik-Seiten von Gemmas und Timos Freund flirren vor bunten, zappelnden Bildern. Endlich ist es wunderbar still im Haus, draußen geht die Sonne unter, und ich habe Zeit, mich mit meiner Zukunft zu beschäftigen. Und mit dem, der sie angeblich sehen kann.

Diese Homepage ist ein grafisches Armageddon: Da schreiten Pharaonen über den Bildschirm, Glücksklee segelt herab, Engel flattern herum, Handlinien überziehen die Seite, ein

Sternenhimmel leuchtet, und Runen werden aus einem Becher gewürfelt. Fehlt nur noch ein Einhorn, das Regenbögen pupst. Ich sehe mir diesen Unsinn manchmal im Spätprogramm an, wenn ich nicht schlafen kann. Verlebte Bardamen mit Bademeister-Charme sprechen da, von röchelndem Raucherhusten unterbrochen, in einem Sing-Sang, als würden sie eine neue Runde am Autoscooter ansagen, ins Mikro: »Ruf an, erfahr deine Zukunft, ich leg dir die Tarotkarten, ich werfe dir das Hundefutter-Orakel. Sag mir deinen Geburtstag und die Blutgruppe deiner Oma, und ich weihe dir einen Kristall mit Geistwesenpipi, und wenn du den über den nächsten Lottoschein reibst, gewinnst du was, muss nicht unbedingt Geld sein. Ruf an, ich schick meinen Astralleib zu dir und heile deinen Ischias. Ich entzünde eine Seelenkerze für dich, die hab ich in Lourdes eigenhändig mit den Füßen in Form getreten. Du brauchst nichts zu sagen, wenn du anrufst, ich spüre dein Problem. Willst du wissen, welches Haustier du im früheren Leben warst, dann ruf mich an, und ich puste für dich über dieses Bild von der heiligen Malgorzata, und wenn du dir gleichzeitig einen angekokelten Korken zwischen die Augen drückst, dann öffnet sich dein Lebens-Chakra, und dein drittes Auge leuchtet. Nur drei Euro achtzig in der Minute, und deine restless legs hören auf zu zappeln, ich sing dir einen Oberton, den mir Gandhi in einer Séance beigebracht hat, damit du deinen Frieden findest. Ruf an, sag mir den Namen deines Geliebten, und ich lese dir aus den Krümeln meiner Kekspackung euer Schicksal, und wenn du dich zu einer Privatberatung durchstellen lässt (da können Extrakosten anfallen), knete ich dir einen Liebeszauber mit Kerzenwachs, das Casanova persönlich angehustet hat. Und überhaupt Potenzstörungen. Drück dein Handy gegen deinen Penis und bleib einfach in der Leitung, ich schicke dir Libido-Strahlung, du kannst das direkt spüren, nach zwanzig Minuten fühlen die meisten ein heißes Kribbeln.«

Ach, ich liebe so was.

Aber ich hätte nie gedacht, dass ich da selbst mal anrufen würde. Und schon gar nicht, dass ich nervös sein würde.

Er meldet sich direkt, kaum dass es das erste Mal zu Ende getutet hat.

»Hans Nussen, dein Blick in die Zukunft, was kann ich für dich tun?«

Der alte Witz, dass er ja kein guter Hellseher sein kann, wenn er nicht mal das weiß, geht mir durch den Kopf. »Hier ist Georgie Feuchtwang. Wir haben uns auf Timos Geburtstagsparty bei mir im Zentrum kennengelernt.«

Schweigen. Wär jetzt nicht ein Hallo angebracht? Oder eine Ansage, was dieser Anruf kostet?

»Ich war die Braut mit dem langen Schleier.«

Schweigen. Ist das eine Masche?

»Du hast mir was über meine Zukunft gesagt.«

»Ich weiß, wer du bist.«

Er kann also doch reden, das ist ja schon von Vorteil, wenn man miteinander telefoniert.

»Warum hast du gesagt, ich würde das Haus verlieren?«

»Ich habe auch gesagt, dass du eine Heimat gewinnen wirst.«

Langsam werde ich ärgerlich.

»Aber mich interessiert das Haus.«

Er lacht hüstelnd. Ich höre, wie er sich eine Zigarette anzündet und daran zieht.

»Komm, Georgie, das war doch nur Quatsch. Du hast ja offensichtlich meine Seiten gesehen. Das ist eine Spaß-Dienstleistung für sozial Gestörte und Schlaflose. Ich mache Werbung dafür auf solchen Partys. Das war nur so dahingesagt. Du kannst nicht im Ernst glauben, dass ich deine Zukunft kenne.«

Jetzt schweige ich. Das klingt vollkommen vernünftig, aber ich finde die ganze Sache trotzdem komisch.

»Georgie, ich muss arbeiten, da sind Leute in der Leitung, die wirklich Geld ausgeben wollen, damit ich ihrem Zuchtdackel ein Paarungs-Horoskop lege, also leg auf, Süße, und lass mich meinen Job machen.«

»Na dann.« Ich habe schon fast auf das rote Feld zum Ausschalten getippt, da sagt er doch noch was.

»Man muss die Leichen beseitigen, die man im Keller hat, Georgie. Wenn man das gemacht hat, kann man in die Zukunft gehen. Manchmal ist es ganz einfach. Dafür braucht man keinen Hellseher.«

Ich sitze noch sprachlos da, das warme Handy in der Hand, während die Sonne draußen untergeht und es rund um mich finster wird.

IMKE, 1925:

»Warte, warte nur ein Weilchen« II

14

»Ohne dir kann ick dit nich.«

Mehr musste Anita nicht sagen, und schon packte Imke die Koffer und brachte Konstanze zur Nachbarin. Sie hatten sich seit dem weißen Fest in der Akademie nicht mehr gesehen. Imke war zwar einige Male zu Anitas Auftritten gegangen und hatte beunruhigt festgestellt, dass Anita noch dünner geworden war und sich beim Tanzen völlig verausgabte, bis sie zitternd und wie von Sinnen auf der Bühne einknickte. Aber wenn das Publikum dann geschlossen aufstand und klatschte und Anita mit unbewegtem Gesicht den Jubel entgegennahm, ging sie nicht wie früher in die Garderobe, sondern verließ das Theater. Imke kam ohnehin nicht an sie heran. Allein hinterm Tresen im Hotel d'Amour grübelte sie, ob es etwas zwischen ihnen geändert hätte, falls sie Henris Geld abgelehnt oder zurückgegeben hätte, aber sie wusste selbst, dass Anita sich durch nichts umstimmen ließ, nachdem sie einmal einen Entschluss gefasst hatte.

Umso überraschter war sie, als Anita dann plötzlich vor ihr an der Bar stand. Ohne Bühnenbeleuchtung sah sie ausgemergelt und krank aus. Ihre Nasenflügel waren rot vor Entzündungen, und selbst die dicke Schicht Schminke konnte nicht verdecken, dass sie in den letzten Monaten um Jahre gealtert war. Ihre Wangen wirkten schlaff und eingefallen, ihre

Augen glänzten fiebrig, und ihre Bewegungen waren so fahrig, dass Imke sich wunderte, wie sie bei ihren Auftritten immer noch so eine Körperbeherrschung zeigen konnte. Wahrscheinlich gab man ihr kurz vorher einen Cocktail aus Pillen, oder sie spritzte sich irgendwas, Imke wollte es gar nicht genau wissen.

»Er will mir malen«, erklärte Anita, »als wär ick 'n beschissenet Denkmal!«

Imke sagte der Name des Malers nichts. Von Otto Dix hatte sie nie gehört, aber sie interessierte sich auch nicht wirklich für Kunst.

Für Anita interessierte sie sich allerdings, und zwar sehr. Und wenn die fand, dass es eine große Ehre sei und sie ihm unbedingt Modell stehen müsse, dann glaubte Imke ihr das. Und dann bat Anita Imke sogar, sie zu begleiten. Sie ordnete es nicht an, sie bat darum. Sie nahm Imkes weiche, weiße Hand in ihre knochigen Klauen, die sich heiß und schwitzig und gleichzeitig eiskalt an den Fingerspitzen anfühlten, und bat darum, weil sie es sonst nicht schaffen würde. Die Reise. Das stundenlange Stehen im Atelier. Sie brauche sie, hatte Anita eindringlich gesagt, es müsse jemand auf sie aufpassen, sonst käme sie mit den Füßen voran zurück nach Berlin.

Und Imke hatte zugestimmt. Noch während sie überlegte, was sie Anita alles an den Kopf werfen wollte, wie sehr sie ihre Trennung verletzt hatte und was für eine unmögliche Aktion die Ehe mit Henri gewesen sei, hörte sie sich sagen, dass sie Anita natürlich zu diesem Künstler nach Wiesbaden begleiten würde. Wo Henri war oder warum er nicht mitkam, fragte sie nicht. Sie nahm an, dass Anita inzwischen auch gemerkt hatte, was er trieb, und sich das nicht länger bieten ließ. Vielleicht war es nur ein Bühnenarrangement zwischen ihnen gewesen oder etwas, um Aufsehen zu erregen, etwas, worüber die Zeitungen schreiben und das Publikum sprechen konnte. Jetzt jedenfalls gab es Henri nicht mehr, und sie, Imke, würde mit Anita verreisen. Und wie sie auf sie aufpassen würde.

Das erwies sich als unerwartet anstrengend.

In Wiesbaden zeichnete Otto Dix zunächst einige Skizzen, »um ihren Körper perfekt in Szene setzen zu können«, wie er sagte, Imke wusste nicht genau, was das bedeuten sollte. Anita zog sich kurzerhand ohne jede Scheu splitternackt aus und gab ihre Kleidung Dix' Ehefrau Martha, die ebenfalls im Atelier war.

»Da sehnse besser«, sagte sie bloß. Und Dix fand das anscheinend kein bisschen merkwürdig.

Imke traute sich nur verschämt, Anita anzuschauen. Sie hatte sie seit der Trennung noch nicht wieder ohne Kleidung gesehen und war erschüttert, wie schlaff ihre Brüste und ihr Bauch geworden waren. Wo sich vorher die Muskeln einer Tänzerin unter der Haut abgezeichnet hatten, stachen jetzt Knochen hervor und wellte sich weiches Fleisch. Über allem schwebte Anitas weiße Maske, streng und herrisch, mit Pupillen, die so groß waren, dass man die Iris kaum mehr sehen konnte.

Als Dix nachdenken wollte, ging Imke mit der Ehefrau und Anita durch Wiesbaden spazieren. Anita war aufgekratzt und überdreht und bot sich jedem Mann, der sie begaffte, für »een paar Minuten Plaisier« an. »Zweehundert Märker, dit is jeschenkt, meen Gutster!«

Dix' Ehefrau lachte und nahm es gar nicht ernst. Imke wusste nicht so recht, ob Anita es nicht doch gemacht hatte, wenn irgendjemand darauf eingegangen wäre. Sie war froh, als sie wieder im Atelier waren, und Anita, nachdem sie mehrere

Linien ihres Pulvers geschnupft hatte, schwankend in der grellen Beleuchtung stand, die Dix inzwischen aufgebaut hatte.

Er besah sich eine Weile ihren nackten Körper. Dann schüttelte er den Kopf, kramte in einem Wandschrank und holte ein feuerrotes Samtkleid heraus.

»Anziehen, bitte.«

Anita schlüpfte hinein, und Imke schloss ihr mit dem Korsetthaken, den sie in der Akademie aus Anitas Handtasche gestohlen hatte und seitdem bei sich trug wie einen Schatz, die vielen kleinen Knöpfe auf der Rückseite. Das Kleid war hochgeschlossen und bodenlang und etwas zu groß für Anitas jungenhafte Gestalt, aber alles zeichnete sich ab, ihre Brustwarzen, ihr Bauchnabel, die Hüftknochen, die kleinen Speckfalten an der Taille. Imke stellte erstaunt fest, dass Anita in dem Kleid nackter aussah als ohne. Und genau das schien Dix gewollt zu habe, denn er brummte zufrieden und steckte sich eine Pfeife an.

Er arrangierte Anitas Körper so, dass sie schließlich verdreht dastand, in einer schlangenhaften Pose, das Kleid um die Beine gerafft wie bei einer Statue.

Die Sitzung dauerte mehrere Stunden. Anita schwankte, manchmal flatterten ihre Augenlider, aber sie bat nie um eine Pause. Und wenn die Ehefrau eine Unterbrechung anordnete und Anita einen Korbstuhl hinschob, fiel sie einfach darauf und trank Cognac aus Wassergläsern, bis Dix weitermalen wollte.

Imke bemerkte, dass es ein sehr rotes Bild wurde. Nicht nur das Kleid, auch Anitas Mund, ihre Haare und die Nasenlöcher, selbst der Hintergrund war rot. Sie hatte nicht gewusst, dass es so viele verschiedene Rottöne gab. Anita sah aus, als stünde sie ungerührt mitten im Höllenfeuer, eine Königin des Hades, ein weiblicher Tod, und obwohl sie fast in der Pose einer Dirne am Straßenrand dastand, erinnerte sie mehr an Verwesung als an Verführung. Imke fand es scheußlich, musste aber zugeben, dass es Anita sehr gut traf.

Nachdem das Gemälde endlich fertig war, war Anita begeistert und sagte, sie brauche unbedingt bald eine Fotografie davon, um es einem amerikanischen Magazin zu schicken. Sie war ganz aus dem Häuschen. Die letzten Stunden hatte sie praktisch besinnungslos Modell gestanden, sie war sturzbetrunken und hatte zwischendrin außerdem Pillen geschluckt, aber als sie vor der Staffelei stand und immer wieder »Dit is 'n Denkmal« murmelte, da war sie hellwach, hakte sich bei Dix unter, schmeichelte ihm und streichelte seine Brust, sodass Imke verlegen die Ehefrau beobachtete, aber die wusch völlig gelassen die Pinsel des Malers aus.

Sie nahmen den Zug nach Berlin, und als sie allein im Abteil waren, schmiegte sich Anita an sie und küsste zärtlich ihre Wange.

Sie sprang direkt wieder auf und verließ das Abteil, und als sie zurückkehrte und die Vorhänge zum Gang zuzog, hatte sie sich zu Imkes Erstaunen die dicke Schicht Schminke vom Gesicht gewaschen. Sie sah ganz verändert aus. Jünger und verletzlicher. Sie glitt neben Imke und breitete ihren Pelzmantel über sie beide. Ihre Hand tastete sich zu Imkes Brust. Imke versteifte sich.

»Und wenn jemand kommt?«

Anita bedeckte ihren Hals mit hingehauchten Küssen.

»Ejal. Die Leutchen wär'n doch enttäuscht ohne so 'n kleenen Skandal.«

Sie knöpfte Imkes Bluse auf.

»Lass mir die Schwestern mal bejrüßen«, kicherte sie und presste ihr Gesicht zwischen Imkes Brüste. Die musste lachen.

Anita schälte sich in einer Geschwindigkeit aus ihrem Kleid und ihrer Wäsche, dass Imke sich fragte, wie sie das machte, der Pelzmantel über ihnen hatte sich kaum bewegt. Anita schob Imke das Kleid hoch und spreizte ihre Beine. Einen Fuß legte sie auf die kleine Ablage am Fenster. Sie kniete sich zwischen Imkes Schenkel auf den Boden und küsste ihren Venushügel.

»Plaisier dir ma selbst die Titties«, nuschelte sie, ihren Mund kaum von Imkes Scham lösend, »ick hab hier unten wohl jenuch zu tun.«

Imke begann, sich die Brüste zu streicheln und ihre Nippel zu zwirbeln, die groß und hart wie Glasmurmeln waren, wie sie es mochte.

Anitas Zunge schnellte vor zwischen Imkes Schamlippen und leckte ihre Möse vom Kitzler, bei dessen Berührung Imke scharf einatmete, bis tief hinein. Ihre Zunge war genauso schlangenartig muskulös und kontrolliert wie der Rest ihres Körpers. Imke musste daran denken, dass sie von früheren Partnerinnen schon leichter gefingert worden war, Anitas Zunge fuhrwerkte zielstrebig und fast hart in ihrer Ritze und fand wissend all die Stellen, die Imke am meisten Lust bereiteten. Während sie sie leckte, strichen ihre Hände fest über Imkes Oberschenkel, und jedes Mal, wenn Anitas spitze Fingernägel sie kratzten, zuckte Imke zusammen und wusste nicht, ob sie lachen oder aufjaulen sollte. Immer wieder sah sie unter ihren halb geschlossenen Lidern zur Abteiltür hin und stellte sich vor, der Schaffner stünde plötzlich dort und starrte sie mit großen Augen und zitterndem Schnurrbart an. Einmal dachte sie auch daran, wie es wäre, wenn die Damen aus dem Hotel d'Amour sich dort drängelten und ihnen beiden applaudieren würden, und diese Vorstellung ließ sie noch feuchter und kribbeliger werden.

Anitas Zunge hatte inzwischen eine ganz eigene Mösenchoreographie gefunden, sie leckte immer erst einige schnelle Kreise um Imkes Kitzler, fuhr dann tiefer, stieß zwei-, dreimal in ihr Mösenloch, schnellte wieder hoch und begann von Neuem mit den Kreisen. Als Imke immer tiefer atmete und die Muskeln ihrer Oberschenkel anspannte, wartete Anita, bis sie kurz vor dem Höhepunkt stand, und presste dann ihre jetzt ganz weiche Zunge gegen Imkes Kitzler, ohne sie weiter zu bewegen. Und dieser Druck, den Imke kaum spürte, reichte, in ihrem Bauch explodierte die Lust und durchflutete sie, und sie zog Anitas Gesicht näher an ihre Möse.

Anita wartete Imkes Wellen ab und verabschiedete sich schließlich mit einem spitzen Kuss auf die Klit. Als sie zu ihr aufsah, war ihr Gesicht nass vom Mösensaft, und Imke hing schlaff im Sitz, während die Bewegungen des Zugs die beiden durchrüttelten. Anita rutschte neben sie aufs Polster und schob ein Bein über Imkes Oberschenkel. Sie griff nach Imkes Hand und schob sie sich zwischen die Beine. Imke betastete die kleine haarlose Pflaume und freute sich über die Feuchtigkeit, die sie dort fühlte. Anita legte den Kopf auf Imkes Schulter und schloss die Augen. Sie lächelte, als Imkes Finger in ihre Ritze glitt und sich dort leicht wie ein Geigenbogen bewegte.

»Fiedelste mir de Fut«, kicherte sie, und Imke dachte, dass sich Anitas Stimme schon lange nicht mehr so jung angehört hatte.

In gleichmäßigen, schnellen Strichen rieb sie Anitas Möse, so wie sie es mochte, ohne Firlefanz, rauf und runter ohne großen Druck mit einem kleinen Absprung über dem Kitzler. Die Nässe quoll zwischen den Pflaumenlippen hervor und verteilte sich, bis die ganze Möse glitschig war.

»Du hast eine nasse heiße Fotze«, murmelte Imke in Anitas Ohr.

Anita lächelte.

»Du machstse nass und heiß, Blümken. Bist 'ne Fotzenheizerin. 'ne griffije Fotzseimerin.«

Dann stöhnte sie auf, und ihr Körper spannte sich von den Füßen bis zum Hals. Imke rutschte ein letztes Mal ganz tief in Anitas Möse und steckte ihr zwei Finger so tief hinein, wie es auf den Bankpolstern ging. Anita legte ihre Hand auf Imkes, damit die in ihr blieb, und so saßen sie lange da, während draußen die Landschaft vorbeiflog, Wiesen, Bäume, einzelne Häuser, bis sich Anita streckte und Imke mit einem Gefühl des Bedauerns die Finger aus ihr herauszog. Sie fragte sich, wann sie ihrer Freundin wieder einmal so nah sein würde. Anita sprang auf und zog sich fast so schnell an, wie sie sich entkleidet hatte. Auch Imke ordnete ihre Kleider und schlüpfte wieder in ihre Unterwäsche. Keinen Moment zu früh, denn jetzt lief draußen auf dem Gang eine Gruppe Männer vorbei, die zwar nicht hereinkamen, deren Stimmen und Lachen sie aber deutlich hörten.

Anita nahm eine Mappe aus ihrem Gepäck und öffnete sie. Eine der Skizzen von Dix lag darin.

Sie zeigte Anita splitternackt im Atelier, leicht schwankend, den Blick auf irgendetwas gerichtet, das außer ihr niemand sehen konnte. Hinter ihr hatte eigentlich eine halb geleerte Karaffe mit Cognac gestanden, und der war schuld daran, dass Anita auf einem Fuß balancierte und der ganze Körper jeden Moment zu kippen schien. Jetzt auf der Skizze sah man vom Alkohol nichts, und die leicht schiefe Haltung wirkte eher tänzerisch, als würde Anita gleich zu einer Pirouette ansetzen. Ihr Gesicht hatte Dix ziemlich überzeichnet. Imke sah von ihrer Geliebten zur Skizze und wieder zurück.

»So zermergelt siehst du gar nicht aus. Er hat dich total mager gemacht.«

Anita lachte ihr heiseres Lachen.

Sie nahm Imke das Blatt aus den Händen und drehte es um. Sie kritzelte auf die Rückseite »Meiner süßen Imke. Verzeih mir, dass ich so entsetzlich bin, verzeih mir alles! In Liebe, Anita«.

Während sie den Bleistift wieder zurückgleiten ließ und ein Pillenfläschchen hervorkramte, gab sie Imke die Zeichnung.

»Haste dir verdient, Mädel!«

In Berlin wollte Anita nur kurz ins Theater, um ihre Sachen abzuladen, und versprach, dann in Imkes Wohnung zu kommen und sich richtig auszuschlafen. Obwohl sie selbst todmüde war, räumte Imke hastig ihre Mansarde auf, stellte Teewasser auf und suchte nach etwas Essbarem. Als sie nichts fand, borgte sie sich von der Nachbarin ein halbes Brot und fragte, ob Konstanze noch länger bleiben könne. Sie deckte den Tisch und wartete. Anita kam nicht. Irgendwann war Imke so müde, dass sie vor Erschöpfung einschlief.

Am frühen Nachmittag machte sie sich auf ins Theater, vielleicht war es Anita genauso gegangen, und sie war berauscht von ihren Pillen oder noch mehr Alkohol auf ihren Kleidern zusammengebrochen. Vorsorglich nahm Imke das halbe Brot mit. Anita würde Hunger haben, wenn sie nach all den Strapazen aufwachte. Aber im Theater fertigte sie eine unfreundliche Garderobiere ab, Frau Berber und ihr Mann seien abgereist, mit großem Gepäck, sie wisse nicht, wohin. Imke sank auf einer Treppenstufe zusammen und konnte es nicht fassen. Anita hatte sie wieder verlassen. Schon wieder. Verzweifelt biss sie ins Brot, während die Garderobiere mit einem Feudel um sie herumwischte und dabei sang. Es dauerte eine Weile, bis Imke verstand, dass sie die Melodie kannte, aber nicht den Text, das war wohl eine der Neufassungen dieses Schlagers, von denen ihre Damen im Hotel d'Amour erzählt hatten. Nach der Hinrichtung des Massenmörders Haarmann und der wochenlangen Berichterstattung in den Zeitungen gab es jetzt Lieder auf ihn. Imke fand den Text gerade sehr passend und schluchzte leise, während sie das gesamte Brot aufaß.

»Warte, warte nur ein Weilchen, bald kommt Haarmann auch zu dir, mit dem kleinen Hackebeilchen macht er Schabefleisch aus dir. Aus den Augen macht er Sülze, aus dem Hintern macht er Speck, aus den Därmen macht er Würste, und den Rest, den schmeißt er weg.«

Genau.

GEORGIE, 2017:

Sonne, Mond und Sterne

15

»Schlachtplan!«

Ich sage es in dem motivierenden Tonfall von jemandem, der ein Schneeballsystem an neue Interessenten verkaufen will, und es klingt, als hätte ich einen solchen Plan, dabei wollte ich damit nur ausdrücken, dass ich gern einen hören würde. Etwas, das uns Gunnar ein für alle Mal vom Leib hält. Mir reicht es. Ich möchte nicht mehr als Kriegsgewinnlerin, Besatzungs-Hure oder sonstiges bezeichnet werden. Ich möchte hier in Frieden das Zentrum führen und mein Leben genießen.

»Vorschläge?«, schiebe ich hinterher, weil mich alle erwartungsvoll ansehen. Matze, Mona und Gemma sitzen mit mir in der Küche zu diesem Meeting, das ich hochoffiziell anberaumt habe. Leider kann ich ihnen nicht mehr anbieten als Kekse in Busenform, die vom erotischen Backkurs übrig geblieben sind, und meinen festen Entschluss, irgendetwas gegen Gunnar zu unternehmen.

»Seine Frau Mutter könnte ihn doch mal einnorden. Bei solchen Leuten bringt's das oft«, seufzt Gemma, reicht mir einen Zettel und beißt in einen Busenkeks, als sei damit alles vom Tisch. Ich lese: *Konstanze Feuchtwang*. Und eine Adresse in Prenzlauer Berg. Gemma hat sie aufgetrieben. Oder auftreiben lassen. Eine teure Gegend. Sie hat recht: Konstanze selbst hat mich nie kontaktiert oder Forderungen gestellt. Vielleicht weiß sie gar nicht, was ihr Sohn hier treibt. Ich muss das versuchen.

Aber dann vor der Gründerzeitvilla wird mir doch ein bisschen mulmig. Wenn Konstanze nur halb so verrückt ist wie Gunnar, habe ich keinen Spaziergang vor mir. Auf der anderen Seite fanden mich früher alte Damen immer niedlich, sie haben über meinen rotblonden Haarwust gestrichen, und einmal hat mich eine Frau in der S-Bahn ein Botticelli-Engelchen genannt. Ich gebe mir also Mühe, möglichst unschuldig und liebreizend auszusehen, als ich an der einschüchternden Tür klingle.

Eine etwa fünfzigjährige Frau mit grauem Kleid, grauem Haardutt und grauem Gesicht öffnet. Ihr Ausdruck ist unbewegt, wie aus Stein gemeißelt.

»Sie wünschen?«

Ach, ich wünsch mir 'ne Menge, hätte ich fast gesagt. Wo stehe ich denn hier? Vor Downton Abbey? Kommt gleich der Butler und schickt mich zum Dienstboteneingang?

»Guten Tag. Ich möchte zu Frau Konstanze Feuchtwang.«

Die Hausdame macht keine Anstalten, mich hineinzubitten oder auch nur zu antworten. Möge sie mich doch zur Herrin geleiten und dann feudeln gehen. Ich muss wohl erst genauer werden.

»Ich bin eine Verwandte. Georgie Feuchtwang. Es geht um meinen Onkel Gunnar.«

Das war nun gleich doppelt gelogen. Erstens ist Gunnar wohl eher nicht wirklich mein Onkel, jedenfalls nicht, dass ich wüsste, ich habe keinen Durchblick bei unserem Verwandtschaftsverhältnis. Gunnar ist für mich der verrückte alte Mann, der in mein Haus kommt und mich anschreit, ganz sicher kein Onkel.

Und außerdem geht es heute eigentlich nicht um ihn. Aber es wäre wohl auch kein guter Anfang, wenn ich zu der Zofe sagen würde: »Hallo, ich möchte Ihre greise Arbeitgeberin fragen, wieso in meinem Haus eine nach Veilchen duftende Leiche am Balken hing und was es mit der Zeichnung einer nackten Skandaltänzerin auf sich hat, die in meinem Schlafzimmer eingemauert war.«

Die Grauhäutige nickt huldvoll, aber gerade als ich eintreten will, schließt sie mir die Tür vor der Nase. Das läuft ja super. Der Türsteher vom Berghain ist gegen diesen Hausdrachen ein charmanter Waldorfschüler.

Ich warte und nehme mir vor, in genau fünf Minuten wieder zu klingeln. Und das machen wir so lange, bis ich vorgelassen werde.

Das schwere Holzportal öffnet sich. Die graue Wächterin tritt beiseite und winkt mich ins Innere.

»Frau Feuchtwang lässt bitten. Sie ist heute nicht gänzlich indolent, aber fassen Sie sich kurz.«

Ich habe keine Ahnung, was das bedeutet, aber kurz fassen habe ich verstanden, mal sehen, ob ich das hinkriege.

Die Hausdame zeigt nach oben.

»Beletage, große Flügeltür.«

Erst jetzt, als ich die geschwungene dunkle Treppe hochsteige und Staubteilchen im Licht flimmern sehe, das durch die Buntglasfenster in das düstere Treppenhaus dringt, wird mir klar, dass ich mir nicht wirklich überlegt habe, wie ich das Gespräch am besten anfange. Wenn ich im Zentrum Gruppen begrüße, Interessenten die Räume zeige oder mit irgendjemandem verhandle, muss ich vorher nie überlegen, weil ich genau weiß, wer wir sind, was wir wollen und woran wir glauben. Mit gruseliger Verwandtschaft habe ich wenig Erfahrung, und Diplomatie zählt nicht gerade zu meinen Stärken. Meistens sage ich einfach, was mir durch den Kopf geht, und wenn ich dabei Unsinn rede, finden das viele erst mal charmant, wir lachen zusammen, und alles ist gut. So wird das hier nicht funktionieren. Konstanze, auch das überlege ich jetzt zum ersten Mal, hat wahrscheinlich einen großen Anteil daran, dass Gunnar so verkorkst ist und in dieser kruden Gedankenwelt lebt. Vielleicht hätte ich Gemma mitnehmen sollen, aber eine kahl rasierte und tätowierte Frau würde Konstanze wohl direkt auf den Scheiterhaufen schicken. Wenn ich schon die große Hure bin, obwohl ich mich an jeden, mit dem ich gevögelt habe, namentlich erinnere – wer weiß, was sie sonst noch für merkwürdige Moralvorstellungen hat.

Die Flügeltür ist mit Schnitzereien überzogen. Ich bin fast froh, dass ich sie im Halbdunkel nicht genau sehen kann, es sind bestimmt Höllendarstellungen. Lasst, die ihr eintretet, alle Hoffnung fahren.

Ich hatte mit einem ebenso düsteren Nachtlager gerechnet, aber der Raum, den ich nach einem kurzen Klopfen betrete, ist hell ausgeleuchtet. Ich blinzle und versuche, möglichst viel zu sehen, ohne auffällig den Kopf herumzudrehen. Es ist ein getäfeltes Arbeitszimmer mit deckenhohen Bücherschränken, die zwei Wände komplett bedecken. Ein riesiger Schreibtisch mit geschnitzten Löwenfüßen steht in der Mitte des Raums. An so einem Möbelstück kann man die Weltherrschaft planen. In einer Ecke steht eine Sitzgruppe mit einer brokatbezogenen Recamière. Dicke Kristallgläser und eine Karaffe auf einem niedrigen Tischchen. Große golden gerahmte Landschaftsgemälde an den Wänden. Bestimmt tausend Watt leuchten alles aus. Vor dem geöffneten Fenster, so unwirklich, als wäre es ein anderer Raum, befindet sich ein glänzend weißes, hochmodernes Krankenhausbett mit hochgestelltem Kopfteil. Darin Konstanze Feuchtwang, die mir würdevoll und reserviert und ganz anders als erwartet hellwach entgegensieht. Um den kleinen Kopf trägt sie einen Turban aus einem bunten Seidentuch. Der Morgenrock ist zugeknöpft bis unter das Kinn. Aus einem Beutel an einem Gestell tropft eine Flüssigkeit durch einen dünnen Schlauch in ihre Vene. Ich habe sofort Respekt vor der Art, wie bestimmt sie wirkt. Und wie aufmerksam. Die über neunzig Jahre sieht man ihr auch an, sie ist eingetrocknet wie eine Rosine, aber ihre Augen sind klar. Zeit ihres Lebens hat sie die Ansagen gemacht und bestimmt, wo es langging, das wird sie sich von keinem Alter und keiner Krankheit streitig machen lassen. Auch von mir nicht, das weiß ich. Und ich beschließe, es nicht taktisch zu versuchen, sondern ihr einfach zu sagen, was Sache ist, warum ich hier bin und was ich von ihr will. Und dann soll sie entscheiden, wie sie damit umgeht.

»Guten Tag«, ich bin erstaunt, wie schüchtern meine Stimme klingt. Ich würde gern mehr sagen, aber ich weiß nicht, ob ich sie siezen oder duzen soll. Ist sie Tante Konstanze für mich oder Frau Feuchtwang? Auch das soll sie entscheiden.

»Ich bin Georgie Feuchtwang. Ich leite das Elysische Zentrum der Lust in Charlottenburg. Gunnar war mehrfach bei mir.«

»Stellen Sie sich hier ans Fenster.«

Wir sind also per Sie, na von mir aus. Nur weil sie stechend guckt, heißt das ja nicht, dass sie wirklich alle Tassen im Schrank hat, also erst mal nachfragen. »Wissen Sie, wer ich bin?«

»Ihre Haare sind ja unverkennbar.«

Ich wüsste nicht, dass außer Elysia und mir noch jemand so einen Strubbelkopf in der Familie hat, aber gut.

»Es gab bei uns im Zentrum einen Unglücksfall.«

Konstanze schnaubt, als würde sie bezweifeln, dass Elysias Tod ein Unglück ist. Das macht mich wütend, aber ich beherrsche mich. Ich bin nicht zum Streiten hier.

»Elysias Tod hat einige Fragen aufgeworfen. Und ich hoffe, dass Sie Licht ins Dunkel bringen können.«

»Es macht die dunklen Dinge nur noch hässlicher, wenn man sie anleuchtet.« Sie hustet. Und dann kichert sie plötzlich, ein bitteres, böses Lachen.

»Eins, zwei, drei und Veilchenduft, hängen Füße in der Luft. Was baumelt da am Balken oben, was hängt denn da am Strick da droben? Die Hexe, sie ist aufgeknüpft und ins Jenseits wohl gehüpft. Eins, zwei, drei und aus die Maus, eins, zwei, drei, und du bist raus.«

Mir läuft es kalt den Rücken hinunter. Immerhin sind wir jetzt beim Thema.

»Genau«, stimme ich ihr zu, als wäre dieser Abzählvers eine Frage gewesen.

»Was ist in meinem Haus passiert? Wer ist die Hexe, und wieso wurde sie aufgeknüpft? Wieso glaubt Gunnar, dass die Stephanusstraße sein Haus ist? Und außerdem habe ich eine Zeichnung gefunden mit einer Widmung von Anita an Imke. Vielleicht fällt Ihnen dazu etwas ein.«

Als ich den Namen Imke genannt habe, ist Konstanze noch bleicher geworden. Sie versteift sich und presst heftig einen Notrufknopf auf ihrer Bettdecke.

Das Komische ist, dass ich das dringende Gefühl habe, ihr Blick hätte mich einen Moment wie ein Geschoss aus einer Nagelpistole durchdrungen, als ich die Zeichnung erwähnt habe. Die interessiert sie, das spüre ich. Wieso spricht sie dann nicht mit mir? Was kann passiert sein, dass sie nach all den

Jahren noch so verbittert und gequält ist, dass ich mit der Erwähnung der Zeichnung und deren Widmung so eine Reaktion auslöse?

»Bitte!«, versuche ich es noch einmal, »Sie wissen das doch alles. Ich hätte gern Frieden in der Familie. Das Zentrum ist mein Leben. Wir finden bestimmt eine Lösung, die uns allen guttut. Aber dafür muss ich verstehen, worum es sich überhaupt dreht.«

Es nutzt nichts. Die Flügeltür öffnet sich, und mit energischen Schritten marschiert die graue Hausdame hinein und packt mich am Arm.

»Sie müssen gehen, Frau Feuchtwang ist indisponiert.«

Sie eskortiert mich die Treppe runter, als wäre ich ein Ladendieb, den man vor die Tür setzt.

Erst als ich eine Weile im Auto gesessen habe, den Kopf auf dem Lenkrad, versuche ich zu verstehen, was oben in dem Zimmer passiert ist. Konstanze war immer Herrin der Lage und hat mich geduldet wie eine Bittstellerin bei einer Audienz. Nur in dem Moment, als es um die Zeichnung ging, hat sich etwas geändert. Die Zeichnung ist der Schlüssel, ich bin ganz sicher. Ich trommle auf das Lenkrad. Dann steige ich wieder aus und gehe um das Auto herum. Die Klappe des Kofferraums schwenkt hoch. Da liegt die Papprolle, eingewickelt in Decken.

Ich bin doch nicht umsonst durch die ganze Stadt gefahren. Außerdem können wir Gunnar kein zweites Mal ablenken. Die Gelegenheit, seine Mutter allein zu sprechen, bekomme ich vielleicht nie wieder. Ich gebe nicht auf, nur weil eine alte verbiesterte Frau mich rauswerfen lässt. Wenn sie unbedingt Master and Servant mit mir spielen will, von mir aus, aber spielen muss sie.

Die Papprolle unter dem Arm, klingle ich wieder am Portal. Der Blick der Hausdame verrät, dass sie meine Hartnäckigkeit nicht fassen kann. Bevor sie die Tür wortlos zufallen lässt, stelle ich einen Fuß dazwischen.

»Sagen Sie Frau Feuchtwang, ich habe die Zeichnung dabei und zeige sie ihr. Und dann werden wir sehen, ob sie mich empfängt.«

Ich beherrsche den Downton-Abbey-Befehlston auch ganz gut, merke ich und grinse innerlich. Als Nächstes bestelle ich einen Earl Grey und etwas Gebäck bei ihr, nur um zu sehen, wie sie sich windet.

Nach einer Weile geht die Tür wieder auf, und ich werde erneut ins Innere gewinkt. Täglich grüßt das Murmeltier. Diesmal schreite ich die Treppe mit hoch erhobenem Kopf hinauf und verschwende keinen Gedanken an eine mögliche Gesprächstaktik. Ich gehe hier nicht eher weg, bevor ich alles erfahren habe, was ich wissen will. So sieht's aus!

Als ich zu Hause in mein Zimmer zurückkomme und das Licht einschalte, merke ich sofort, dass sich etwas verändert hat, ich weiß aber nicht gleich, was. Ich ziehe mir die Schuhe und den Rest der Klamotten aus und drehe mich noch einmal zur Tür, um sicher zu sein, dass ich den klapprigen, rostigen Riegel wirklich vorgeschoben habe. Aber er ist gar nicht mehr da. Stattdessen hat jemand ein nagelneues massives Sicherheitsschloss mit Querriegel angebracht und die Tür sogar mit einem Spion ausgestattet. Nicht irgendjemand. Matze. So was macht er. Andere Männer würden Blumen hinstellen oder ein Schmuckstück kaufen – Matze hört, was ich brauche, und erledigt es still und leise. Ich hatte es vielleicht zwei- oder dreimal erwähnt, dass ich mich hier oben gern sicherer fühlen würde, und jetzt ist mein Zimmer Fort Knox. Ich fühle mich wie ein Goldschatz in einem Tresor. Ich sehe mich weiter um. Die Lampen sind heller, an den Fenstern sind endlich die Jalousien angebracht, die seit über einem Jahr originalverpackt unter dem Bett gelegen haben. Und das Bett ist auch irgendwie anders. Höher. Ich fahre mit den Fingerspitzen am Rahmen entlang. Matze würde es nie austauschen, er weiß genau, wie sehr ich an dem alten Ding hänge, aber die durchgelegene Matratze hat er gegen ein unterarmdickes Monsterteil ausgetauscht. Und als ich mich darauf werfe, quietscht der Rost nicht mehr. Auf dem Nachttisch steht das Telefon in der Ladestation, auch das hatte ich schon lange vor. Während der Rückfahrt von Konstanze habe ich die ganze Zeit von meinem Zimmer geträumt: wie ich lange duschen und dann allein im Dunkeln liegen und der Stille zuhören würde. Um alles zu sortieren, was ich gehört habe. Jetzt fühle ich, dass mich das überfordert. Ordnen und verstehen kann ich heute Nacht nichts mehr, und allein sein will ich auch nicht. Ich rufe Matze an. Er meldet sich mit: »Liegst du gut?« Ich wusste, dass er mich nichts fragen würde, auf das ich gerade nicht antworten kann. Aber das schaffe ich, ich rekle mich und seufze: »Es ist wunderbar.«

Und dann sage ich: »Ich gehe duschen. Bist du noch im Haus? Kommst du hoch?«

Statt einer Antwort klopft es.

Ich öffne ihm die Fort-Knox-Tür und ziehe ihn herein.

Die heiße Dusche ist jetzt genau das Richtige. Wir lassen das Wasser auf uns herabprasseln und nehmen so viel Duschgel, bis wir ganz glitschig sind. Ich stelle mich auf die Zehenspitzen und überlasse mich seinen Händen, die in kreisenden Bewegungen über meinen Rücken, meinen Bauch und meine

Brüste fahren. Meine Hände schlüpfen zwischen seine Beine und massieren seine Eier. Ganz ruhig stehen wir da, bis sich das Durcheinander in mir gelegt hat und nicht mehr so wichtig ist. Konstanze in ihrer Villa ist endlich weit weg, ich stehe hier mit diesem Mann, der mir ein Prinzessin-auf-der-Erbse-Bett geschenkt hat, und keine Erbse, nicht das kleinste Ärgernis werde ich darin spüren. Ich kann fühlen, wie ich nach und nach loslasse und aufhöre zu denken und mir selbst beim Duschen zuzusehen. Ich spüre meine Füße, die knöchelhoch im Schaum stehen, meinen glitschigen Hintern, der zusammenzuckt, wenn Matze darüberstreicht, weil er so kitzlig ist, ich spüre den Druck zwischen meinen Beinen, meine Brüste, die sich plötzlich größer anfühlen und bis in die Spitzen empfindlich sind. Das Wasser spült den Tag von mir runter, Matzes Hände wecken meinen Körper auf, und meine Fingerspitzen glühen fast, als ich durch sein nasses Haar fahre, während er den Kopf senkt, um meine Brust zu küssen. Wir drehen das Wasser erst ab, als wir ganz aufgeweicht sind und das kleine Badezimmer voller Dampf ist. Wir trocknen uns schnell ab und laufen ins Bett.

Matze springt zuerst hinein. Ich folge ihm und will über ihn kriechen und mich lang auf seinem Körper ausstrecken, damit er in mich eindringt und den letzten Rest Bewusstsein aus mir herausvögelt. Aber er küsst mich nur kurz und schiebt mich weg ans andere Ende des Bettes.

»Hast du nur das Telefon gesehen oder auch mal die Schublade aufgezogen?«

Ich schüttle den Kopf.

Er nimmt einen kleinen violetten Vibrator heraus. Kein Hightech-Teil mit Internetanschluss, sondern ein schmaler, biegsamer in Penisdesign. Old School. Er reicht ihn mir.

»Ich möchte dich ansehen. Ich möchte, dass wir uns ansehen.«

Ich nehme den Vibrator und schalte ihn ein. Matze macht es sich, gegen ein Kissen gelehnt, gemütlich, öffnet weit die Knie, reibt seinen Schwanz und nickt mir zu.

»Zeig's mir.«

Ich stopfe mir auch ein Kissen in den Rücken und fahre mit dem surrenden Spielzeug zwischen meinen Brüsten entlang. Als ich damit meine Nippel berühre, werden sie augenblicklich hart, und ich muss lachen. Ich stelle die Füße weiter auseinander und rutsche mit dem Hintern ein Stückchen weiter nach vorn. Ich spiele mit dem Vibrator zwischen meinen Schamlippen, fahre meine Mösenritze auf und ab und schiebe seine Spitze ein kleines bisschen in mich hinein. Aber ich will ihn oben am Kitzler haben. Matze sieht mir genau auf die Möse, wie die violette Spitze um meine Klit kreist und ich den Vibrator der Länge nach zwischen meinen Fotzlippen auf und ab fahren lasse.

»Woran denkst du dabei?«

»An gar nichts Bestimmtes. Manchmal an unbestimmte Körper. Manchmal nur an Wörter.«

»Was für Wörter?«

»Fotzmöse, Bumsmusch, Saftritze.«

Er lächelt. Seine Hand um seinen Schwanz wird schneller.

»Willst du sehen, wie ich ihn mir in die Scheide stecke? Willst du sehen, wie ich mir das Loch ficke?«

Er räuspert sich und nickt, und ich schiebe den Vibrator in meine Möse. Ich bin so nass, dass sie schmatzt. Schmatzfötzchen, denke ich und schließe die Augen halb.

»Sieh mich an.«

Der Vibrator gleitet aus mir und wieder in mich hinein, der Rhythmus passt sich Matzes Wichsen an.

»Willst du, dass ich dich ficke? Dass ich dir die Pussy ficke?«

Statt einer Antwort lasse ich den Vibrator aus meiner Möse gleiten und rutsche bis zur Matratzenkante. Die Füße stelle ich auf, sodass ich mit weit gespreizten Beinen daliege. Mit dem Vibrator reize ich wieder meine Nippel.

Matze hüpft aus dem Bett, streift sich ein Kondom über und wartet noch einen Moment, während er zwischen meinen Beinen steht, auf mich herabsieht und mit den Händen an meinen Oberschenkeln und auf meinem Bauch herumfährt. Die Matratze ist so hoch, dass er bequem stehen und gerade in mich eindringen kann. Er schiebt mir seinen Schwanz in die Möse, und ich atme tief ein und genieße das Gefühl, ganz ausgefüllt zu sein. Meine Beine schließen sich um seine Hüfte und holen ihn noch näher zu mir heran.

Er vögelt mich gemächlich, zieht den Schwanz fast bis zur Eichel heraus und stößt wieder vor, langsam, gleichmäßig, ich ergebe mich in diesen Rhythmus und fühle mich warm und klebrig mit ihm verbunden. Der lila Schwanz surrt an meiner Brust. Ich schalte ihn etwas runter, bis er nur noch ganz wenig vibriert, und halte ihn mir an die Klit. Jetzt ist es perfekt: Matzes Stoßen in der Möse, das Gefühl, wie sein Schwanz an den Wänden meiner Scheide entlanggleitet und mich immer nasser werden lässt, und das Summen oben am Kitzler. Ich atme tiefer und tiefer, flute mein Gehirn mit Sauerstoff, bis mir so schwindlig ist, dass ich die Augen schließen muss. Aus meiner Kehle kommen tiefe, gepresste Geräusche, röchelnd fast, sie werden höher und keuchender, als Matze schneller und fester stößt. Ich höre, dass er bald kommt, und konzentriere mich auf die Wellen, die von meiner Klit ausgehen und von dem Funkenregen, den der Vibrator oben in meiner Spalte verursacht. Und dann explodieren wir beide und schreien und keuchen und winden uns und klammern uns aneinander und sind mit einem Schlag ganz verlöscht. Ich bin so benommen, dass ich gar nicht weiß, wie ich von der Bettkante zurück in die Mitte gerutscht bin. Matze gleitet neben mich, wir halten uns fest und schlafen fast augenblicklich ein, wie in einen Schacht gefallen, die Erschöpfung meines Körpers ist so tief, dass mein Kopf nicht schnell genug mitkommt und ich mich noch einige Male selbst hören kann, wie ich im Schlaf atme, tiefer, tiefer, traumlos.

Ich bin mir nicht sicher, was mich geweckt hat, aber jetzt liege ich hier und weiß, dass ich nicht mehr einschlafen kann. Matze atmet leicht rasselnd neben mir. Wenn ich Männer um eines beneide, dann um die immer warmen Füße und dieses unfassbare Einschlaftalent. Ich habe in meinem Leben schon so viele Schäfchen gezählt, dass sie das ganze Land abgrasen könnten. Vorsichtig drehe ich mich auf die Seite und schiebe seinen Arm unter meinem Kopf weg, er schnauft kurz, träumt aber weiter. Durch das Fenster sehe ich den Mond. Groß, kreisrund und strahlend weiß wie eine altmodische Neonreklame, ein gleißendes, reines Licht mit einem leicht flirrenden Kranz aus Nebel drumrum.

Die Farbe, dieses Milchweiß, erinnert mich an Monas Haut, die sich so seidig und kühl anfühlt und die im Kontrast zu ihrem nachtschwarzen Haar noch heller wirkt. Ich schaue mich im Zimmer um. Meine Kleidung habe ich über den Paravent geworfen, der den jetzt wieder verschlossenen Safe in der Wand verbirgt. Wenn Mona hier übernachtet, zieht sie sich ebenfalls hinter dem Schirm aus und trägt dann, bis sie wirklich ins Bett kommt, einen seidenen Morgenrock, eine Art Kimono mit bunten Blumen. Und dann raschelt und weht sie durchs Zimmer mit einer Anmut, als sei es ein Butoh-Tanz. Habe ich ihr das jemals gesagt, wie schön sie in solchen Momenten aussieht? Sage ich überhaupt jemals, wie schön sie ist, wie wichtig, wie unersetzlich? Ich hoffe, dass ich hier im Zentrum nicht die Chefin raushängen lasse und sie bossy hierhin und dorthin schicke wie Personal, sondern dass sie sich geschätzt und geliebt fühlt. Plötzlich habe ich das Gefühl, etwas ganz Wichtiges versäumt zu haben. Eine Welle aus Schuldgefühl und Sehnsucht überrollt mich. Vielleicht liegt sie gerade wach und denkt darüber nach, wieso ich sie überhaupt nicht wahrnehme und dass ich sie nicht so behandle, wie sie es verdient hat? Das Herz klopft mir bis zum Hals, ich kann keinesfalls weiterschlafen, bevor ich das nicht klargestellt habe. Langsam, damit die Bettfedern nicht so laut quietschen, verlagere ich mein Gewicht an den Rand der Matratze, wie eine Schlafwandlerin richte ich mich auf, warte noch einen Moment und horche auf Matzes Atem. Dann nehme ich mein Handy und schleiche rüber ins Bad.

Der Kachelboden fühlt sich kalt unter meinen Füßen an. Ich mache kein Licht und setze mich, mit dem Rücken gegen die Badewanne gelehnt, auf den Boden. Die Kurzwahltaste finde ich auch im Dunkeln. Es dauert eine Weile, bis Mona rangeht.

»Hast du den Mond gesehen?«

Meine Stimme ist ein heiseres Flüstern. Ich bin mir nicht sicher, ob ich gleich anfangen werde zu weinen, einfach so, wegen des Monds und weil Mona am Telefon ist.

»Was ist passiert, Georgie?«

Sie klingt hellwach. Mona ist immer hellwach, immer zu hundert Prozent da, immer unter Spannung. Es würde mich nicht wundern, wenn sie sich nach Einbruch der Dunkelheit ein Cape umwirft und als Superheldin die Stadt rettet, Moon-Woman, ein Seufzer reicht, und sie ist da.

»Ich musste gerade daran denken, wie es aussieht, wenn du hier in deinem Morgenrock herumläufst und dir noch einen Tee machst und dabei diese weiten Ärmel über das Handgelenk zurückschiebst wie eine Geisha.«

»Ja?«

Offenbar weiß sie nicht, worauf ich hinauswill. So ganz weiß ich das selbst nicht.

»Dann bist du so schön, Mona, so schön, der Mond ist nichts dagegen. Das musste ich dir unbedingt sagen.«

Sie räuspert sich.

»Süße, es ist mitten in der Nacht. Kannst du nicht schlafen?«

»Nicht, nachdem mir das eingefallen ist.«

»Und Matze?«

»Schläft.«

Das stimmt zwar, ist aber nicht die Antwort, die sie hören wollte. Ich kann fühlen, dass ich besser etwas anderes gesagt hätte.

»Ich wollte unbedingt deine Stimme hören.«

Sie räuspert sich wieder. »Geh schlafen, Georgie. Du hast einen Mondkoller.«

»Sage ich dir oft genug, wie schön du bist?«

»Du sagst es jetzt, und das freut mich sehr.«

Freut mich sehr? Sind wir bei einem Bewerbungsgespräch? Sagt sie als Nächstes, danke, wir werden uns zeitnah mit Ihnen in Verbindung setzen?

»Gute Nacht.« Ganz weit entfernt ist ihre Stimme schon, und ich weiß, dass es keinen Sinn hat, sie noch durch irgendeinen Satz aufzuhalten. Was Konstanze mir erzählt hat, kann ich jetzt nicht teilen. Wenn Mona weg ist, ist sie weg. Jemand wie Mona überlegt es sich nicht anders, nicht, um ein Telefongespräch zu verlängern.

Kaum habe ich aufgelegt, klopft es an der Badezimmertür. Ich erschrecke mich und stehe so schnell vom Boden auf, dass mir schwindlig wird. Das Handy werfe ich hektisch in die Dose mit dem Waschmittel.

Matze kommt rein.

»Ist alles okay mit dir? Warum sitzt du im Dunkeln?« Ich deute mit dem Kinn durch das kleine Fenster nach draußen. »Der Vollmond. Ich somnambule.«

Er setzt sich neben mich auf den Wannenrand.

»Es ist ein komischer Moment«, sagt er ganz weich und schwebend, fast klingt es mitfühlend, als täte es ihm leid, was er mir jetzt sagen muss. Dann öffnet er seine Hand und hält mir eine kleine Schatulle entgegen. Ein Ring blinkt in dem schwarzen Samt auf.

»Ich wollte dich das schon länger fragen. Georgie, ich liebe dich. Könntest du dir vielleicht vorstellen, mich zu heiraten?«

IMKE, 1928:

»Das geht so nicht mehr weiter« 16

Anitas Pelzmantel lag schwer auf ihren Schultern, und obwohl Imke darunter nackt und es so kalt war, dass man den Atem vor dem Mund sah, schwitzte sie unter den Achseln und zwischen den Brüsten. Anitas schweres Parfum, das sie zum ersten Mal selbst trug, stieg ihr in die Nase, und sie musste an das Äffchen denken, das unter diesem Pelz in ihrem Ausschnitt erstickt war. Jetzt wusste sie genau, wie es sich gefühlt hatte.

Unauffällig versuchte Imke, sich einen Überblick zu verschaffen. Um sie herum standen mindestens hundert Menschen, die meisten mit Blumen in den Händen. Viele auch mit Kameras. Einige von Anitas Tänzerinnen weinten, manche schwankten, und ihr verschmiertes Make-up ließ vermuten, dass sie direkt aus dem Varieté kamen oder von der Party eines Gönners. Am stillsten waren die ärmlich gekleideten und grell geschminkten Huren, die unbehaglich am Rand standen und sich an ihren Handtaschen festhielten. Sie wirkten hungrig und müde, manche regelrecht krank. Imke war froh, dass sie da waren. Die, die nach besserer Gesellschaft aussahen, guckten hochnäsig, offenbar war es unter ihrer Würde, hier zu stehen, sie drehten und zeigten sich, als sei das hier eine Party und keine Beerdigung. Insgesamt fand Imke das alles unwürdig. Die Leute reckten die Hälse wie bei einer Show und flüsterten miteinander.

Das, was der Pfarrer sagte, war das Zuhören allerdings nicht wert. Erst hatte er lange aus der Bibel vorgelesen und ließ sich dabei auch nicht stören, als leichter Schnee herunterschwebte, und dann beschrieb er eine Anita, die sein Herdenkind gewesen sei, sündig im Leben, aber im tiefsten Grund des Herzens von der frohen Botschaft erfüllt, eine Anita, die in ihrem tragischen Leben gefangen gewesen sei und die der Herr jung zu sich gerufen habe. Imke hätte am liebsten geschrien. Wenn es für Anita eine frohe Botschaft gegeben hatte, dann bestand die in einer vollen Flasche Cognac. Sie hatte von dem Pfarrer nie zuvor gehört, geschweige denn, ihn mit Anita gesehen, und jetzt, wo sie tot war, tat er so, als sei sie wöchentlich bei ihm zur Beichte gewesen. Und wie er kurz innehielt, wenn er merkte, dass er fotografiert wurde, wie er sich in Pose warf. Imke wünschte sich weit weg, aber sie musste ja dableiben, bis alles vorbei war.

Es herrschte eine ungewöhnliche Kälte, obwohl es erst Mitte November war, und ihre Füße fühlte sie in den dicken Stiefeln schon kaum mehr. Auf dem Friedhof der St.-Thomas-Gemeinde in Neukölln war sie noch nie gewesen, aber man hatte ihr gesagt, dass Anita hier begraben werden müsse. Henri hatte ihr das mitgeteilt, in einem so unbeteiligten Ton, als würde er die Anordnung geben, wie ein Paket ordnungsgemäß zuzustellen sei. Danach war er verschwunden. Auch unter den Trauergästen konnte sie ihn nirgendwo entdecken. Imke versuchte, die näselnde Stimme des Pfarrers auszublenden, und dachte an Anita.

Nachdem sie Imke die Skizze von Dix überreicht und sie wieder einmal verlassen hatte, sahen sie sich lange nicht. Anita schrieb ab und zu Postkarten, die sie mit »in brennender Liebe« und »ewig dein« unterschrieb, und Imke hörte und las merkwürdige Dinge über ihre Freundin.

Dass Anita mehrere Wochen in Zagreb im Gefängnis gesessen hatte, zum Beispiel, angeblich hatte sie den serbischen König beleidigt. Imke konnte sich sehr gut vorstellen, dass das stimmte. Anita beleidigte alles und jeden und war dann wieder charmant und honigsüß, also hatte dieser König wohl einfach einen schlechten Moment erwischt. Letztes Jahr war Sebastian an Tuberkulose oder einer Überdosis gestorben, so genau wussten das die Zeitungen auch nicht. Da hatte Anita ihr geschrieben: »Vorbei, egal, Hauptsache, du bist mein Mäuseken.«

Aber dieses Jahr wurde noch einmal alles anders. Imke hatte gedacht, das Gefängnis und die Einsamkeit in diesen Wochen hätten etwas in Anita verändert.

Sie saß weinend bei ihr im Hotel d'Amour und kümmerte sich überhaupt nicht darum, dass ihre Schminke völlig verschmiert war. Sie wischte sie einfach mit einem Taschentuch weg und legte Imke alles, was sie dabeihatte, auf den Tresen. Das Geld aus ihrer Börse, ihre Drogen, alle ihre Ringe zog sie von den Fingern und schob es Imke hin.

»Meen verkorkstet Leben jehört dir alleen, Liebchen, ick will diesen Bohei nich mehr.«

Sie schwor ihr, sie werde für immer bei ihr bleiben. Nur noch eine letzte, allerletzte Tournee durch den Nahen Osten wolle sie machen, und das müsse sie auch.

»Wir brauchen Penunzen, Mädel, arm is det Leben keen Amüsemang«, hatte sie gesagt und Imke vorgerechnet, wie viel sie mit diesen Auftritten verdienen konnte. Es würde für sie beide und ein gemeinsames Leben reichen, ach was, für alle drei würde es reichen, denn Konstanze gab es ja auch noch, vielleicht konnte man sie auf ein Pensionat geben. Sie versprach auch, sich von Henri scheiden zu lassen und mit

Imke endlich das erotische Varieté aufzubauen, in dem sie aber nur selten selbst auftreten wollte.

»Ick mach die Honneurs, und du bejlückst an der Bar die Versoffenen. Und oben druff lassen wir die nackerten Mädchen springen. Und stramme Jungens!«

Es klang alles so schön, und als sie schließlich zu eben dieser Tournee aufbrach, drückte sie Imke Zeichnungen von der Bühne und dem Schankraum in die Hand, die sie auf einen alten Block gekritzelt hatte, und Imke hatte das Gefühl, dass Anita es diesmal wirklich ernst meinte.

»Bis der Dämlack Tod uns scheidet, jenau so machen wir die Chose!«

Gut, dass sie da noch nicht wusste, wie sehr sie recht behalten würde, zumindest mit einem Teil ihres Versprechens.

Im Juli brach Anita in einem Theater in Beirut während der Vorstellung zusammen. Sie hatte wohl versucht, ohne Pulver, Alkohol, ohne Pillen und Spritzen auszukommen, und das war zusammen mit den Strapazen der Tournee für ihren Körper einfach zu viel. Sie wurde zurück nach Berlin transportiert, und Imke saß täglich an ihrem Bett im Bethanien-Krankenhaus, wo die Ärzte »galoppierende Schwindsucht« diagnostizierten. Ihren Drogen- und Alkoholkonsum verschwieg man taktvoll. Wenn die Schwester nicht hinsah, musste Imke die Bettdecke zurückschlagen und Anita stützen, damit die sich ihre Beine ansehen konnte.

»Wenn nur meene Beene nicht hässlich werden. Ick fürcht mich so davor«, sagte sie und versuchte, den Fuß wie im Spitzentanz zu strecken. Obwohl es ihr zunehmend schlechter ging und sie sich kaum aufrichten konnte, schminkte sich Anita weiterhin jeden Tag und sprach über den Tod, als wäre der ein Impressario, der mit einem ganz besonders glamourösen Engagement auf sie wartete. »Der Kerl soll mir schön haben«, sagte sie, und Imke lief es kalt den Rücken hinunter.

Am 10. November 1928 starb Anita, und die dicke Schicht Schminke lag auf ihrem Gesicht wie eine Totenmaske. Henri war nicht da, war kein einziges Mal zu Besuch gekommen. An diesem Tag hatte er eine Premiere mit seiner neuen Tanzpartnerin, das war wichtiger.

Die Beerdigung war genauso verlogen, wie Imke sie sich in ihren Albträumen vorgestellt hatte. Die Gäste spielten irgendein Stück, flanierten über die Friedhofswege, rauchten und tuschelten. Dann war der Moment gekommen, den Imke so gefürchtet hatte.

Der Sarg wurde hinabgelassen, und die Leute traten einzeln vor und warfen Blumen hinein, einige Männer kippten auch einen Schluck aus ihren Flachmännern auf den Sarg. Schließlich kam Imke an die hart gefrorene Grube. Der Wind war schneidend kalt. Ihr Gesicht glühte wie im Fieber. Sie stand an dem Erdloch, das schwarz und tief war wie die Zustände, die Anita getanzt hatte. Langsam öffnete sie Anitas Pelzmantel. Der Pfarrer starrte sie mit großen Augen an, bleich wurde er und sah aus, als würde er überlegen, ob er ersticken oder schreien sollte. Aber Imke ließ sich nicht beirren. Der Pelz glitt zu Boden. Die Leute verstummten schlagartig. Nur in ihren Stiefeln stand Imke nackt vor dem Grab und fühlte eine brennende Träne im Augenwinkel. Sie hörte eine Kamera klicken. Hinten pfiff jemand, und das Gemurmel schwoll langsam an. Die Kälte stach mit Tausenden Nadeln in ihre Haut, und Imke wusste, dass ihr nie wieder richtig warm werden würde. Sie gefror in diesem Moment und würde nicht wieder auftauen. Dann war es endlich vorbei. Hastig raffte Imke den Mantel wieder um ihre Schultern und bahnte sich einen Weg durch die Menge. Einige Männer versuchten, sie festzuhalten oder wenigstens anzufassen, aber sie stieß sie mit dem Ellenbogen beiseite, und als sie freien Weg hatte, lief sie los, immer schneller und schneller, den Friedhofsgang entlang, bis die nächste Baumreihe sie verschluckte.

GEORGIE, 2017:

17 Vagina-Trialoge

»Ist das heute?«

Hektisch suche ich den großen Wandkalender im Büro nach dem Eintrag ab, und tatsächlich: Eine der Lieblingskünstlerinnen von Mona, Santavulva, eine feministische Gender-Artistin, die sie schon als Teenie verehrt hat, zeichnet gleich bei uns ihre Video-Performance »Vagina-Trialoge« auf. Eigentlich hatte sie etwas mit Überwachungskameras machen wollen, aber dann kam ihr doch eine andere Idee. Den Raum einzurichten und auszuleuchten wird kein Problem sein, das haben wir in einer halben Stunde erledigt, aber diesmal sind wir nicht nur Gastgeber, wir sollen mitwirken. Mona hat es ihr versprochen und ist ganz aufgeregt, dass sie an einem Kunstwerk ihres Idols mitarbeiten darf. Die »Vagina-Trialoge« bieten realen Sex, ohne Pornoinszenierung, ungeschnitten. »Ihr werdet alle Masken tragen, sodass man euch nicht erkennen kann, wenn eure Geschlechtsteilchen gefilmt werden«, wie sich Santavulva ausdrückte. Sie ist eine sehr mütterlich wirkende, weiche Frau Mitte sechzig und spricht gern in Verniedlichungen. »Schätzchen, man wird eure Popöchen sehen und auch Matzes Schniepelchen, aber das ist nicht die Hauptsache, es geht eigentlich gar nicht um die Triebtierchen in euch.«

Für sie ist Sex anscheinend ein großer Streichelzoo voller flauschiger kleiner Gesellen, die possierliche Dingelchen miteinander machen. Oder aber sie verbirgt damit, was sie eigentlich von uns will. Gute Kunst, so hat Mona es mir mal erklärt, nimmt die Menschen komplett auseinander und krempelt sie auf links. Ich wusste nicht, was sie damit meinte, aber vielleicht erlebe ich das heute. Ich war ziemlich irritiert, als ich Santavulva das erste Mal persönlich kennenlernte. Sie inspizierte den Raum in ihrem bunten wallenden Gewand mit dem afrikanischen Turban auf dem Kopf und von oben bis unten behangen mit Ketten und Armreifen. Ich konnte mir nicht wirklich vorstellen, dass diese Frau, die eher nach Waldkindergarten aussah, diese radikale, hochästhetische Videokunst herstellte, die Mona mir gezeigt hatte.

Sie passte in so gar keine Schublade. Zu gut gelaunt für eine Kämpferin, zu hart für den Mainstream, zu alt für ein Sexsymbol, zu intellektuell und bescheiden für eine Führerin. Wenn irgendwo eine Video-Installation von ihr zu sehen ist, nimmt Mona sich immer frei und reist quer durchs Land. Bei so etwas mitzumachen ist eine richtig große Sache für sie und deshalb auch für mich. Außerdem kann ich mich so von Matzes Antrag ablenken. Und da er mitspielen soll, hoffe ich, dass er und Mona sich während der Dreharbeiten näherkommen, nicht nur sexuell. Wir haben ja schon öfter zu dritt gevögelt, und da kam es durchaus vor, dass ich zugesehen habe, während die beiden ihren Spaß hatten. Sie mögen sich, vielleicht ist noch mehr drin, das würde die Lage für mich vereinfachen. Matze wird nicht kneifen, er ist erotisch sehr aufgeschlossen und will mir wohl auch zeigen, wie lässig er das alles nimmt. Und Santavulva freut sich, dass sie uns dabeihat, sie hat uns in ihrer herzlichen Art das Gefühl gegeben, es sei eine Ehre für sie.

Sie sitzt schon hinter dem Kontrollbildschirm, als wir den Raum betreten, der mit kubischen Formen, Röhren, Quadern und Rahmen gefüllt ist. Teilweise stehen die Sachen herum, teilweise hängen sie an Drähten von der Decke, wie schwebend. Ich habe sofort ein Gefühl, als würde die Schwerkraft in diesem Zimmer nicht ganz stimmen. Santavulva trägt einen bunt gemusterten Overall und auf dem Kopf eine gewaltige Blumenkrone. Wenn sie sich bewegt, klingeln kleine Glöckchen, die irgendwo aufgenäht sind. Wir ziehen uns aus und legen Masken an, die bis über die Nase reichen, sodass nur die Münder frei bleiben. Darauf sind verfremdete Fotos unserer Gesichter gedruckt, wobei ich Monas trage und Mona Matzes. Matze sieht mich mit meinem eigenen Gespensterabbild an. Und ich ahne, dass wir nicht hier sind, um einfach vor einer Kamera zu vögeln, sondern dass Santavulva etwas anderes vorhat. Sie sieht uns an und erklärt die Regeln: Es gibt kein zeitliches Limit, möglicherweise ist die Performance in einer halben Stunde vorbei oder erst morgen früh. Ja, es soll um Sex gehen, in allen Spielarten und Kombinationen, die uns einfallen, aber sie will eine Art Familienaufstellung mit einbeziehen.

»Ihr stellt eure Beziehungsdingelchen untereinander dar, und jeder handelt als derjenige, dessen Maske er trägt. Vielleicht verschwimmen die Grenzen zwischen euren Ichelchen und eurem Stellvertreter, das wäre gut, auch diese Irritation will ich sehen. Spielt nicht. Macht nur, was ihr auch wirklich fühlt. Ihr könnt alle Formen, die ihr hier findet, mit einbeziehen. Brecht euch nicht die Füßlein und haltet die Mündlein geschlossen, ihr sollt reine Schnitzelchen sein, also Fleisch, keine Diskussionen!«

Nicht dass mir jetzt klar wäre, was genau ich tun soll. Ich hoffe, die beiden anderen haben einen Plan. Aber ich bin ja laut meiner Maske Mona, also setze ich mich erst mal elegant auf einen Quader und warte ab. Mein Ich räumt bestimmt gleich den Raum um. Und Matze repariert irgendwas. Santavulva hat sich zurückgezogen hinter einen schwarzen Vorhang, die Kamera läuft, wir sind auf uns gestellt. Ich bin weiterhin einfach schön, und das fühlt sich sehr gut an. Ich überlege, ob ich die Beine spreizen und mich ein bisschen zeigen soll. Ich könnte auch an meiner Muschi herumspielen, höchst elegant natürlich.

Während ich das noch überlege, nimmt Mona/Matze plötzlich Anlauf und springt mich so heftig an, dass ich hinterrücks vom Block falle. Ich habe mich kaum aufgerappelt, da schubst sie/er mich schon weiter durch den Raum und steht schließlich heftig atmend zwischen mir und dem echten Matze, der ja mich spielt. So sieht Mona das also? Matze wirft sich zwischen uns und prügelt sie in eine Ecke? Matze/Georgie kommt dazu und umtanzt uns beide, es ist ein merkwürdiger Tanz, meint er das ernst? Sagt er wirklich, ich schubbere mich an ihm und greife gleichzeitig Mona zwischen die Beine?

Während wir alle aneinander herumzerren und das Ganze etwas von einem Zickenkrieg im Schlussverkauf hat, verliere ich den Überblick, ich verwechsle mehrmals, wer wen darstellt und wer ich bin. Vielleicht war das genau Santavulvas Absicht. Ich habe keine Ahnung mehr, wer sich was denkt oder ob die anderen beiden noch in ihrer Rolle sind. Wir müssten uns beruhigen und uns in einen Kreis stellen, um Klarheit in die Sache zu bringen, aber wir machen genau das Gegenteil, wir rollen übereinander. Wir fassen uns an die Brüste und zwischen die Beine. Wir schlagen uns auf die Pobacken und kratzen uns über die Rücken. Und dann wieder gibt es Momente, die ganz harmonisch sind. Da liegen wir ineinander verknotet halb über einer der dicken Schaumstoffröhren, ich kraule Monas Muschi und betaste mit der anderen Hand meinen eigenen Hintern, Matze liegt zwischen uns mit dem Kopf in Monas Schoß, sie reibt seinen Schwanz. Ob ich ich bin oder sie, ob Matze ich bin, ich habe keine Ahnung, und es wird immer nebensächlicher.

Es geht jetzt mehr darum, eine Position zu finden, in der wir uns möglichst viel anfassen und spüren können, egal, ob das mit unseren Masken oder den Personen dahinter übereinstimmt. Wir haben auch schon längst vergessen, dass uns Santavulva die ganze Zeit zusieht. Ich rutsche über Matze, ziehe ihm schnell ein Kondom über und führe mir seinen Schwanz ein. Ich ficke ihn nicht, er soll einfach nur in mir sein, damit wir verbunden sind.

Mona öffnet weit die Beine und beugt sich zu mir. Wir küssen uns. Sie trägt Matzes Gesicht, aber sie schmeckt kein bisschen nach Plätzchen. Ihre Zunge bewegt sich so geschmeidig und spielerisch in mir, dass ich mich frage, ob ich sie liebe oder ob ich sein möchte wie sie – ein Gedanke, der mir einen tiefen Stich versetzt. Ich beginne, mich auf Matze zu bewegen, damit ich gute Gefühle dagegensetzen kann. Mona öffnet weit die Beine, und Matze dreht den Kopf, sodass er an ihrem Mösenhügel herumzüngeln kann. Ich steige von ihm herunter und drücke Mona zu Boden. Mit einer Wendung bin ich über ihr und zwischen ihren Beinen, sodass wir in der 69 daliegen. Sie tastet nach Matzes Schwanz und reibt ihn, während er mich zwischen den Hinterbacken fingert.

Aber auch hier kommen wir nicht weit. Er zieht mich von Mona herunter und nimmt mich von hinten, Mona drängt sich an uns, ich küsse sie wieder, und Matze reibt ihre Möse. Wir versuchen noch andere Positionen, aber nie sind wir zu dritt verbunden, es sind immer zwei und ein weiterer Körper. Zum Glück sind wir eingespielt und wissen, dass es auch nacheinander geht. Ich fasse in Monas feuchte Möse und reize ihren Kitzler, so wie sie es am liebsten mag, Matze saugt an ihren Brüsten. Mona kommt fast lautlos und sieht selbst in dem Moment mit dieser Matze-Maske aus wie ein Gemälde. Dann kümmert sich Matze um mich, ich liege auf dem Rücken und lasse mich ficken, und Mona schiebt ihre schmale weiße Hand zwischen uns und lässt bei jedem Stoß einen Finger über meinen Kitzler rutschen. Je schneller das Matze-Ich mich stößt, desto wilder reibt die Monamatze meine Möse, und es kommt mir schneller als erwartet. Wir wechseln, Matze legt sich hin, Mona steigt über ihn und reitet ihn oder mich, während ich-Mona mich neben ihn schmiege und ihn küsse.

Als auch er fertig ist, liegen wir japsend da. Mein Oberschenkel über Matzes, mein Arm unter Monas Kopf. Wir nehmen die Masken nicht ab und sprechen auch nicht. Weil wir keine Regieanweisungen bekommen und ich die anderen beiden tief atmen höre, schlafe ich irgendwann ein. Als wir aufwachen, hat Santavulva den Raum verlassen. Ob sie bekommen hat, was sie wollte, werden wir wohl erst wissen, wenn wir irgendwann das fertige Video sehen. Mona geht duschen, Matze auch, aber auf einer anderen Etage. Ich mache mich oben in meiner Mansarde frisch und fühle das dringende Bedürfnis zu stricken.

»Übersprungshandlung?«

Ich rutsche auf der Steintreppe zur Seite, damit Gemma sich neben mich setzen kann, und lasse meine Maschen nicht aus den Augen. In meinem Schoß ringelt sich ein Schlauch aus scheußlicher Glitzerwolle. Gemma streichelt eine winzige

Katze in ihrem Arm, cremefarben und plüschig mit schwarzen Ohren und schwarzer Nase. Die Kleine faucht mich an und zeigt mir ihre winzigen Vampirzähne, so ist's recht, Bärchen, direkt zum Angriff übergehen, nicht lange diskutieren, die wird es in ihrem Katzenleben noch weit bringen.

»Schwanzkini-Stressabbau«, sage ich und fädele eine heruntergefallene Masche auf meine Nadel.

Gemma seufzt.

»Du weißt aber schon, dass du irgendwann mit Matze und Mona reden musst.«

Eine Feststellung, keine Frage.

Ja, mein Gott, das weiß ich. Das Problem ist nicht, mit ihnen zu reden, das Problem ist, dass ich nicht weiß, was ich sagen soll. Wenn ich wüsste, was ich will, wüsste ich, wie ich es ihnen mitteile.

Das sage ich Gemma auch, und die wird wie immer in solchen Gesprächen weise und kryptisch.

»Du glaubst, dass du dich zwischen ihnen entscheiden musst, aber vielleicht musst du das gar nicht. Du kannst es nur nicht länger ignorieren. Ihr seid keine Ménage à trois, bloß weil du mit beiden schönen Sex hast. Und in diesem Fall ist Sex keine Lösung, er ist Teil des Problems.«

»Ich bin das Problem«, sage ich und stricke so wild entschlossen weiter, dass die Nadeln klappern, als würden sie miteinander fechten.

»Mir ist das einfach alles zu kompliziert.«

Gemma erhebt sich, würdevoll und majestätisch, wie nur sie es in dermaßen engen Jeans kann.

»Das ist der Punkt, Georgie. Es ist eben nicht kompliziert. Wenn es Liebe ist, weißt du das. Manchmal ist es ganz einfach.«

Nicht dass mir das jetzt weiterhelfen würde. Aber natürlich hat sie recht, ich muss mit Matze und Mona reden. Ich kann Matzes Antrag nicht wegstricken, ich kann Monas dunkelblaue Augen nicht wegstricken. Ich kann gar nichts wegstricken.

Mit zusammengebissenen Zähnen lege ich das Strickzeug in meinem Schoß zusammen und beschließe, mich mit den beiden in der Küche zusammenzusetzen. Nicht um über uns zu reden, das schaffe ich noch nicht, aber um ihnen zu erzählen, was gestern bei Konstanze passiert ist.

»Sie hat praktisch nichts gesagt«, beginne ich, während Mona und Matze mich erwartungsvoll ansehen und ich uns Tee eingieße. Dampfend stehen die Becher zwischen uns. Über uns hören wir leise den Gong des Nackt-Yoga-Kurses. Bis die Nachmittagsbuchungen losgehen, haben wir etwas Zeit. Ich mache mir in Gedanken eine Notiz, dass unser Buchprüfer auch im Büro sitzt und später sicher noch mit mir sprechen will. Er sieht immer so unglückselig aus, als wäre er der offizielle Pressesprecher aller Katastrophen und Unheile, eine Art Hermes aus dem Hades, ein Elends-Bote. Aber eins nach dem anderen. Erst einmal mein unerfreulicher Besuch bei Konstanze.

Sie saß genauso königlich in ihrem Bett am Fenster wie beim ersten Anlauf. Und der Hausdrachen servierte nun tatsächlich Tee und Kekse, sah mich dabei aber so geringschätzig und sauertöpfisch an, als sei es eine Zumutung, mir einen Stuhl hinzuschieben und eine Tasse zu reichen.

»Kommen Sie zum Punkt, Kind, ich bin vierundneunzig und hab nicht ewig Zeit.«

Na gut, das war nicht freundlich, aber wenigstens gesprächsbereit.

Ich fing mit Gunnars Vorwürfen an. Sie war zwar nicht über jeden seiner Besuche informiert, und ich konnte es Konstanzes Gesicht deutlich ansehen, dass ihr sein Geschrei peinlich war, aber in der Sache teilte sie absolut seine Meinung. Das Haus habe Imke Feuchtwang gehört und sei nur durch Krieg, Teilung und Mauer an den falschen Familienzweig gegangen. Sie sei als Tochter die rechtmäßige Erbin. Ich fragte sie, wieso sich Gunnar dort so unwohl fühle und wieso nicht nur ich, sondern auch andere im Haus den Eindruck hatten, dass es ihm regelrecht Angst einjagte. Konstanze schnaubte und wedelte mit der Hand vor ihrem Gesicht, davon wollte sie nun überhaupt nichts hören, ein Feuchtwang fürchtet sich offensichtlich nicht und zeigt es schon gar nicht vor Fremden, das Thema war ihr äußerst unangenehm. Ich sah mich im Raum um und sah erst jetzt die Kreuze und Heiligenbilder. Auch um ihren Hals trug sie ein großes mit bunten Steinen besetztes Goldkreuz, das sie manchmal zwischen den Fingerkuppen rieb, wenn ich sie etwas fragte, auf das sie nicht antworten wollte. Das Gespräch war ausgesprochen zäh. Über ihre Mutter Imke erfuhr ich nur noch, dass die Familie sie verschwieg. Konstanze nannte sie »Imke Feuchtwang«, nie Mutter. Ich fragte nach Fotos von Imke oder dem Haus, aber da rollte sie mit den Augen, als sei das die reinste Schnapsidee. Weil ich nicht weiterkam, erzählte ich ihr von dem Abend vor Elysias Tod, als ich Gunnar im Flur entdeckt hatte, wie er den Abzählvers gemurmelt hatte.

»Er ist ein Schisser, immer schon gewesen«, murmelte die alte Frau und zog ihre Bettdecke höher. Das fand ich nun wenig standesgemäß und überhaupt nicht vornehm, aber wenigstens äußerte sie sich mal, also blieb ich dran.

»Was bedeutet der Vers, woher hat er ihn?«

»Ich hab ihn von den anderen Kindern.« Konstanze sah mich so angriffslustig an wie Gemmas fauchende Katze auf der Treppe.

Mit etwa sechs Jahren war Konstanze in ein Heim im Grunewald gekommen. Und dort hatten die Kinder, die schon länger dort waren, sie herumgestoßen und dabei dieses Lied gesungen.

»Die Spülhilfe in der Küche hat es sich ausgedacht, eine trampelige Person mit schiefen Zähnen und gefärbtem Haar, und die Kinder haben es aufgeschnappt und mir entgegengeblökt, immer wieder. Bis ich alt genug war und auf die Straße gesetzt wurde.«

Ich versuchte, Konstanzes Hand zu nehmen, aber sie zog sie hektisch weg und sah mich so empört an, als hätte ich vorgehabt, sie zu kneifen.

»Und Gunnar?«

»Dem hab ich das vorgesagt, wenn er störrisch war. Er war ein wildes Kind, kaum zu bändigen, laut und dreckig. Er musste diszipliniert werden. Was hätte ich sonst mit ihm tun sollen? Ihn ins Heim geben?«

»Also haben Sie ihn damit in Angst und Schrecken versetzt?«

Sie verzieht das Gesicht vor Ekel. »Wer Angst hat, ist schwach. Und Schwäche bestraft das Leben. Ich habe ihn beschützt, damit aus ihm mal was wird.«

Ich nehme einen Schluck Tee. Mona rührt im Takt des Nackt-Yoga-Gongs Kandiszucker durch ihre Tasse.

»Na ja, ihr Sohn wurde ein verrückter Rentner, der Erotik-Zentren zusammenschreit und Wände abklopft und sich dabei fast in die Hosen macht. Das hat ja super geklappt.«

Ich nicke.

Matze rechnet nach: »Wenn Konstanze mit sechs Jahren ins Heim kam und sie heute vierundneunzig ist, dann ist sie 1928 oder 1929 dorthin gebracht worden. Da muss es doch Unterlagen geben. Wo war ihre Mutter zu der Zeit?«

Ich schüttle den Kopf.

»Und wem gehörte das Haus?«

Ich zucke mit den Schultern. Das weiß ich alles nicht.

Stattdessen sage ich: »Ich habe Konstanze die Dix-Zeichnung gezeigt.«

Mona und Matze sehen mich erstaunt an, und ich weiß, dass sie das für einen großen Fehler halten.

»Sie hätte sonst gar nicht mit mir gesprochen.«

Es war merkwürdig. Ich packte die Zeichnung aus, und Konstanze drückte auf ihren Notfallknopf. Im ersten Moment dachte ich, sie würde mich wieder rauswerfen lassen, aber sie fragte die Hausdame nur nach einer großen Lupe. Sie besah sich das Blatt ganz genau, von beiden Seiten, und studierte auch die Widmung.

»Ist das verifiziert?« Ihr Ton war so scharf, als würde ich versuchen, ihr eine Fälschung anzudrehen.

»Noch nicht.« Hier log ich, denn der Kunsthistoriker war sich ja absolut sicher, aber ich fand, dass sie das nicht wissen musste.

Komisch kam mir das alles deswegen vor, weil sie mich da sehr an Gunnar erinnerte. Sie betrachtete die Zeichnung mit sichtbarem Ekel, und gleichzeitig war eine große Gier in ihrem Gesicht. Sie fand sie widerwärtig und wollte sie unbedingt haben.

Das war ein guter Anlass, um noch mal auf Elysia zu kommen.

»Wieso wusste Gunnar am Vorabend, dass Elysia sterben würde?«

Das war so formuliert natürlich Unsinn, aber ich wollte sie aus der Reserve locken. Es klappte nicht. Sie zischte mir ein »Papperlapapp« entgegen und sagte: »Gunnar wusste gar nichts, er ist kein Hellseher.«

Ich stellte noch einige Fragen, doch sie brummte nur genervt und drückte erneut den Knopf. Und diesmal wurde ich wieder hinauskomplimentiert. Konstanze war erleichtert, dass ich ging. Aber als ich die Zeichnung einpackte, hätte sie mich fast aufgehalten.

Matze, Mona und ich sehen uns ratlos an.

Der Gong oben schlägt einige Male in Folge. Das ist das Zeichen des Kursendes. Der Hund, der nach unten sieht, die Kobra und der Krieger haben nun oft genug die Sonne gegrüßt, die Teilnehmer werden jetzt duschen und sich anziehen und dann zum Abendessen runterkommen, wir müssen das Catering aus der Kühlkammer holen, und überhaupt gibt es hier im Haus einiges zu tun, ich kann nicht den ganzen Tag mit Ahnenforschung verbringen.

Wie dringlich ich gebraucht werde, erfahre ich kurz darauf.

Der Yogakurs sitzt noch essend und plaudernd im Hof, die Crossdresser haben oben ihren Feierabendworkshop begonnen und tonnenweise Abendkleider, Busenattrappen und Perücken hochgeschleppt. Nebenan läuft ein Massage-Kurs für Fußfetischisten, an dem ich eigentlich teilnehmen wollte, denn die Fußis massieren göttlich, ich stelle mich immer gern als Modell zur Verfügung und lasse mir die Pfötchen durchkneten. Aber daraus wird heute nichts, denn nicht nur der Buchprüfer will mit mir sprechen, auch die Polizei hat schon zweimal angerufen und auf Band gesprochen, während ich mit Matze und Mona in der Küche saß. Ich gehe schnell mit den beiden die Raumverteilung durch, damit sie den großen Saal für eine Filmvorführung bestuhlen und den Beamer einrichten können, und gebe Matze eine Liste mit allen Mängeln, die Teilnehmer uns in der letzten Zeit gemeldet haben: tropfende Duschen, kaputte LEDs in Kronleuchtern, eine Verdunklung im Salon, die sich nicht herunterrollen lässt, Feuerholz, das neben dem Kamin fehlt, und Ähnliches. Dann sprinte ich ins Büro, wo der Buchprüfer mit seiner üblichen Beerdigungsmiene sitzt.

»Ich bin gleich ganz bei Ihnen, ich muss nur schnell noch telefonieren«, zwitschere ich betont gut gelaunt, damit er sich besser fühlt, und reiche ihm eine große Pralinenpackung. Ich weiß, dass er auf Süßes steht, und deute ihm, das Handy schon am Ohr, an, dass es in der Küche frischen Kaffee gibt. Er schüttelt den Kopf und bleibt sitzen.

Der Anruf bei der Polizei dauert nur wenige Sätze. Der Kommissar teilt mir mit, die Ermittlungen seien so gut wie abgeschlossen, und er komme morgen mit seiner Kollegin vorbei, um mit uns zu sprechen. Am Telefon wolle er mir nichts weiter sagen. Ich finde das beunruhigend und überlege, ob ich Rix dazubitten soll. Da fällt mir auf, dass wir schon länger nichts mehr von Rix gehört und gesehen haben. Er war so oft im Zentrum, als wollte er hier einziehen, die meiste Zeit hat er auf der Schwelle zu Elysias Zimmer gesessen und hineingestarrt. Und dann war er verschwunden. Ich hatte es nur nicht bemerkt, weil ich mit der Zeichnung und Konstanze beschäftigt war. Der Gedanke ist ganz plötzlich da, und in meiner Brust breitet sich Kälte aus. Was, wenn er doch etwas mit Elysias Tod zu tun hat? Was, wenn es genau das ist, was die Polizei mir sagen will? Ich versuche, das wegzuschieben, aber es gelingt mir nicht. Das wird eine lange Nacht, denn dass ich heute schlafen kann, ist ausgeschlossen.

Der Buchprüfer holt mich mit einem Räuspern zurück ins Büro. Ich lege das Handy weg, setze mich zu ihm, nehme mir eine Praline und sehe ihn erwartungsvoll an.

»Und?« Meine Stimme ist so freundlich und munter, wie es nur geht. Dass wir hier nicht reich werden, ist mir ja klar, und auch, dass es dieses Jahr besonders knapp ist. Ich beschließe die Flucht nach vorn.

»Was sagen Sie? Müssen wir dichtmachen?«

Mit allem hätte ich gerechnet, aber nicht mit dieser Reaktion. Der Buchprüfer, mein stoischer, trockener, unbewegter Zahlenmensch, nimmt meine Hand, und als er mir in die Augen sieht, sehe ich, dass seine feucht schimmern.

»Es tut mir so leid, Frau Feuchtwang.« Das Schimmern schwillt zu einem Tränenvorhang.

»Ich fürchte, ja. Sie sind praktisch bankrott.«

Diesmal komme ich erst gar nicht auf die Idee, mich beim Stricken abzureagieren. Ich stürme aus dem Zentrum, setze mich ins Auto und fahre blindlings durch die Stadt. Bankrott? Wie kann das sein? Wir sind nicht immer ausgebucht, das stimmt schon, und durch Elysias Tod sind auch einige Veranstaltungen weggebrochen. Aber wir haben doch gut zu tun. Selten hat ein Tag weniger als zehn Stunden, ich arbeite mir die Hacken ab, und Matze und Mona schuften genauso. Wir glauben an das, was wir machen, und die vielen Teilnehmer und Kunden zeigen uns, dass wir richtigliegen. Die Leute brauchen so ein Zentrum. Sie brauchen einen Ort, wo sie erleben können, dass jede Art von einvernehmlicher Sexualität ihre Berechtigung hat und gefeiert gehört. Der Buchprüfer hat es mir erklärt: Das Haus ist einfach unglaublich groß, die Nebenkosten sind der Horror, erst recht die noch drohenden Nebenkosten, denn nächstes Jahr wird die Kanalisation erneuert und deren Sanierung auf die Anwohner umgelegt. Spätestens dann können wir uns nicht mehr halten. Er hat mir die Zahlen gezeigt, nicht ungeduldig und trocken wie sonst, wenn er mir die Bilanzen erklären musste und ich nicht gleich durchstieg, sondern mitfühlend und immer wieder, bis ich es verstanden habe. Aber unterm Strich kam raus, dass wir es nicht schaffen. Wir müssten die Preise für die Kunden fast verdoppeln, um wirtschaftlich zu arbeiten. Wie sollen sich das all die kleinen Interessenverbände, Vereine und Selbsthilfegruppen leisten können? Seit ich das Zentrum gegründet habe, bin ich zum ersten Mal ganz und gar ratlos. Mutlos. Hilflos. Elysia hat an mich geglaubt, als sie mir das Haus schenkte, und ich habe alles in den Sand gesetzt. Ich bin dreiunddreißig, und meine berufliche Zukunft ist vorbei. Kein elysisches Wunder wird passieren.

Ausgerechnet dieser bescheuerte Hellseher von der Kellerparty geht mir nicht mehr aus dem Kopf. Ich habe doch seine Internetseiten gesehen. Tier-Reiki, Gummibärchen-Orakel, Geistheilung per Handy. Dass er die Leute abzockt und nicht wirklich magische Kräfte hat, ist ja vollkommen klar, aber sein Spruch, ich müsste meine Leichen im Keller beseitigen, um in die Zukunft sehen zu können, höre ich innerlich in Endlosschleife. Ich halte im Parkverbot und überlege, wer ich eigentlich bin und woran ich glaube. Oh, Georgie, zu Hause brennt die Hütte, und du sitzt hier auf der Busspur und hältst eine Philosophie-Konferenz mit dir selbst ab. Ich merke selbst, wie idiotisch das ist, aber ich habe das Gefühl, ich kann nicht nach Hause, bevor ich das nicht mit mir geklärt habe. Ich kenne mich und weiß genau, wie das laufen würde. Wenn ich in diesem Zustand ins Zentrum komme, lasse ich mich von Mona oder Matze trösten, einer der beiden wird mit mir ins Bett gehen und dafür sorgen, dass ich nicht mehr nachdenken muss. Aber jetzt brauche ich einen klaren Kopf. Also:

Wer bin ich?

Woran glaube ich?

Ich bin Georgie, habe das Abitur mittendrin abgebrochen und bin stattdessen zu Elysia nach Ibiza gegangen. Ich glaube an dieses Zentrum. Wir brauchen so was. Solange sich irgendwo noch ein homosexueller Teenager umbringt, weil er denkt, er sei nicht richtig, wie er ist, brauchen wir so was. Natürlich macht mir die Arbeit Spaß, ich habe gern die Fäden in der Hand und kommandiere alle herum. Und, ja, es hat meinem Ego auch geschmeichelt, dass ich so ein großes Haus führen kann. Von der Schulabbrecherin zur Direktorin des einzigen Elysischen Zentrums der Lust, das ist doch was. Und dann wird mir klar, wie nebensächlich das ist. Ich und mein Riesenego, das quengelt und bestätigt werden will, wir sind hier nicht die Hauptsache.

Und ich fasse einen Entschluss und starte mit Herzrasen den Wagen.

Die Villa ist abends nicht beleuchtet, und auch der Weg vom Tor durch den Vorgarten ist so duster, dass ich mich vorwärtstasten muss. Diesmal brauche ich dem Hausdrachen nicht zu erklären, wer ich bin. Sie sieht, dass ich die Papprolle unterm Arm trage, und winkt mich wortlos hinein. Ein paar Minuten muss ich in der Halle warten, dann kommt sie mir auf der Treppe entgegen und führt mich hoch.

Konstanze trägt einen anderen Morgenrock, und das Fenster ist jetzt geschlossen, sonst ist alles genauso wie bei meinen ersten Besuchen. Der Infusionsständer, das schrumpelige Gesicht mit den hellwachen, stechenden Augen, das blinkende bunte Kreuz um ihren Hals.

Ich lege die Papprolle auf ihre Bettdecke und öffne den Deckel.

»Die Zeichnung wurde von einem Kunsthistoriker verifiziert und eingescannt, auch das Museum in Stuttgart hält sie für echt«, fange ich an. »Sie wissen ja wahrscheinlich besser als ich, welchen Wert die hat.«

Konstanze sieht mich skeptisch und aufmerksam an, ich kann es ihrem Gesicht ablesen, dass sie nicht recht weiß, was ich von ihr will.

Leichen beseitigen, das will ich.

Ich hole tief Luft, mein Herz rast, meine Hände sind schweißnass. Das letzte Mal war ich so durch den Wind, als ich in der schriftlichen Abiturprüfung saß. Und damals bin ich einfach aufgestanden und gegangen und direkt von der Schule zum Flughafen gefahren.

»Ich biete Ihnen zwei Dinge an.«

Mit spitzen Fingern, als würde ich ihr die Zeichnung gleich wieder wegreißen, zieht sie das Blatt näher zu sich.

»Das muss ein Ende haben. Das Schweigen und die Geheimnisse. Der Zorn und die Angst. Das ist alles nicht gut für uns. Und es ist nicht gut für mein Zentrum.«

Sie tastet unter der Bettdecke und holt die Lupe hervor. Mit gerunzelter Stirn und gesenktem Kopf sieht sie mich über das Glas hinweg an.

»Ich überlasse Ihnen die Zeichnung. Die Widmung zeigt ja, dass es ein persönliches Geschenk für Ihre Mutter war. Also gehört sie eher Ihnen als mir.«

Jetzt bleibt ihr die Spucke weg. Damit hat sie nicht gerechnet. Noch während ich es sage, überlege ich, ob es ein Fehler ist. Vielleicht hätte ich sie verkaufen können, vielleicht hätte der Erlös gereicht, um das Zentrum zwei oder drei weitere Jahre zu finanzieren. Aber das wäre es dann gewesen. Drei Jahre sind nur ein Aufschub. Die Zeiten werden nicht besser, und dann stehe ich wieder an genau demselben Punkt.

»Sie machen das nicht umsonst.«

Konstanze versucht, geschäftsmäßig und abgeklärt zu klingen, aber ihre Stimme ist zittrig und leiser als sonst.

»Sicher nicht. Ich will wissen, was passiert ist. Mit Imke, mit dem Haus, mit dieser Zeichnung, mit Ihnen und Gunnar. Und zwar jetzt, ich komme kein weiteres Mal her.«

»Und die zweite Sache, die Sie mir anbieten wollen?«

Ich winke ab.

»Dazu später, eins nach dem anderen.«

Sie klingelt, schweigend warten wir beide auf das Eintreffen des Hausdrachen. Ich bin mir nicht sicher, was jetzt passieren wird. Eigentlich hatte ich gedacht, wir würden uns feierlich die Hände reichen, und sie würde im Märchenerzählerinnenton anfangen, ihre Geheimnisse aufzudecken, aber offenbar läuft das hier anders.

Die graue Dame erscheint, und Konstanze weist sie an, »die Schatulle« aus dem Tresor zu holen.

Als sie vor ihr liegt, eine einfache Kassette aus schwarzem Metall, zieht sie an ihrem Kreuz um den Hals, das löst sich von der Kette und gibt einen Schlüssel frei. Damit öffnet sie die Schatulle und nimmt einen Brief heraus. Das Papier ist vergilbt und brüchig.

Mit der einen Hand reicht sie ihn mir, mit der anderen greift sie nach der Zeichnung. Einen Moment lang halten wir beides fest, weder sie noch ich können uns leicht von unseren Schätzen trennen. Ich gebe nach und überlasse ihr die Zeichnung.

Mit Herzklopfen sinke ich in meinem Stuhl zurück, öffne den Umschlag und beginne zu lesen.

»Meine verrückte Liebste, meine Anita ...«

IMKE, 1928:

»Dein ist mein ganzes Herz«

18

Meine verrückte Liebste, meine Anita,

vier Wochen habe ich es ohne Dich versucht. Es geht nicht. Ich müßte sonst ins Dalldorf zu den Irren. Wir waren einige Male getrennt, meist weil Du weggerannt bist. Aber ich wußte immer, Du bist da noch irgendwo, und vielleicht kehrste doch um. Und das bist Du jedes Mal. Diesmal ist kein Warten und kein Hoffen. Du kannst nicht mehr zu mir kommen, also komme ich zu Dir. Ich habe Dir jeden Wunsch erfüllt. Sogar, als Du mir im Bethanien gesagt hast, ich muß deine Beerdigung aufmischen. Ich hab's getan und denke, Du bist zufrieden mit mir. Ich war ganz nackend, und es war ein bißchen affig. Du hast ja Skandale geliebt und Dir von Fatzkes nie etwas sagen lassen. Du kannst Dir abklaviern, wie die geguckt haben. Ich war ein braves Mäuseken und hab sie durcheinandergerührt. Es gab sogar ein Photo in der Zeitung. Drunter stand, ich bin eine Verrückte oder eine Dirne. Stimmt wahrscheinlich beides. Aber das ist jetzt auch egal. Eine Welt ohne Dich gibt's nicht. Nicht für mich. Hier ist nichts, das mich hält. Ich habe alles genau überlegt. Im Erdgeschoß ist eine Wohnung, in der gerade gebaut wird. Die Tür steht offen, und ich habe gesehen, da sind Balken an der Decke. Lieber würde ich Deine Pillen nehmen, aber die Krankenschwester im Bethanien hat mir alles weggerafft, und ich weiß ja auch gar nicht, ob das gereicht hätte. Also ein Seil. Knoten knüpfen kann ich. Viele von den Krüppeln und Heimkehrern haben es so gemacht, also werd ich nich pimpeln. Meine liebste, heißeste, beste Anita. Nur Du zählst. Ohne Dich ist zappenduster. Heute Nacht steig ich auf den Stuhl. Und dann bin ich direktemang bei Dir.

Dein ist mein ganzes Herz! Wo Du nicht bist, kann ich nicht sein. So, wie die Blume welkt, wenn sie nicht küsst der Sonnenschein! Wohin ich immer gehe, ich fühle Deine Nähe. Ich möchte Deinen Atem trinken und betend Dir zu Füßen sinken, Dir, Dir allein! Wie wunderbar ist Dein leuchtendes Haar! Traumschön und sehnsuchtsbang ist Dein strahlender Blick. Dein ist mein ganzes Herz! Sag mir noch einmal, mein einzig Lieb, oh sag noch einmal mir: Ich hab Dich lieb!

Immer Deine Imke

GEORGIE, 2017:

19 Alles auf Anfang

Konstanze bei uns im Zentrum zu sehen, eingehüllt in einen riesigen altmodischen Pelzmantel, in dem sie aussieht wie eine dicke Katze, ist ein merkwürdiges Gefühl. Und dass Gunnar neben ihrem Rollstuhl steht und nicht herumzetert, sondern sich die Hände reibt vor Genugtuung, ist noch merkwürdiger. Aber das Allermerkwürdigste, an das auch ich mich erst einmal gewöhnen muss, ist, dass das Haus – mein Haus – nun ihr und Gunnar gehört. Ich habe es Konstanze überschrieben. Matze und Mona konnten es nicht glauben, als ich es ihnen gesagt habe.

Und das war noch längst nicht alles, was wir heute schlucken mussten. Es hat bereits morgens eine große Erschütterung gegeben, die durch uns gegangen ist wie ein Erdbeben. Aber wir sind noch da. Wie dieses große alte Haus, das schon so viel erlebt hat, sind wir noch da.

Es war gerade einmal acht Uhr, und Matze, Mona und ich saßen in der Küche beim Frühstück, als der Polizist klingelte. Er blieb diesmal nicht mitten im Raum stehen, sondern rutschte zu uns auf die Bank und ließ sich eine Tasse Tee geben. Mit einem lang gezogenen »Jaaaaa« fing es an.

»Jaaaaa, Frau Feuchtwang, die Ermittlungen sind ja nun abgeschlossen.«

Mein Herz setzte für einen Moment aus, ich wusste sofort, dass jetzt etwas kommen würde, mit dem ich nicht gerechnet hatte. Konnte es Rix gewesen sein? Dieser kindliche, von Elysia bis in die letzte Pore begeisterte Jünger? Kann jemand, der zutiefst an ihre elysische Lehre glaubt, jemanden töten? Und vor allem sie? Aber wer sollte es sonst gewesen sein?

Der Polizist nahm sich einen Keks und kaute bedachtig.

»Es ist so: Wenn der Tod eintritt, bilden sich etwa nach einer halben Stunde Leichenflecken. Diese sinken zum Körperschwerpunkt. Liegt also ein Körper flach auf dem Boden, finden Sie diese Flecken auf dem Rücken und den Rückseiten der Beine.«

Ich hibbelte unter dem Tisch herum. Es war ja nett, dass er uns einen Crashkurs in Pathologie gab, aber ich wünschte, er würde sich kürzer fassen.

»Wird der Leichnam dann etwa sechs Stunden lang nicht bewegt, bleiben diese Flecken, wo sie sind. Und sehen Sie ...«

Er griff noch einmal in die Kekspackung. Ich überlegte, wie man so viel Appetit haben konnte, wenn man über Leichen redete.

»Bei Ihrer Tante war genau das der Fall.«

Er machte eine kunstvolle Pause, um den Satz sacken zu lassen. Oder vielleicht dachte er auch, er hätte jetzt alles erklärt, aber ich war viel zu aufgeregt, um mitzudenken, in meinem Kopf ging alles durcheinander, und die Bilder des Morgens, an dem ich Elysia gefunden hatte, stiegen wieder in mir hoch. Er musste es mir erklären. Und das sagte ich ihm auch.

»Sie müssen mir das erklären.«

»Ihre Tante wurde nicht erhängt. Selbstmord schied ja eh aus, weil kein Stuhl unter der Leiche stand. An den Balken geschwebt sein kann sie ja nicht, und ...«

Mona unterbrach ihn: »Sie war also schon tot, bevor sie aufgehängt wurde?«

»Exakt.«

Matze versuchte auch, das alles zu sortieren.

»Was ist mit einem Einbrecher?«

Der Polizist schüttelte den Kopf.

»Die Spuren waren so widersprüchlich, die sind nachträglich inszeniert worden. Der Schmuck ihrer Tante war ja auch noch da. Ein Eindringling scheidet aus. Und da ist noch was.«

Jetzt sah er ein bisschen beunruhigt aus. Was, o Herrin, konnte ihn denn jetzt noch beunruhigen, nachdem er uns von den Leichenflecken erzählt hatte?

»Also, Ihre Tante hatte ja Würgemale am Hals. Wäre sie hängend gestorben, befänden die sich direkt unterm Kinn.« Er deutete eine Pantomime an, beschloss dann aber mitten in der Bewegung, sie uns zu ersparen.

»Sie waren aber tiefer am Hals. Sie ist also liegend stranguliert worden. Wobei, das ist auch nicht ganz richtig.«

Verwirrt sahen Mona, Matze und ich uns an. Konnte dieser Mensch bitte mal zum Punkt kommen? Ich preschte vor.

»Hat Rix sie erwürgt? Oder diese große dünne Mann?«

Der Polizist schüttelte den Kopf, seine Hand wanderte wieder zur Kekspackung, dann überlegte er es sich anders.

»Den großen dünnen Unbekannten gab's nicht. Das hat der Herr Johnson inzwischen gestanden.«

Herr Johnson? Einen Moment musste ich nachdenken, wer das sein sollte.

Mona sprang ein: »Rix.«

»Um es kurz zu machen«, er faltete die Hände auf der Tischplatte. »Es handelt sich beim Tod Ihrer Tante um einen Unfall.« Heiser räusperte er sich. »Genauer gesagt, um einen autoerotischen Unfall. Selbststrangulation.«

Ich versuchte, das furchtbare Bild von Elysia am Balken in Einklang zu bringen mit den Atemkontroll-Workshops, die wir sehr selten hier im Zentrum haben. Verringert man vor dem Orgasmus die Sauerstoffzufuhr, kann das die Lust zum Explodieren bringen. Die beiden Dominas, die diese Workshops anbieten, sind Ärztinnen und erklären die meiste Zeit die Risiken. Sie zeigen sogar Bilder von Menschen, die sich damit unfreiwillig in der Dusche oder an der Kleiderstange umgebracht haben. Aber was hatte das mit Elysia zu tun?

»Also, Ihre Tante hat sich offenbar spät in der Nacht von Herrn Johnson verabschiedet und ist in ihr Zimmer im Erdgeschoss gegangen. Dort hat sie sich mit einem Bademantelgürtel um den Hals autoerotisch stimuliert. Wir haben Faserreste gefunden, und der Winkel des Fenstergriffes stimmt genau mit den Würgemalen überein. Wenn man auf dem Sofa vor dem Fenster liegt und den Gürtel am Fenster befestigt ...«

Ich winkte ab: »Danke, so anschaulich brauch ich das nicht.«

Auch die anderen am Tisch waren ganz still und sahen betreten auf die Reste unseres Frühstücks. Mona wischte Toastkrümel mit den Fingerspitzen von einer Seite zur nächsten.

»Der Herr Johnson hat sie wohl dann später gefunden, als es schon vorbei war. Während des Zeitpunkt ihres Todes kann er nicht bei ihr gewesen sein, er hat oben in seinem Zimmer im zweiten Stock mit einem Freund telefoniert, das haben wir überprüft.«

»Hat er sie an den Balken gehängt?« Matzes Stimme klang, als würde er sich kaum trauen zu fragen.

Der Polizist nickte.

»Wieso?«

Jetzt wusste der Beamte offenbar nicht weiter. Er wiegte den Kopf hin und her und knetete seine Hände.

»Wir können das nicht wirklich nachvollziehen, aber er hat ausgesagt, die Selbststrangulation würde der Lehre der

Toten widersprechen. Er habe ihr Vermächtnis nicht beflecken wollen.«

Für ihn ergab das keinen Sinn. Für uns schon. Niemanden zu verletzen, auch sich selbst nicht, steht ganz klar in Elysias Manifest. Ich hatte keine Ahnung, was da in ihr vorgegangen war. Obwohl ich ein Zentrum für sexuelle Spielarten leite und jeden Tag Dinge sehe, die ich bizarr oder nicht nachvollziehbar finde, schockierte mich das. Ich bin wohl spießiger, als ich dachte. Dabei predige ich das dauernd. Die Sexualität der anderen ist immer befremdlich. Niemand will wirklich wissen, wie es seine Eltern oder seine besten Freunde treiben. Höchstens die eigene Lust erschließt sich einem. Die strahlende, lebensbejahende, weise Elysia hatte also eine dunkle Seite, von der wir alle nichts wussten. Ich konnte gut verstehen, dass Rix sein Idol schützen wollte. Aber ich wünschte, er hätte mich eingeweiht und mir die Ungewissheit der letzten Wochen erspart.

»Für uns ist der Fall damit abgeschlossen«, sagte der Polizist und erhob sich.

Ich beneidete ihn darum. Für mich würde es noch eine ganze Weile dauern, bis ich das alles zu den Akten legen konnte.

Eine Weile saßen wir schweigend am Tisch, bleich wie Gespenster. Ich überlegte, ob ich es Mona und Matze jetzt noch zumuten konnte, ihnen die andere große Neuigkeit zu erzählen, dass mir nämlich das Haus nicht mehr gehört. Die Entscheidung wurde mir abgenommen, denn es klingelte Sturm, und wir alle wussten, dass nur einer so panisch auf dem Klingelknopf herumbohrt: Gunnar.

Mona stand mit finsterem Blick auf und wollte zur Tür stürmen, aber ich hielt sie zurück.

»Ich gehe. Und ihr beide solltet mitkommen. Gunnar werdet ihr in Zukunft öfter sehen.«

Die beiden wechselten einen Blick, der deutlich sagte, dass ich jetzt wohl komplett übergeschnappt sei, aber sie folgten mir zur Haustür, wo nicht nur Gunnar stand, sondern auch Konstanze, erstaunlich aufrecht sitzend in einem Rollstuhl. Den viel zu großen Pelzmantel um sich gewickelt, eine riesige Sonnenbrille im Gesicht und einen schwarzen Turban auf dem Kopf. Wir brachten sie ins Foyer. Sie nahm die Brille ab und sah sich neugierig um.

»Sie waren lange nicht hier«, sage ich schließlich. Sie nickt.

»Aber an die Statue da in dem Springbrunnen erinnere ich mich.« Ihr Blick geht die Treppen hinauf.

»Es ist gut in Schuss.« Und nach einer Pause: »Gibt es die Bar unten noch, das Hotel d'Amour? Das war das Einzige, was meine Mutter neben Anita interessierte.« Ihre Stimme klingt bitter.

»Wir sind dabei, sie herzurichten.«

Es klingelt wieder. Mona öffnet, ohne uns aus den Augen zu lassen. Hinter ihr drängen die finnischen Tangotänzer in die Halle, schwatzend und glücklicherweise noch bekleidet. Die habe ich fast vergessen. Sie werden jetzt in den Hof gehen, ihre Kleidung ausziehen und die Sonne begrüßen und dann nackt in den ersten Stock hochsteigen und zwei Stunden tanzen. Aber was soll's, irgendwann wird Konstanze den laufenden Betrieb eh mitkriegen, warum also nicht gleich.

Als sie im Gang verschwunden sind, wende ich mich an Mona und Matze.

»Ich habe Konstanze das Haus überschrieben. Es gehört jetzt ihr.« Diplomatie war noch nie meine Stärke. Und wie sollte man so eine Eröffnung auch schonend einleiten.

Die beiden starren mich an, diese Neuigkeit schockiert sie offensichtlich noch mehr als Elysias Unfall.

Als in diesem Moment auch noch die Wuffis ins Haus strömen, eine Gruppe Rollenspielfetischisten, die sich als Hunde verkleiden und sich gegenseitig Gassi führen oder Stöckchen werfen, zeige ich auf das Büro hinter mir.

»Vielleicht reden wir da drinnen weiter.«

Ein Wuffi springt mich an, und ich streichle ihm über den Kopf und sage etwas wie »feiner Hund«. Der Mann im gefleckten Bernhardinerkostüm, der auf allen vieren läuft, schnüffelt mir zwischen den Beinen, bis sein Frauchen ihn an der Leine zurückreißt und »aus« kommandiert. Der »Zwingerclub« findet im zweiten Stock statt.

Konstanze und Gunnar verfolgen die Szene mit fassungslosen Gesichtern, ach ja, ihr zwei, die Wiese der Erotik ist bunt mit vielen wunderlichen Kräutlein, gewöhnt euch dran.

Im Büro ist es eng, ich kann mich nicht erinnern, hier jemals mit so vielen Leuten gestanden zu haben. »Ich mach's kurz«, kündige ich an, denn außer den Wuffis und den nackten Finnen werden bald noch der Arbeitskreis Gereonto-Erotik und die Coming-out-Gruppe der Transgender-Teenager eintreffen, wie ich mit einem Blick auf den großen Wandkalender sehe, außerdem erwarten wir die Dominafortbildung Kliniksex und ein Germanistinnen-Duo, das über Verbalerotik in zeitgenössischen Romanen forscht. Und ganz nebenbei soll ein Techniker das defekte Kühlsystem in der Küche reparieren. Viel Zeit für dieses Meeting bleibt also nicht.

»Ich war ja neulich bei Konstanze und habe ihr die Dix-Zeichnung gegeben und erfahren, dass sich ihre Mutter Imke, die seit dem Ersten Weltkrieg hier unten im Keller eine Lesbenkneipe betrieb, umgebracht hat. Kurz zuvor hatte sie noch das

Haus geerbt, in dem sie bis dahin nur geduldet war. Vom Selbstmord abgehalten hat sie das aber auch nicht. So weit die Vergangenheit. Jetzt die Gegenwart: Unser Buchprüfer hat mir mitgeteilt, dass ich das Zentrum unmöglich halten kann, wir sind praktisch bankrott, spätestens im nächsten Jahr reicht's nicht mehr.«

»Du hättest die Skizze verkaufen können«, wirft Mona ein, und ich höre am Zittern in ihrer Stimme, wie wütend sie ist.

»Das hätte ich, aber das wäre nur eine Verzögerung gewesen. Das Zentrum trägt sich einfach nicht. Ihr wisst, dass das hier mein Lebenstraum ist, ich würde alles tun, damit wir unsere Arbeit fortsetzen können. Und deshalb habe ich das Haus Konstanze überschrieben.«

Konstanze nickt zur Bekräftigung, aber noch bevor sie etwas sagen kann, zischt mich Matze an: »Bist du völlig durchgeknallt? Entscheidest du das allein? Hast du überhaupt mal nachgedacht?«

Hab ich. Und ich versuche, ihm und Mona das alles zu erklären.

»Das Haus geht in Konstanzes Besitz über. Rein rechtlich gehörte es mir, moralisch ist aber tatsächlich nach dem Krieg einiges nicht ganz koscher gelaufen. Wir haben eine notarielle Vereinbarung getroffen, dass ich das Haus weiterhin für das Zentrum nutzen darf, und zwar lebenslang und nach eigenem Ermessen ohne jegliche Einmischung. Das war die einzige Möglichkeit, unsere Arbeit fortzuführen, und zwar ohne uns alle in den Ruin zu reiten. Konstanze trägt die Kosten für die Instandhaltung, für städtische Umlagen und so weiter. Strom, Wasser und Ausstattung der Kursräume zahle ich, und das ist vom laufenden Betrieb auch möglich. Ihr gehört es, wir bespielen es. Das ist der Deal. Und der gilt auch für Gunnar, wenn er es später einmal erbt.«

Draußen erklingt laute Akkordeonmusik. Die nackten Finnen ziehen hoch in den zweiten Stock. Und werden dort von ebenso lautem Hundegebell der Wuffis begrüßt. Ich mache mir ein innerliches Post-it, dass wir das Mittagessen in den mitgebrachten Fressnäpfen servieren sollen.

»Und jetzt«, ich öffne die Tür, denn wir brauchen alle ein bisschen Zeit, um diese Veränderungen zu verarbeiten, »würde ich sagen, Matze führt Gunnar einmal offiziell durchs ganze Haus, vom Dachboden bis in den Keller. Mona und ich kümmern uns um die Vormittagskurse, und Sie«, ich deute auf Konstanze, »möchten vielleicht ein bisschen im Hof in der Sonne sitzen. Es ist echt schön bei uns.«

Konstanze neigt den Kopf und kommandiert so huldvoll »Dann fahr mich mal raus«, dass ich im ersten Moment gar nicht bemerke, dass sie mich gerade geduzt hat. Ich lächle heimlich, während ich sie durch den Gang zur Küchentür schiebe.

Vielleicht gehen mir Matze und Mona aus dem Weg, vielleicht sind sie auch nur genauso beschäftigt wie ich, ich habe keinen freien Moment, um wirklich darüber nachzudenken. Seit ich Konstanze das Haus überschrieben habe, ist irgendwo ein mystischer Knoten geplatzt, jedenfalls sind ab dem Moment die Buchungen wieder angestiegen, sodass wir das erste Mal seit Monaten voll belegt sind. Auch neue Interessenten haben sich gemeldet, und sogar zwei Fernseh-Teams. Das eine dreht ein Biopic über Elysia, das andere plant eine Reportage über unbegleitete minderjährige Flüchtlinge und will in dem Zusammenhang unsere Aufklärungskurse vorstellen. Läuft bei uns. Und heute kommt irgendwie alles zusammen. Erst der Polizist, dann die große Offenbarung über die neue Hausbesitzerin, und das Gespräch mit Matze und Mona über unser Liebesleben steht mir auch noch bevor. Ich habe bisher nichts zu Matzes Heiratsantrag gesagt, das werde ich heute wohl endlich nachholen.

Erst mal wollen die Wuffis ihr Mittagessen in Näpfen. Die Busenfreundinnen wollen sich unsere Räume ansehen, ob sie künftig hier ihre Massagekurse abhalten. Wir müssen eine Ausstellung zum Thema Beschneidung aufhängen, die am nächsten Wochenende eröffnet wird. Ein Raum soll komplett mit Spiegeln ausgekleidet werden, weil es immer wieder Gruppen gibt, die Selbstbetrachtungs-Übungen anbieten – nicht mein Ding, übrigens. Ich war einmal dabei, weil ich mich mit den Dellen auf meinen Oberschenkeln aussöhnen wollte, aber dann bin ich in einer Vagina-Betrachtung gelandet, wo wir unsere Mösen erst mit Handspiegeln, dann auf allen vieren vor großen Spiegeln und schließlich sogar innen mit Spekulum und Kamera angesehen haben. Ich finde sicher viele Problemzonen an mir, aber meine Muschi gehört nicht dazu. Das pelzige Pfläumchen und ich haben ein sehr zärtliches, wohlwollendes Verhältnis. Sie schenkt mir so viel Lust und Lebensfreude, da darf sie aussehen, wie sie will, wir sind entspannt miteinander. Ich würde mir auch nie die Rosette bleichen lassen oder sonst einen Unfug mit meinem Unterleib anstellen. Und schon gar nicht werde ich nackt im Schneidersitz dahocken und in meine Möse hineinschreien. Das hab ich in einem Tantra-Selbsterfahrungs-Kurs gesehen, als ich das Catering für die Pause hineinbrachte. Die Kursleiterin sagte gerade, man solle all seinen sexuellen Frust der Vagina entgegenbrüllen, und da saßen dann Frauen nackt und zusammengekrümmt auf dem Boden, die Urlaute hinausröhrten oder sich selbst mit »blöde Fotze« angingen. Dass die ein Problem hatten, glaub ich gern, aber daran war sicher nicht ihre Mumu schuld. Ich habe die Leiterin später beim Abrechnen beiläufig gefragt, ob sie ein Haustier eher anschreien oder eher streicheln würde, um sich mit ihm anzufreunden, daraufhin war sie ziemlich beleidigt.

Während ich also von Raum zu Raum und die Etagen rauf und runter eile, um alles herzurichten, fängt mich die Köchin, die ihre erotischen Kochkurse bei uns hält, ab. Sie möchte die Beete im Hof mit aphrodisierenden Kräutern bepflanzen und sich den Sonnenstand ansehen. Also gehe ich mit ihr hinaus und bin wieder mal überrascht. Heute ist offenbar alles möglich.

Konstanze sitzt plaudernd neben Gunnar und Gemma unter dem Baum. Dass sie lächelt, ist schon bemerkenswert, aber dass sie auch noch eine von Gemmas Katzen auf dem Schoß hat, ist ein wahres Wunder. Ich hätte gedacht, Katzen mag sie nur gut durchgebraten auf Toast, aber sie und der cremefarbene Wuschel verstehen sich offenbar prächtig. Und dann, als wäre das nicht alles nicht schon verwirrend genug, höre ich, während ich die Köchin an den Beeten vorbeiführe, wie Konstanze zu Gunnar sagt, es tue ihr leid, dass sie ihn als kleinen Jungen mit diesem Kindervers so verängstigt habe, weder er noch das Haus könnten ja etwas für ihre Lebensgeschichte. Halleluja!

Ich beschließe, dass das alles ein Zeichen ist. Jetzt ist der richtige Moment, um die Dinge in Ordnung zu bringen. Also gehe ich wieder hinein und schlüpfe noch in der Küche aus meiner Kleidung. Rock, Bluse, Pumps, Wäsche, alles ziehe ich aus, sogar meine Armbanduhr und die dicke Spange, die meine Haare notdürftig zusammenhält. Nackt, wie die Göttin mich schuf, schreite ich durch mein Zentrum und grüße freundlich den Handwerker, dem ich im ersten Stock begegne. Er sieht mir etwas irritiert nach, aber da kann ich ihm nicht helfen, und die Nächste, die mir über den Weg läuft, eine Frau, die eine Geschichte für ihren erotischen Schreibkurs verfassen soll und mich gebeten hatte, sich hier zur Inspiration umsehen zu dürfen, nimmt meine Nacktheit einfach so hin und kritzelt etwas in ihr Notizbuch.

Matze finde ich in einer der Duschen, wo er irgendwas repariert, das tropft oder quietscht. Ich ziehe ihn mit mir und suche Mona. Sie steht am Beamer in einem Vortrag über sexuelle Initiationsriten bei Naturvölkern. Ich marschiere durch die Reihen der Teilnehmer, bitte einen älteren Mann mit Krawatte, für Mona zu übernehmen, und führe sie aus dem Raum. Irgendwer filmt mich mit dem Handy, ich merke mir, dass wir Handys demnächst verbieten werden. YouTube und Facebook sind die Pest unserer Zeit, nerviger, ansteckender und manchmal sogar tödlicher als Syphilis. Aber darum kümmere ich mich später.

Weder Mona noch Matze wehren sich, sie wissen auch, dass wir unsere nicht ganz unkomplizierte Beziehung irgendwann mal klären müssen, und da heute offenbar der Tag der Enthüllungen ist, fange ich gleich oben in meiner Mansarde damit an. Die beiden setzen sich aufs Bett, lehnen sich ans Kopfteil und sehen mich erwartungsvoll an.

Ich stehe nackt vor ihnen und breite die Arme aus. Ein-, zweimal drehe ich mich um die eigene Achse.

»Das bin ich«, sage ich. »Das könnt ihr alles haben. Leib und Seele und jede einzelne Locke von dieser Wunschtrollfrisur.« Ich blase mir eine Strähne aus dem Gesicht.

Mona muss lächeln, obwohl sie sich Mühe gibt, ernst zu bleiben.

»Die Sache ist die: Ich liebe euch beide. Ich fühle mich vollständig mit euch beiden. Ich kann mich unmöglich zwischen euch entscheiden. Wenn das eine Zumutung ist und ihr das nicht könnt oder nicht wollt, dann müsst ihr mich verlassen. Das würde mir das Herz brechen.«

Matze will etwas sagen, aber ich bitte ihn mit einem Handzeichen, noch zu warten.

»Deinen Heiratsantrag kann ich nicht annehmen. Heiraten ist nichts für mich. Daran glaube ich nicht. Und ich bin auch ziemlich sicher, dass du nicht wirklich heiraten willst, sondern dass das nur Verlustangst war.«

Er sieht mich bedröppelt an, also liege ich damit richtig. Ich wende mich an Mona.

»Du hast mich gefragt, wer du für mich bist. Du bist meine Mona. Warst du immer. So wie Matze mein Matze ist. Ich kann euch nicht voneinander trennen. Das Ganze wird allerdings nicht funktionieren, wenn ihr euch als Konkurrenten seht. Deshalb habe ich eine Bitte.«

Sie schweigen und warten. Dass noch keiner der beiden gegangen ist, werte ich als gutes Zeichen.

»Ich bitte euch, für ein paar Wochen nach Ibiza zu gehen, in Elysias Zentrum. Es gibt dort einen Nachfolger, aber sie haben Schwierigkeiten mit der Organisation, und darin seid ihr ja meisterhaft. Arbeitet eine Weile zusammen, ohne mich. Lasst euch aufeinander ein. Lernt euch richtig kennen. Und wenn ihr dann zurückkommt, bitte ich euch um ein Jahr, um auszuprobieren, ob und wie wir miteinander leben wollen. Vielleicht finden wir ein Arrangement, das jedem von uns guttut. Und nach einem Jahr sehen wir, wo wir stehen. Oder liegen.«

Ich bin fertig. Und weil beide nichts sagen, krabbele ich zu ihnen aufs Bett und lege mich zwischen sie.

»Und außerdem habe ich vor, ein Buch zu schreiben, während ihr weg seid. Ich denke, ich nenne es Hotel d'Amour. Konstanze hat ja gesagt, dass die Kneipe hier im Keller früher so hieß. Ich könnte alles aufschreiben, was dieses Haus erlebt hat. Wenn ihr wollt, kommt ihr auch drin vor.«

Mona kichert. »Ich will auf jeden Fall eine Sexszene mit der Heldin haben.«

Ich lege meinen Kopf an ihre Brust.

»Du kannst eine Sexszene mit dieser Heldin haben.«

Matze lacht auch. »Eine Lesbennummer! Ihr wisst ja, wie das in einem Porno abläuft: Da sind die Mädels die Vorgruppe, bis ein richtiger Kerl dazukommt und der echte Sex anfängt.«

Mona schlägt ihm über mich hinweg auf den Hinterkopf. Matze revanchiert sich mit einem dicken Kissen, das er auf uns hinabsausen lässt. Ich drehe mich zu ihm und fange an, ihn zu kitzeln. Das ist unfair, denn er ist kitzlig bis zum Kollaps, aber da muss er jetzt durch. Mona steigt über mich und macht mit. Matze windet sich, Tränen laufen ihm übers Gesicht, und er lacht so, dass er nur noch japsen kann.

Und dann, ohne dass ich das richtig mitbekommen hätte, bin ich nicht mehr die Einzige im Bett, die nackt ist.

Ich fühle Monas Brüste an meinem Rücken, und während ich Matze küsse und er nach Vanille schmeckt, atme ich tief den pudrigen Maiglöckchenduft ein, der Mona immer umgibt. Ich knöpfe Matzes Hemd auf und streiche über seine muskulösen Schultern. Monas Hände umfassen mich und halten meine Brüste. Ihr Mund saugt sich an meinem Hals fest. Matze tastet über ihre Hüfte zu ihrem Hintern, fährt unter ihren weiten Rock. Ich schließe die Augen. Es ist kein Kampf wie bei der Performance von Santavulva, wir sind ganz bei uns, wir analysieren nicht mehr, wir überlassen uns unseren Körpern, die werden schon wissen, was gut für uns ist. Matze pellt sich aus seiner Jeans, Monas Wäsche fliegt aus dem Bett. Ich lecke über ihre Porzellanhaut. Sie kniet vor mir und wölbt sich zurück, ich reibe ihre Brüste und züngle in ihrem Bauchnabel. Matze liegt eng neben uns, eine Hand zwischen meinen Beinen, die andere fingert Mona. Sie zieht mich zu sich hoch, küsst mich, und wir pressen uns aneinander, während Matze uns einen Finger in die Mösen schiebt und ihn sachte rein und raus bewegt. Wir legen uns gegenseitig die Hände über die Mösen und drücken unsere Kitzler.

»Ihr seid so nass«, sagte Matze, »zwei so unterschiedliche Fötzchen, aber beide klitschnass.«

Wir lächeln. Mona schiebt den Hintern etwas weiter raus, damit er sie tiefer fingern kann.

»Wenn du unsere Pfläumchen so richtig heißmachst, lecken wir dir zusammen den Schwanz«, kichert Mona, »mit Eiern und allem, ein Haremsgebläse.«

Die Aussicht darauf, dass ich an seinem Schwanz lutschen werde, bis er kommt, und dass Mona ihm zur gleichen Zeit die Eier kraulen und lecken wird, spornt ihn an. Seine Finger ficken schnell und heftig unsere Mösen, der Saft tropft ihm über die Hände. Ich zwirble Monas Kitzler, so wie sie es am liebsten mag, als würde ich einen kleinen Kreisel zwischen den Fingerkuppen drehen, und sie lässt ihre Hand über meine nasse Muschi rutschen, als wäre die ein Instrument, eine Fotzoline, die, richtig gegeigt, immer höhere Lustlaute hervorbringt. Das Gefühl ihrer harten Nippel auf meinen Brüsten macht mich wahnsinnig. Und der Anblick von Matzes Armen zwischen unseren Beinen ist so geil, dass ich gar nicht wegsehen kann.

»Wir werden dich so was von auslutschen«, stöhne ich, »fick nur noch ein bisschen, unsere Fötzchen brauchen das.« Es flimmert vor meinen Augen. Wir alle drei lächeln und fingern, stoßen und reiben uns, während unsere Haut feucht aneinanderklebt und Schmatzlaute erzeugt und das ganze Bett eingehüllt ist in einen Duft aus Vanille, Mösensaft und Maiglöckchen.

Wir werden sehen, wo das alles endet.

Gemma hatte recht. Und sogar der spinnerte Wahrsager hatte recht: Manchmal ist es ganz einfach.

Danke

Mit der historischen Figur der Anita Berber (1899–1928) bin ich sehr frei umgegangen. Sie war die erste und bekannteste Nackttänzerin im Berlin der 1920er, und ihr kurzes Leben wurde von Skandalen und Exzessen bestimmt. Sie hatte tatsächlich eine lesbische Freundin, die eine Frauenkneipe führte, und einige andere Personen wie Nathusius, Sebastian usw. gab es ebenfalls. Aber die Figur der Imke Feuchtwang ist erfunden. Sätze wie »Seid ruhig, ich schlafe ja doch mit jedem von euch!« soll Anita wirklich gesagt haben, und auch ihre Wutausbrüche, ihre Drogensucht und ihre zahlreichen Affären mit Männern und Frauen sind dokumentiert. Ich habe mich grob an die Stationen ihres Lebens gehalten, angefangen von der Tanzgruppe Celly de Rheidt, über ihre Ehen und das berühmte Otto-Dix-Gemälde bis hin zu ihrem Begräbnis in Berlin-Neukölln. Auch Details wie das unter dem Mantel erstickte Äffchen oder ihr Spritzbesteck in der Handtasche habe ich mir nicht ausgedacht.

Ich danke Lothar Fischer für die beiden Bücher, die er über diese faszinierende Frau geschrieben hat, und Joe Jenčík für seine Anita- Berber-Studie.

Außerdem danke ich Eric M. für seine zahlreichen Anregungen und sein akribisches Lektorat, Katharina K., die sich geduldig die allerersten Ideen zu diesem Buch angehört hat, und natürlich immer wieder Marcus, ohne den sowieso nichts wäre, wie es ist.